Klaus Brabänder _ Dreier*Pack*

KLAUS BRABÄNDER

Dreier*Pack*

Kriminalroman

1. Auflage © Februar 2019

Alle Urheber- und Verlagsrechte vorbehalten.
Edition Schaumberg
Brunnenstraße 15, 66646 Marpingen
Telefon (06853) 502380
E-Mail: info@edition-schaumberg.de
Verlagsinformationen im Internet unter www.edition-schaumberg.de

Titelbild, Gestaltung, Satz: Thomas Störmer
Schrift: Janson Text
Druck: bookpress.eu

ISBN 978-3-941095-59-5

DEN FRAUEN VOM KÖPPSCHE GEWIDMET
UND IHREN WUNDERBAREN MÄNNERN

Vorwort des Autors

Es mag durchaus sein, dass der eine oder andere aufmerksame Leser feststellen wird, dass die aktuelle Organisation der saarländischen Polizei nicht deckungsgleich ist mit den Strukturen, die im vorliegenden Buch beschrieben werden.

Naja, das mit der Aktualität ist deswegen ein Problem, weil ich als Autor meine Krimis nicht ständig umschreiben kann, wenn der Innenminister ein neues Polizeikonzept vorlegt.

Ich weiß nicht, wie oft dieses Konzept seit meinem ersten Krimi (»Sumpf« erschien in 2014) verändert worden ist, aber hätte ich es jedes Mal aktuell übernehmen wollen, wäre mein zweiter Krimi bis heute nicht erschienen; und der Dritte und Vierte und Fünfte auch nicht! Das wollte ich dem Innenminister nicht gönnen, weshalb ich auf die permanenten Überarbeitungen verzichtete.

Das ist wahrscheinlich im Sinne meiner Leser, denn was bringt uns political correctness, wenn die Fälle ungelöst in der Schublade vergammeln.

In diesem Sinne: Seien Sie kritisch, aber nehmen Sie's nicht übergenau mit den dargestellten Organisationseinheiten der Polizei. Für den Handlungsablauf sind sie von untergeordneter Bedeutung.

Ich danke für Ihr Verständnis!

1

Freitag, 3. August

»Nein!«, schrie Tanja. »Dieses Mal nicht, Sascha! Ich hab's endgültig satt! Mir steht's bis obenhin! Du und deine bescheuerte Vereinsbrille! Entweder ist es der Tennisverein oder es sind deine bescheuerten Freunde vom Golfklub! Und wenn das nicht reicht, kommen die Lackaffen von der Architektenkammer ins Spiel! Oh, wie mich das ankotzt! Es ist nicht mehr zum Aushalten!«
»Aber …«
»Was aber? Immer die gleiche Nummer! Die gleichen trögen Gesichter, dieselben blöden Gespräche! Über das Handicap, die Vorhand, das Green, den Volley, die bescheuerte Bauherrschaft und die überzogenen Brandschutzauflagen.«
»Aber du hast …«
»Ja, ich habe, und zwar die Schnauze voll! Gestrichen voll! Kein Wochenende, an dem wir nicht mit diesen Gestalten rumhängen! Den Hangsteins, den Schönfelders, den Laubmüllers; zwischendurch Baurat Müller, Dr. Kliebenstein und dieser merkwürdige fleischgewordene Besserwisser von Professor, von dem ich Gott sei Dank den Namen vergessen habe! Selbstverständlich alle mit Gattin oder was diese hohlwangigen, spaßresistenten Extremveganer darstellen! Lebende Mumien neben Männern mit Tennisarm oder Golfer-Ellenbogen und Architekten, die außer einer dicken Geldbörse nichts in der Hose haben!«
»Jetzt mach aber einen Punkt …«
»Ich bin bereits auf dem Punkt! Wann hatten wir den letzten

ordentlichen Sex, he? Sag! War es Ostern 2016 oder Pfingsten? Geh doch mit deinen Golfschlägern in die Kiste! Oder bevorzugst du den Tennisschläger? Oder hast du mittlerweile die Seiten gewechselt? Dein Caddie vielleicht, oder ist es der Tennislehrer?«
»Du bist völlig bescheuert!«
»Ach ja? Ich wäre es, wenn ich dich morgen begleiten würde; und übermorgen und nächste Woche und übernächste Woche und überhaupt! Leck mich! Steck dir deine langweiligen Vereinsmeiereien sonst wo hin! Ich bin raus!«
»Tanja, jetzt komm' runter! Das kannst du nicht machen! Wie steh ich ...«
»Ich, ich, ich! Natürlich kann ich das! Und tschüss!«
»Tanja ...«
Aber Tanja war schon unterwegs zur Garderobe, griff sich Jacke, Handtasche und Autoschlüssel und stürmte aus dem Haus. Die Tür fiel krachend ins Schloss, bevor Sascha Berger begriff, was gerade passierte.
»Verdammt!«, schrie er ihr hinterher. »Wo willst du denn hin? Lass uns in Ruhe über alles reden!«
Sascha hatte keine Chance, seine Frau war bereits weg. Er hörte nur noch das Quietschen der Reifen, als Tanja das Gaspedal durchtrat.
Was um Himmels willen ist in diese Frau gefahren, fragte er sich. Ihr Temperament war eine der Eigenschaften, die er an ihr liebte, aber so etwas war in all den Jahren nie vorgekommen. Die Wechseljahre? Aber Tanja war erst 44; vielleicht war sie besonders früh dran oder so.
Okay, das mit dem Sex, da hätte er tatsächlich etwas aktiver sein können, anderseits hatte Tanja nie etwas gesagt. Er hätte ja, aber ... Und die andere Sache war längst vorbei; darüber hatten sie sich ausgesprochen. Bisher hatte er immer den Eindruck gehabt, dass sie sich in der Gesellschaft wohlfühlte, schließlich hatte sie dadurch einige Kunden für ihr Immobi-

liengeschäft akquirieren können. Das hatte Zigtausend Euro in die Kasse gespült, mehr als sein Architekturbüro abgeworfen hatte. Manchmal lief es bei ihm nicht optimal, umso wichtiger waren die Connections im Verein. Was sollte dieser plötzliche Aufruhr? Mein Gott, warum diese hässliche Szene? Warum war ihr die Gesellschaft vom Tennisklub plötzlich nicht mehr gut genug?

Apropos Tennisklub! 19 Uhr 30! In einer halben Stunde würde die Vorstandssitzung beginnen! Letzte Besprechung vor dem Sommerfest! Die Checkliste? Im Wohnzimmer auf der Anrichte! Zu spät zum Duschen, aber schnell raus aus den Büroklamotten! Hat Tanja den Sommeranzug aus der Reinigung abgeholt? Mein Gott, ausgerechnet heute dieser unnötige Stress!

***

Tanja Bergers Wut verschaffte ihrem Wagen mindestens zehn zusätzliche Pferdestärken. Sie zog den dritten Gang, bis der Drehzahlmesser nahe am Grenzbereich ankam, und haute den nächsten Gang rein, ohne die Kupplung vollends durchzutreten.

»So ein Arsch!«, schrie sie die Frontscheibe an. »Gottverdammter Golftennisarsch! Langweiler! Spießer! Ich hätte es mir denken können! Mann!«

Tanja brauste mehr als eine halbe Stunde durch die Gegend, erst raus aus der Stadt, mit Vollgas über die Autobahn, bis sich der Adrenalinspiegel allmählich senkte. In Höhe der Autobahnausfahrt Zweibrücken war sie zu einem halbwegs klaren Gedanken fähig, nahm die Abbiegespur und fuhr wieder zurück auf die A8 in Richtung Saarbrücken.

»Was will ich in Zweibrücken?«, fragt sie sich. »Dieser Idiot treibt mich in den Wahnsinn! Scheiß Vereinsheinis!«

Tanja hatte diese pseudoelitären Spinner nie leiden können, aber jetzt war das Fass übergelaufen. Seit Wochen, den ganzen Sommer über, an jedem Wochenende ein Event. Immer die gleichen Gesichter, Gespräche und schlüpfrigen Witze. Niveauloses Gewäsch, Plattitüden aus der Boulevardpresse. Jeder kopiert jeden oder versucht, ihn zu übertreffen. Rausgeschmissene Lebenszeit. Sumpfen im Sumpf! Ekelhafte Lobhudeleien, wie sie das ankotzt! Ein Begleitpüppchen neben Sascha, unter ihrem Niveau! Aber so was von darunter! Geradezu erniedrigend!

»Ich hätte damals mit Antoine abhauen sollen«, sprach sie zu sich selbst vor sich hin. »Aber ich blöde Kuh hatte Schiss!«
Das Warnlicht der Tankuhr! Auch das noch! In Heusweiler von der Autobahn. Wieso Heusweiler, was will ich hier? Egal. Tanken. Ein Glas Wein in einer Kneipe. Tische vor einer Gaststätte im Freien. Ein warmer Augustabend. Ein Tisch wird gerade frei. Nachdenken, Abregen! Was nun? Im Kino fährt die Frau immer zu ihrer Mutter. Fehlanzeige! Da ist niemand mehr. Keine Mutter, kein Vater, keine Geschwister, außer dieser blöden Kuh von Schwägerin; nein danke! Zu den Kolleginnen? Soweit kommt's noch!
Antoine! Antoine? Wieso eigentlich nicht? Er würde es verstehen und ihr wenigstens für ein paar Tage Unterschlupf gewähren; trotz allem, was geschehen war. Ein Jahr war Zeit genug, um zu vergessen.
»Noch ein Getränk?«, fragte der Ober und griff nach dem leeren Weinglas.
»Ja, dasselbe noch mal, bitte!«
Sie war es, die die Affäre damals abrupt beendet hatte, und dafür hatte es gute Gründe gegeben; darüber konnte auch nicht hinwegtäuschen, dass Antoine im Bett eine Granate war. Es waren allerdings ziemlich viele, denen er das unter Beweis stellte, aber das war Tanja völlig egal, Hauptsache, sie hatte gigantischen Sex.
Bis zu dem Tag, als sie mitbekommen hatte, dass Antoine sein Geld nicht ausschließlich als Autohändler mit Nobelkarossen

verdiente. Ungewollt hatte sie ein Telefonat mitgehört und Namen aufgeschnappt. Sie hatte nicht nachgefragt, aber recherchiert und irgendwann war klar, dass Antoine Verbindungen zu Kreisen der organisierten Kriminalität hatte. Antoine zur Rede zu stellen, war ihr zu heiß gewesen, aber sie hatte die Reißleine gezogen. Ob er an Autoschiebereien oder als Fluchthelfer beteiligt war, wollte Tanja gar nicht wissen, vermutlich war er in beides verstrickt; alleine der Verdacht war Anlass genug gewesen, die Beziehung zu beenden. Naja, eine Beziehung war es eigentlich nie gewesen, eher eine Affäre, die hauptsächlich auf sexuelle Befriedigung fokussiert war. Das war von Anfang an klar gewesen, weswegen aus der Trennung keine dramatische Aktion wurde. Ohne Gründe zu nennen, hatte sie erklärt, dass es genug sei und Antoine hatte akzeptiert, ohne zu fragen und ohne eine Geste des Bedauerns. Seit jenem Tag waren sie sich nicht mehr über den Weg gelaufen.
»Bitteschön, die Dame, Ihr Wein!«, säuselte der Kellner und riss Tanja vorübergehend aus ihren Erinnerungen.
»Danke!«
Antoine! Tanja hatte ihn ein einziges Mal zu Hause besucht; in Saarlouis, aber die Adresse? Ein Vorort, eine Wohnsiedlung mit einem Wendehammer, das war alles, woran sie sich erinnern konnte. Vom Schlafzimmer war mehr hängen geblieben: blau, Samtbettwäsche, Spiegel an der Decke. Geil!
Ansonsten hatten sie sich immer in Antoines Autohaus in Saarbrücken getroffen. Um diese Zeit würde er dort heute mit Sicherheit nicht anzutreffen sein.
Zu blöd, dass sie Antoines Handynummer gelöscht hatte, aber es war eine Vorsichtsmaßnahme gewesen, eine richtige Entscheidung. Damals! Jetzt bedauerte sie es. Morgen früh im Autohaus würde er erreichbar sein; samstags immer! Hoffentlich!
»Schmeckt Ihnen der Wein?«, der Ober fragte freundlich. »Noch einen Wunsch?«

»Eine Kleinigkeit zum Essen, bitte. Gibt es in der Nähe ein Hotel?«
»Ja! In Richtung Autobahn auf der rechten Seite. Es ist nicht weit. Soll ich für Sie reservieren?«
»Oh, das wäre fürchterlich nett!«
»Einzelzimmer?«
»Ja, bitte!«
»Gerne! Auf welchen Namen?«
»Berger! Ich werde in spätestens einer Stunde dort sein.«
Damit war das Problem, wo sie heute die Nacht verbringen sollte, gelöst.

***

Als Sascha Berger durch die Haustür in die dunkle Wohnung trat, wurde ihm bewusst, dass Tanja sich aus dem Staub gemacht hatte.
Den ganzen Abend über hatte er daran keinen Gedanken verschwendet, weil ihn die Diskussionen zu den Vorbereitungen des Balls voll in Beschlag genommen hatten, da war keine Zeit zum Sinnieren gewesen. Anschließend beim Bier an der Theke war endlich das lang ersehnte Gespräch mit Gernot Dollmann zustande gekommen. Dollmann war Leiter des Dezernates für Schulen und Sportstätten im Landkreis und hatte somit ein gewichtiges Wort bei der Vergabe von Planungsaufträgen; so eine Verbindung war gerade für einen mittelmäßigen Architekten wie Sascha Berger von existenzieller Wichtigkeit.
Jetzt, kurz vor Mitternacht, ist Tanja immer noch unterwegs, dabei hätte Sascha darauf gewettet, dass sie schmollend vor dem Fernseher sitzt, wenn er nach Hause kommt.
Manchmal hat die einen Dickschädel, da könnte man glatt aus der Haut fahren! Und überhaupt ist sie in letzter Zeit gereizt und überspannt. Völlig unverständlich, wo doch ihre Geschäfte prima laufen. Warum dieses Gemecker? Naja, spätestens mor-

gen früh würde sie auftauchen.

Sicherheitshalber schaute Sascha in die Kleiderschränke und Kommoden. Entwarnung! Alles, was ihr lieb war, hing in den Schränken und die Schuhe waren ebenfalls alle da; jedenfalls soweit er das bei der Menge überblicken konnte. Tanjas Modefimmel war platzraubend und kostspielig, aber das war nicht Saschas Problem, schließlich hatte sie eigene Einnahmen.

Nervig war dieses Dauershopping schon! Ständig führte sie irgendwas Neues vor und wollte bewundert werden. Gut, sie hatte die passende Top-Model-Figur dazu! Im Gegensatz zur Frau von diesem Dollmann, aber dafür war die wesentlich entspannter und lustiger. Man kann nicht alles haben, dachte Sascha Berger und verschwand zunächst ins Bad und ging dann ins Bett. Wenn Tanja in der Nacht zurückkäme, würde er das schon mitbekommen.

2

Samstag, 4. August

Tanja Berger war die Erste im Frühstücksraum, rührte sich schnell ein Müsli, aß hastig, spülte mit einem Orangensaft nach und war bereits unterwegs, während die meisten Hotelgäste noch selig in ihren Betten schlummerten.
Saarbrücken lag quasi um die Ecke, und wenn er seine Routine nicht wesentlich geändert hätte, würde Antoine spätestens um halb neun im Geschäft sein. Früher hatte er dort gewartet, wenn Sascha mit seiner Tennismannschaft zu einem Auswärtsspiel unterwegs war oder ein Vergleichsmatch auf dem Golfplatz auf der Tagesordnung gestanden hatte.
Antoine würde da sein! Er musste einfach da sein!
Kurze Zeit später fuhr Tanja auf das Firmengelände des Autohauses, stieg aus, strich den knappen Rock glatt, schlenderte an den in Reih und Glied aufgestellten Luxuskarossen vorbei und betrat schließlich das feudal eingerichtete Büro; ein dezenter asiatischer Gong kündigte ihr Kommen an.
Am Ende des riesigen Raumes, an dessen Wänden Vitrinen mit hochpreisigen Luxusausstattungen für detailverliebte Freaks ausgestellt waren, saß Antoine an einem futuristisch anmutenden Schreibtisch aus Glas und schaute erwartungsvoll auf den hereintretenden Gast.
»Tanja!«, rief er sichtlich überrascht. »Ich glaub's nicht!«
Er sprang auf, eilte ihr entgegen und lächelte sein alles eroberndes Lächeln.
»Hallo Antoine!«, lächelte Tanja zurück und breitet die Arme aus.

»Was treibt dich hierher?«, fragte er, nahm sie in die Arme und drückte ihr einen Kuss auf die Wange.
»Na, überrascht?«
»Das kannst du laut sagen, aber hallo! Lass dich anschauen!« Antoine trat einen Schritt zurück und Tanja wusste, dass er sie mit den Augen gerade auszog. »Wow, die gleiche geile Schnecke wie früher! Gut siehst du aus! Sehnsucht?«
»Ich gebe das Kompliment zurück, Antoine. Du bist nach wie vor scharf auf mich! Sicherlich hattest du eine Menge hilfreicher Hände, die dir über den Schmerz hinweggeholfen haben.«
»Nicht nur Hände, wenn du es genau wissen willst. Und du? Immer noch mit diesem Golftrottel verheiratet?«
»Leider ja, aber ich bin gerade dabei, mich von ihm zu trennen.«
»Hoffentlich nicht meinetwegen! Du weißt, dass ich mich nicht an die Leine legen lasse!«
»Es hat sich bei dir also nichts geändert?«
»Nein, wieso sollte es? Ich komme wunderbar klar, wie es ist.«
»Das sieht man, Antoine! Du siehst gut aus.«
»Höre ich da einen Hauch von Bewunderung?«
»Ich will es nicht leugnen. An unsere Zeit denke ich gerne zurück.«
»Hoffentlich nicht mit Wehmut! Du warst es, die die Sache beendet hat.«
»Nachtragend?«
»Nein, wir wussten beide, dass es so kommen würde.«
»Wie laufen die Geschäfte?«
»Gut, sehr gut, aber du bist nicht gekommen, um mich das zu fragen. Was willst du?«
»Nichts. Ich war in der Nähe und wollte vorbeischauen.«
»Aha! Ist dein Ehemann unterwegs? Golf oder Tennis? Oder hat er mittlerweile ein neues Hobby? Polo vielleicht! Oder macht er jetzt auf altägyptische Archäologie?«
»Weder noch! Ich sagte doch, dass ich gerade dabei bin, ihn zu

verlassen. Ich bin abgehauen! Gestern schon!«
»Brauchst du mal wieder Bewegung zwischen den Beinen? Bist du deshalb gekommen?«
»Nein, deswegen nicht, aber ich wäre nicht abgeneigt. Hast du Zeit?«
»Und Lust! Mit dir immer! Aber du kennst die alten Spielregeln, sie gelten immer noch!«
»Ich weiß: keine Beziehung! Schon klar. Kann ich trotzdem übers Wochenende bei dir bleiben? Ich muss eine Weile abtauchen, falls er mich sucht. Montagmorgen bist du mich los.«
»Klar, aber nicht hier. Wir fahren aufs Land.«
»Ich muss vorher einige Telefonate führen, willst du einen Kaffee?«
»Nein danke, mach dir keine Umstände. Musst du meinetwegen einer anderen absagen?«
»Für dich tue ich alles; fast! Hast du das vergessen?«, lächelte Antoine, ging zum Schreibtisch und wählte eine Nummer.
Tanja nickte zufrieden, das würde mit Sicherheit ein amüsantes Wochenende werden. Ein Abenteuer mit Antoine anstatt Sommerball mit Sascha und seinen bescheuerten Sportkameraden, was für ein Tausch!
»Ich bin es, Antoine«, hörte sie ihn ins Telefon sagen. »Hör zu, Steffi! Ich muss unser Date absagen, ein Kunde! Es geht heute nicht, wir müssen verschieben! Wie? … Versteh es oder lass es! Wenn du dich entschieden hast, melde dich nächste Woche! Tschüss!«
Aha, Steffi hieß die enttäuschte Braut also! Damit musste sie bei Antoine rechnen, er war frei und machte keine Kompromisse! Insgeheim bewunderte ihn Tanja dafür.
Während Antoine weitere Gespräche führte, von denen Tanja augenscheinlich nichts mitbekommen sollte, blätterte sie in verschiedenen Magazinen, war in Gedanken allerdings woanders.
Antoine war ein paar Jahre jünger als sie, sein genaues Alter

hatte sie nie in Erfahrung gebracht; sie schätzt ihn um die Vierzig. Dass sie ihm gefiel, hatte er oft genug gesagt, sie sei absolut sein Typ; umgekehrt galt das Gleiche. Wenn sie ihre Bedenken gegen seine dunklen Geschäfte über Bord werfen würde, könnte sie vielleicht versuchen, mehr als ein Bumsverhältnis aus ihrer Bekanntschaft zu machen. Wenn er Dreck am Stecken hatte, war das sein Problem, warum sollte sie sich damit belasten? Sie sollte ihn vielleicht fragen, ob seine Geschäfte alle legal sind oder besser, ihn damit konfrontieren, dass sie es besser wusste.

»Bist du soweit?«, rief Antoine aus seiner Ecke. »Von mir aus kann es losgehen. Fahr deinen Wagen in die Halle, wir nehmen das Cabrio, den Jaguar, der ist bei diesem Wetter ein Traum.«

Fünf Minuten später waren sie unterwegs. Tanja achtete nicht auf die Ortsschilder, die Richtung und den Verkehr, sie genoss die Landschaft, das Wetter und dieses großartige Gefühl, in Antoines Nähe zu sein. Ein junger, starker, selbstbewusster, gut aussehender und erfolgreicher Mann, was für ein Unterschied zum biederen Sascha, der nicht nur beim Golfen ein Handicap hatte. Mein Gott, was war aus ihrer Ehe geworden und was könnte alles aus einer Beziehung mit Antoine werden!

Tanja träumte und grübelte. Noch war Zeit, die Weichen umzustellen. Aber wie lange hatte sie diese Chance? In wenigen Jahren würde sie im Klub der Ü-50er sein, nicht mehr weit weg von U-100-Marke. Und dann? Tee im Golfklub, Bridge mit den Damen, Saschas Wehwehchen pflegen und bedauern? Eine schreckliche Vision! Eine lebende Leiche, ein Zombie!

Die Kohle auf dem Festgeldkonto und Investmentfonds sicher gebunkert! Für wen? Für Saschas Schwester, die einzige gesetzliche Erbin? Die wohnte irgendwo bei Münster und liebte Pferde mehr als den Rest der Welt inklusive ihres vertrottelten Gatten Eugen. Alle paar Jahre hatte man sich gesehen, fürchterliche Treffen, bei denen es vor allem um die Vierbeiner ging; die Ehe unfreiwillig kinderlos, Eugen mit deutlichen Bildungsdefiziten, seine Frau jenseits von Gut und Böse – oh Gott, und die würden womöglich alles erben! Unfassbar!

Tanja arbeitete im Grunde nicht nur für ihre eigene Altersabsicherung, sondern auch für Saschas private Rentenbeiträge, denn ein gleichbleibendes gesichertes Umsatzniveau hatte Sascha nicht; ob sein Architekturbüro auf Dauer überleben würde, stand in den Sternen. Sascha setzte völlig einseitig auf seine Kontakte in den Vereinen und versäumte es ständig, andere potenzielle Kunden aufzutun. Tanja hatte ihm das immer wieder vorgeworfen, aber Sascha war diesbezüglich beratungsresistent und schließlich hatte sie es aufgegeben.

Sie wurde aus ihren Gedanken gerissen, als Antoine den asphaltierten Weg verließ und auf einen Schotterweg abbog, der ins Grüne führte und an einem Weiher vor einer Schranke endete.

»Das ist ein lauschiges Plätzchen. Privatgelände gehört einem Kumpel von mir«, erklärt Antoine. »Weiter hinten gibt's eine kleine Hütte mit Toilette.«

»Auch Champagner?«

»Alles was wir für ein Picknick brauchen, liegt im Kofferraum.«

»Du warst wohl schon öfter hier?«

»Ein paar Mal.«

»Alleine?«

»Was spielt das für eine Rolle?«

Antoine holte eine Kühltasche und eine Decke aus dem Kofferraum und bedeutete Tanja, ihm zu folgen. Sie umrundeten den kleinen Weiher und breiteten die Decke im Schatten eines Baumes aus. Als Antoine sich anschickte, die Champagnerflasche zu öffnen, konnte Tanja nicht an sich halten, riss ihm das Hemd vom Leib und öffnete seine Hose. In Windeseile entledigten sie sich ihrer Kleider und fielen übereinander her. Binnen Sekunden steigerten sie sich in einen Rausch aus Wollust und Ekstase.

Es schien kein Ende nehmen zu wollen, Antoines Durchhalte-

vermögen schien unbegrenzt zu sein. Von einem Orgasmus zum nächsten getrieben, befürchtete Tanja das Bewusstsein zu verlieren, erreichte aber alsbald einen neuen Höhepunkt; nichts blieb unangetastet, nichts war tabu und erst nach geraumer Zeit fiel Tanja erschöpft auf die Decke und atmete schwer.
»Unglaublich!«, japste Tanja. »Das war unglaublich!«
»Du hast nichts verlernt«, stellte Antoine fest.
»Und du wirst immer besser. Ich hätte nicht gedacht, dass ich das noch mal erlebe!«
»Übung macht den Meister! Wie wäre es jetzt mit einem Glas Champagner?«
»Gerne! Übrigens: Ich habe keine Wechselwäsche dabei.«
»Die wirst du an diesem Wochenende nicht brauchen, das verspreche ich dir!«
»Das klingt wie eine Drohung. Wenn du in dem Tempo weitermachst, hast du mich bis Montag unter der Erde.«
»Kannst du dir einen schöneren Tod vorstellen?«
»Nicht wenn du der Henker bist.«

3

Sonntag, 5. August

Tanja war seit mehr als 36 Stunden verschwunden und hatte sich nicht gemeldet, Sascha machte sich allmählich Sorgen. Ratlos lief er durch die Wohnung und überlegte. Was war bloß in seine Frau gefahren?

Den Sommerball hatte er zwar in illustrer Gesellschaft und vielen interessanten Gesprächen verbracht, aber genossen hatte er das Fest nicht, denn allzu oft wurde er auf das Fehlen seiner Frau angesprochen. Anfangs war ihm das lästig, später peinlich, weil der eine oder andere alkoholisierte Gast schlüpfrige Bemerkungen hatte fallen lassen und die Ausrede von der fiebrigen Erkältung infrage stellte.

»Die Tanja wird dir nicht etwa abhandengekommen sein?«, war eine der Äußerungen.

»Knirscht es bei euch?«, eine der anderen Fragen.

»Pass gut auf«, hatte einer gemeint. »Die Konkurrenz schläft nicht!«

Notgedrungen hatte er Irene Rehberger, der Anwältin des Vereins, einen Tanz gönnen müssen, und dabei die Erfahrung gemacht, dass Tanja die einzige Tanzpartnerin war, mit der er einigermaßen den Rhythmus halten konnte. Um halb zwei hatte er sich schließlich ein Taxi gerufen und zu Hause eine leere Wohnung vorgefunden.

Langsam bekam Sascha ein mulmiges Gefühl; hoffentlich war ihr nichts zugestoßen. Oder sollte vielleicht doch etwas an den blöden Bemerkungen dran sein, dass sie ihn … nein, das würde Tanja ihm nicht antun! Das fehlte noch, dass er sich von diesen

dummen Sprüchen ins Bockshorn jagen ließ!
Aber warum kam sie nicht zurück, und vor allem, wo könnte sie stecken? Sascha wurde plötzlich bewusst, wie wenig er von den Kontakten seiner Frau wusste. Eigentlich kannte er lediglich zwei: Alice, ihre Bürosekretärin, und Sunny, die Besitzerin einer Boutique in St. Ingbert, zu der ihn Tanja manchmal mitschleppte, damit er seinen Senf bei der Auswahl irgendwelcher Klamotten dazugeben konnte. Von beiden Frauen kannte er lediglich die Vornamen, sonst nichts.
Vielleicht hat sie jemand vom Golfklub gesehen, spekulierte Sascha. Dort hing sie manchmal an der Bar rum, wenn er auf dem Platz war. Ultrablöd! Was sollten die denken, wenn er dort auftauchen würde, um sich über den Verbleib seiner Frau zu erkundigen?
Trotzdem fuhr Sascha Berger am nächsten Morgen ins Klubhaus und erkundigte sich dezent; er habe sich ausgesperrt und Tanja habe den Zweitschlüssel zur Wohnung. Sascha verbrachte den ganzen Vormittag im Verein, erfuhr allerdings nichts über Tanjas möglichen Aufenthaltsort, niemand hatte sie gesehen oder eine Vermutung.
Er fuhr zu ihrem Lieblingsitaliener, fragte dort, bekam keine positive Antwort und aß eine Kleinigkeit, bevor er den ganzen Nachmittag durch die Gegend fuhr und nach ihrem Wagen Ausschau hielt. Ohne Erfolg! Am Abend fuhr er in die Szenenkneipe, in der sie manchmal verkehrten, aber dort gab es wenig bekannte Gesichter und keinen einzigen Hinweis.
Saschas Sorgen wurden von Stunde zu Stunde größer. Tanja musste etwas zugestoßen sein, eine andere Erklärung fand er nicht.
Beim Maklerbüro hatte er Sturm geläutet, aber da war niemand, logisch an einem Sonntag. Er war um das Gebäude geschlichen – nichts.
Zwischendurch war er nach Hause gefahren, um nachzuschauen, ob Tanja zwischenzeitlich zurückgekommen war, dabei

hatte er in die Schränke geschaut und festgestellt, dass sie ihre Klamotten nicht abgeholt hatte. Eins war sicher: Ohne ihre Kleidersammlung würde sie ihn niemals verlassen! Das Geld war noch da, aber davon wusste sie ohnehin nichts. Nein, sie wollte ihm einen Denkzettel verpassen! Wenn er ehrlich zu sich selbst war, musste er zugeben, dass ihr das gelungen war.

Am späten Abend fuhr Sascha in den Tennisklub, aß ein Steak und gesellte sich hinterher zu den anderen an die Bar, die deutliche Verschleißspuren des Vortags aufwies.

Tanja blieb verschwunden, wie vom Erdboden verschluckt, niemand hatte sie gesehen. Sascha beschloss, zur Polizei zu gehen, falls sie in der kommenden Nacht nicht auftauchen würde. Er übernachtete im Wohnzimmer auf der Couch, damit er es sofort mitbekommen würde, wenn seine Frau heimkommen sollte.

4

Als Tanja die Augen öffnete, brauchte sie einige Sekunden, um sich zurechtzufinden.

Erst allmählich begriff sie, dass sie nicht aus einem Traum erwacht war, sondern sich mitten drin befand. In den letzten Stunden hatte sie ihren Hunger nach körperlicher Liebe derart exzessiv gestillt, dass es eigentlich für den Rest ihres Lebens reichen sollte, aber als sie den nackten Körper des schlafenden Antoine neben sich wahrnahm, wusste sie, dass ihr Appetit auf mehr bei Weitem nicht verflogen war.

Antoine hatte eine schier endlose Standfestigkeit an den Tag gelegt. Immer wenn Tanja geglaubt hatte, es sei Zeit für eine Erholungspause, hatte er sie in den nächsten Rausch getrieben. Eine derartige Potenz hatte sie sich bislang nicht einmal vorstellen können und ihr war schleierhaft, wie er das schaffte. Irgendwas würde er wahrscheinlich einnehmen, aber das war Tanja völlig egal. Antoine hatte sie zu völlig neuen Erfahrungen getrieben, ihr absolutes Neuland gezeigt und Dinge mit ihr getan, die sie mit keinem anderen mitgemacht hätte. Es war grandios gewesen, einfach unglaublich.

Sie wollte gerade ihren Slip überstreifen, als sie die Hände an ihren Hüften spürte.

»So, wie du da stehst, kann ich nicht anders!«, sagte er und kam sofort zur Sache.

»Oh Gott«, hauchte Tanja. »Mach zart, ich … Wahnsinn.«

Binnen kürzester Zeit waren sie dort, wo sie am frühen Mittag aufgehört hatten.

Eine halbe Stunde später saßen sie beim Picknick; nackt und erst halbwegs erholt vom spontanen Liebesakt.

»Du warst früher schon stark, Antoine, im Augenblick scheinst du in Höchstform zu sein. Nimmst du Aufbautabletten?«

»Nein, alles Natur! Und du scheinst mächtigen Nachholbedarf zu haben.«

»Wie viel, das habe ich jetzt erst bemerkt. Ich wusste gar nicht mehr, was mir entgangen ist. Daran bist du schuld.«

»Hat dein Golfspieler seinen Schläger schon eingemottet?«

»Nur den zum Einlochen!«, grinste Tanja.

»Wie geht's jetzt weiter mit euch?«

»Gar nicht! Ich halte das nicht mehr aus! In ein paar Wochen mache ich Schluss. Aber das muss ich sorgfältig vorbereiten.«

»Such dir einen Neuen! Noch bist du jung und attraktiv!«

»Nach den Erfahrungen der letzten Stunden wird das schwer. Ich würde jeden mit dir vergleichen.«

»Im Bett vielleicht, aber sonst …«

»Im Bett, auf dem Teppich, in der Küche, auf der Couch, im Flur … überall.«

»Was hältst du davon, wenn ich eine Weile bei dir bleibe?«

»Nichts! Das geht nicht!«

»Warum nicht? Ich stelle keine Ansprüche! Wenn du außer mir andere …«

»Vergiss es! Ich will das nicht!«

»Antoine, glaub mir! Du kommst ein- oder zweimal die Woche, vögelst mich und bist wieder weg; mehr …«

»Ich sagte: nein! Hör auf damit, Tanja!«

»Ist es wegen deiner Geschäfte? Keine Sorge, ich störe dich nicht! Und ich sag nix!«

»Wie meinst du das?«, fragte Antoine; in seinem Tonfall klang ein bedrohlicher Unterton mit.

»Komm schon, du musst mir nichts vormachen. Ich weiß, dass du mit Bresco Geschäfte machst.«

»Woher kennst du Alex? Hat er dich geschickt?«

»Ich weiß das schon lange! Hab's damals mitgekriegt. Es hatte mich gestört, aber jetzt ist es mir egal.«
»Was hatte dich gestört?«
»Eure Machenschaften! Ich weiß genau, was … keine Sorge, ich habe natürlich nichts verraten!«
»Was verraten? Bist du verrückt?«
»Bresco ist kein unbeschriebenes Blatt, man konnte ihm bisher allerdings nichts nachweisen. Ich habe mitbekommen, wie du mit ihm telefoniert hast.«
»Ich bin Autohändler; ich telefoniere täglich mit irgendwelchen Leuten!«
»Wenn ich eines nicht leiden kann, Antoine, dann, wenn man mich für blöd hält! Ein Typ wie Bresco kauft keine Edelkarossen, der lässt sie sich besorgen!«
»Du hast eine blühende Fantasie!«
»Oder ein gutes Gehör!«
»So? Was hast du denn gehört?«
»Genug um zu wissen, dass du mit ihm unsaubere Geschäfte machst und dass es nicht darum ging, dass du ihm ein Auto verkaufst. Mein Schweigen sollte dir einiges wert sein.«
Mit Genugtuung stellte Tanja fest, dass sie Antoine an einem wunden Punkt getroffen hatte. Das war ihre Chance! Damals hatte sie ihn aus Gewissensbissen wegen ihrer Mitwisserschaft verlassen, jetzt würde er sie aus dem gleichen Grund nicht mehr loswerden!
»Antoine, es ist mir egal, was du treibst! Ich werde kein Wort darüber verlieren, aber schick mich bitte nicht weg! Lass uns erstmal für ein paar Wochen zusammenbleiben und schauen, ob es funktioniert.«
Antoine reagierte nicht.
»Wir haben beide gut gehende Geschäfte, Antoine! Glaub mir, wir wären ein super Gespann! Ein paar Jahre und wir haben genug für den Rest unseres Lebens. Wir steigen aus und hauen ab; irgendwohin wo es warm ist. Toskana, Sizilien, Portu-

gal! Karibik! Südamerika! Wenn du außer mir andere Frauen brauchst ... ich bin tolerant. Diese Marathon-Vögelei würde ich auf Dauer sowieso nicht durchstehen.«
»Ich überlege es mir«, antwortete Antoine, aber es klang eher, als wolle er Zeit gewinnen. »Ich muss für eine Stunde weg. Höchstens! Tut mir leid, ein dringender Termin, den ich nicht verschieben kann. Wenn ich zurück bin, überlegen wir, wie's weitergeht.«
Tanja war einigermaßen beruhigt. Er würde es sich überlegen und sie würde gleich dafür sorgen, dass sie ihm in positiver Erinnerung blieb. Dass Antoine noch mal weg musste, war nicht sonderlich tragisch; sie brauchte dringend Ruhe und ein bisschen Zeit, um sich von den Anstrengungen zu erholen, aber erstmal würde sie auf der Wiese alles geben, wozu sie fähig war. Sie ritt ihn durch die Wiese, bis sie erschöpft war und von ihm herunter glitt. Sie lag im Gras und schnappte nach Luft. Antoine kommentierte das nicht einmal und verschwand wortlos in der Hütte. Kurze Zeit später stand er mit zwei Champagnergläsern vor Tanja.
»Lass uns einen Schluck nehmen, bevor ich fahre!«
Er küsste sie, flüsterte ihr ein paar schmutzige Worte ins Ohr, prostete ihr zu und machte sich auf den Weg.
»In einer Stunde bin ich zurück«, rief er, bevor der Jaguar mir röhrendem Motor davon preschte.
Tanja winkte hinter ihm her, nahm einen großen Schluck aus dem Champagnerglas und setzte sich ins Gras. Ein paar Minuten Ruhe brauchte sie jetzt, denn sie war mit ihrer Kondition deutlich an ihre Grenzen gestoßen. Boah, was für ein Mann!
Plötzlich hatte sie Mühe, die Augen offen zu halten; Zentnerlasten drückten auf ihre Lider. Mit einem Mal überfiel sie eine bleierne Schwere, gegen die sie sich nicht stemmen konnte. Lautlos kippte sie nach hinten, der leere Champagnerkelch wurde vom dichten Gras sanft aufgefangen.

5

Montag, 6. August

Sascha Berger war früh auf den Beinen und stellte mit großer Sorge fest, dass seine Frau nicht zurückgekommen war. Ohne Frühstück verließ er das Haus, fuhr in sein Büro und wartete bei einer Tasse Kaffee, bis Tanjas Büro seiner Einschätzung nach besetzt sein würde.
Zwischendurch durchforstete er seinen Account auf Nachrichten seiner Frau, fragte die ankommenden Mitarbeiter, ob Tanja sich gemeldet habe, und erhielt überall die gleiche negative Antwort.
Der Anruf in Tanjas Büro brachte das gleiche Ergebnis, von einem Außentermin am Morgen war nichts bekannt. Es war zum Verrücktwerden, es gab nicht den geringsten Hinweis auf Tanjas Aufenthaltsort!
Die Boutique in St. Ingbert öffnete um zehn. Dort war Tanja vor etwa einer Woche zum letzten Mal gesehen worden.
Sascha rief die Notrufnummer der Polizei an, wurde dort allerdings abgewimmelt, weil telefonisch keine Vermisstenmeldungen angenommen wurden, nur bei Kindern und selbst da käme es auf die Umstände an; allenfalls könne er sich an das für ihn zuständige Polizeirevier wenden.
Da er vergessen hatte zu fragen, musste er im Internet nach der Polizeidienststelle suchen und entschied sich für die Polizeiinspektion in der Neunkircher Falkenstraße.
Zeit seines Lebens war Sascha nie in einem Polizeirevier gewesen, weshalb er etwas aufgeregt war, zugleich aber zornig, weil sich anfangs niemand um ihn kümmern wollte. Als ging

es um eine Reklamation im Baumarkt, stand er am Tresen und wartete, aber offenkundig hatte niemand Lust, sich mit ihm zu beschäftigen. Zwei Beamte saßen an ihren Schreibtischen und telefonierten, aus ihren Gesichtern sprach wenig Motivation. Ein Dritter wühlte in irgendwelchen Akten und würdigte ihn keines Blickes. Hinter ihm hing ein Fahndungsplakat mit dem verschwommenen Foto eines Mannes, der augenscheinlich an einem Bankautomaten stand. Das Bild war derart unscharf, dass man nicht einmal die Hautfarbe des Mannes eindeutig erkennen konnte. Selbst die Annahme, dass es sich um eine männliche Person handelte, war reine Spekulation.
Wer kennt diese Person ... Hinweise ...
»Ja?«
Die junge Polizistin war aus dem Nichts aufgetaucht und stellte diese Frage nicht, sondern schleuderte sie Sascha missmutig ins Gesicht. »Was willst Du Arschloch?«, wäre ebenso höflich gewesen.
»Ich vermisse meine Frau!«, erklärte Sascha.
»Aha! Da sind Sie nicht der Einzige! Kommt öfter vor, dass nach dem Wochenende der Partner weg ist!«
»Was ist denn das für eine Aussage?«, regte Sascha sich auf.
»Ich möchte eine Vermisstenanzeige aufgeben!«
»So, möchten Sie? Seit wann ist sie Ihnen denn abhandengekommen?«, fragte die Polizistin, während sie in irgendwelchen Unterlagen blätterte.
»Nehmen Sie mein Anliegen überhaupt ernst?«
Keine Antwort.
»Sie ist Freitagabend weggefahren und seitdem nicht mehr aufgetaucht.«
»Gab's Streit?«
»Was heißt Streit? Wir hatten eine Meinungsverschiedenheit über ...«
»Das will ich gar nicht wissen! Sie haben sich gestritten und danach ist sie weg. Wissen Sie, wie oft so etwas passiert? Dutzen-

de Male, jeden Tag! Wenn wir jedes Mal eine Personensuche auslösen würden ... sie wird zurückkommen; wenn nicht, wird sich ihr Anwalt bei Ihnen melden.«
»Was ist, wenn ihr etwas zugestoßen ist?«
»Bei einem Unfall hätte man sich längst bei Ihnen gemeldet. Uns liegt derzeit keine Meldung aus den Krankenhäusern über eine nicht identifizierte Person vor.«
»Können Sie sich denn nicht vorstellen, dass ich mir Sorgen mache?«
»Doch, aber wir sind hier nicht bei der Seelsorge!«
»Sie wollen keine Vermisstenanzeige aufnehmen?«
»Braucht Ihre Frau dringende Medikamente?«
»Nein, aber was hat das mit Ihrem Verschwinden zu tun?«
»Halten Sie Ihre Frau für Suizid gefährdet?«
»Nein, um Gottes willen?«
»Hat sie körperliche oder geistige Funktionsstörungen oder Einschränkungen?«
»Sie meinen, ob sie behindert ist? Nein, ist sie nicht!«
»Schreiben Sie ihren Namen und den Ihrer Frau auf diesen Zettel. Anschrift und Telefonnummer, unter der Sie ständig erreichbar sind. Für den Fall, dass jemand gemeldet wird.«
Sascha schrieb alles auf und reichte der Polizistin das Blatt Papier, worauf die es in eine Ablage warf.
»Ist das jetzt alles?«, beschwerte sich Sascha.
»Hören Sie, guter Mann!«, antwortete die Polizistin unfreundlich. »Ihre Frau ist erwachsen, ohne erkennbare Notlage, und kann tun und lassen, was sie will. Augenscheinlich besteht keine Gefahr für Leib und Leben, aber sie hatten einen Streit. Es besteht unsererseits kein Handlungsbedarf!«
»Aber das ist doch nicht normal!«
»Was ist schon normal? Klappern Sie Freunde, Bekannte und Verwandte ab, irgendwo wird sie wahrscheinlich stecken. So was kommt in den besten Ehen vor.«
»Hören Sie, ich ...«

»Ich habe es Ihnen jetzt mehrfach zu erklären versucht! Und jetzt bitte, ich habe zu tun!«

Die Frau war jetzt äußerst ungehalten und Sascha beschloss, sich nicht mit ihr anzulegen. Wahrscheinlich hatte sie sogar recht, aber es musste trotzdem einen Weg geben, Tanjas Aufenthaltsort ausfindig zu machen! Sie konnte nicht einfach vom Erdboden verschluckt worden sein!

Kontoauszüge! Vielleicht hatte Tanja versucht, sich vom gemeinsamen Konto mit Bargeld zu versorgen. Unwahrscheinlich, aber immerhin eine Möglichkeit.

Er rief in Tanjas Büro an und bat um dringenden Rückruf, falls sich seine Frau meldete.

Die Auszüge belegten keine Auszahlung. Eine Vollmacht für Tanjas Geschäftskonto hatte Sascha nicht. Er versuchte es trotzdem am Schalter und erhielt eine Abfuhr, obwohl er den Bankangestellten von einigen Besprechungen wegen des Sponsorings für das jährliche Tennisturnier persönlich kannte.

»Tut mir leid, Herr Berger, aber da kann ich Ihnen diesbezüglich keine Auskunft erteilen; Ihre Frau muss schon selbst kommen.«

»Das ist das Problem! Ich weiß seit Tagen nicht, wo sie steckt und wollte wissen …«

»Meine Güte, Herr Berger, das ist sehr … bedenklich! Hoffentlich ist nichts passiert! Ich kann Ihnen allerdings trotzdem nicht weiterhelfen. Haben Sie denn alle Kontaktpersonen abgeklappert, vielleicht …«

»Selbstverständlich, Herr Tietze, ich war überall! Nichts! Kein Hinweis! Sie glauben nicht, wie ich mich fühle. Ich komme um vor Sorge!«

»Das kann ich gut verstehen, Herr Berger! Mein Gott! Am besten, Sie wenden sich an die Polizei!«

»Da komme ich gerade her. Die weigern sich, eine Vermisstenanzeige aufzunehmen. Das käme öfter vor, sagen die. Als ob Tanja …«

»Ich habe gehört, dass die nur bei Kindern, Kranken und alten Menschen aktiv werden. Vielleicht sollten Sie es bei einem Privatdetektiv versuchen.«
»Kennen Sie einen? Geld spielt keine Rolle! Ich muss wissen, wo meine Frau steckt!«
»Einen Privatdetektiv ... nein ... aber ich kenne einen pensionierten Kriminalhauptkommissar ... ein Nachbar von mir; vielleicht kann der Ihnen weiterhelfen.«
»Ich greife nach jedem Strohhalm. Vielleicht wäre das eine Möglichkeit. Können Sie mir ...«
»Warten Sie einen Augenblick; ich habe die Telefonnummer auf meinem privaten Handy, Moment bitte!«
Es dauerte nicht lange, bis Marc Titze mit der gewünschten Information an den Bankschalter zurückkam.
»Hier, Herr Berger, Telefonnummer und Adresse. Der Mann heißt Joachim Schaum, Kriminalhauptkommissar a.D. Berufen Sie sich auf unser Gespräch und richten Sie einen schönen Gruß aus. Ich wünsche Ihnen viel Glück.«

6

Als Tanja Berger die Augen aufschlug, wurde ihr sofort bewusst, dass sie sich in einer schwierigen Lage befand.
Sie starrte in die Dunkelheit, die sie wie eine zweite Haut umschloss, und spürte und roch, dass sie nicht auf der Wiese, in einem Schlaf- oder Hotelbett lag.
Von Panik getrieben, wollte sie aufspringen, aber als sie ihre Muskeln anspannte, schnitten ihr Fesseln an Hand- und Fußgelenken ins Fleisch. Vor Schmerz und hilfloser Wut schrie sie so laut sie konnte um Hilfe.
Das Echo lief rundum, ein dumpfer Widerhall, aus dem Tanja schloss, dass der Raum klein und eng war. Sie zwang sich zur Ruhe, musste versuchen, ihre Lage zu analysieren. Trotzdem zerrte sie mit aller Kraft an ihren Fesseln, aber es war sinnlos; aus eigener Kraft würde sie sich nicht befreien können.
Am schlimmsten waren diese undurchdringliche Schwärze und die Kälte. Nein, es war keine Eiseskälte, sondern eine muffige feuchte Kühle, die nach Schimmel stank und sie zittern ließ. Es roch nach nassem Mauerwerk und feuchter Erde. Ein Keller! Oder ein Erdloch! Nein, dann würde das Echo nicht ... vielleicht ein alter Bunker.
»Hallo!«, schrie Tanja in die Dunkelheit. »Hört mich denn keiner? Hiiilfe!«
Sie brüllte, bis ihr die Stimme den Dienst versagte, und sah ein, dass es besser war, die aufkommende Panik in den Griff zu bekommen.
Ruhig bleiben, klaren Kopf bewahren!
Wo bin ich, wie komme ich hierher, wo ist Antoine? Genau: Antoine!

Tanja fühlte, dass ihre Beine und Arme bedeckt waren. In ihrer letzten Erinnerung war sie nackt gewesen; auf der Wiese. Antoine war weggefahren; sie musste eingeschlafen sein. Genau! Wieso hatte sie jetzt Kleider an? Wessen Kleider? Ihre Eigenen mit Sicherheit nicht! Gefangen und gefesselt in einem dunklen Raum. Weshalb und von wem?
Erpressung! Jemand will Sascha erpressen! Oder Antoine! Beides macht keinen Sinn! Bei Sascha ist nicht viel zu holen und Antoine ist nicht der Typ, der sich erpressen lässt!
Ruhig bleiben! Im Falle einer Erpressung brauchte man sie lebend; jedenfalls solange bis das Lösegeld gezahlt ist. Oh, Gott! Sie hatte keine Vorstellung, wie lange sie schon hier drinnen war. Sie verspürte keinen Hunger, keinen Durst, demzufolge konnte sie nicht lange …
Tanja warf sich mit ihrem gesamten Körper hin und her, soweit das möglich war, stemmte sich gegen die Fesseln und schrie. Die Unterlage bewegte sich nicht. Stein oder Beton, oder es war der Fußboden. Die Fesseln saßen fest wie Klammern an einer kurzen Kette. Sie versuchte sich erneut zu beruhigen, alles andere machte keinen Sinn.
Sie lauschte. Nichts! Nicht das kleinste Geräusch außer ihrem eigenen Atem.
Was waren ihre letzten Erinnerungen?
Antoine war weggefahren. Sie hatte sich ins Gras gesetzt, Champagner getrunken. Was danach kam, war weg – aus der Erinnerung gelöscht.
Tanja hatte außer an den Gelenken keine Schmerzen, spürte keine Verwundung, die auf einen Kampf oder einen Schlag hindeuten würden.
Die Ungewissheit trieb Tanja Berger fast in den Wahnsinn. Auf keine ihrer Fragen gab es eine plausible Antwort, nicht einmal einen Ansatz. Oder doch?
Nein … das konnte nicht sein! Das konnte einfach nicht sein! Das wäre … ihr Ende!

7

Dienstag, 7. August

Es ist mir ein Rätsel, wie sich Menschen dauerhaft und freiwillig mit altem Plunder beschäftigen können, warum sie in Kellern und Dachböden rumwühlen, um dort irgendwelchen Krempel aufzuspüren und ihn den Heerscharen von Trödlern auf Flohmärkten oder im Internet für kleines Geld feilbieten. Wenn man den Aufwand rechnet, kommt dabei höchstens ein Bruchteil des gesetzlichen Mindestlohns raus.
Seit zwei Wochen bin ich am Entrümpeln und inzwischen dem Wahnsinn ein gutes Stück näher gekommen. Weiß der Teufel, wieso ich mich dazu habe breitschlagen lassen; dabei hatte alles ganz harmlos angefangen.
Ich gelte seit dem 1. Juli offiziell als Ruheständler; zugegebenermaßen ein langes Wort fürs Nichtstun. Die erste Woche war in Ordnung. Ausschlafen, den Haushalt auf Vordermann bringen, längst überfällige Reparaturen an meinem Haus in Bexbach. Dazu der bürokratische Kram mit der Rentenversicherung, dem Finanzamt und anderen Formalismen; ich hasse so etwas wie der Teufel das Weihwasser, aber immerhin verging die Zeit in rasendem Tempo und Langeweile war ein Fremdwort.
Zum ersten Mal seit Jahrzehnten ist mein Kühlschrank gefüllt, die Wäsche sortiert, das Leergut entsorgt, das Auto poliert und der Innenraum nahezu staubfrei. Was für eine Ordnung im Umfeld meiner Wohnung! Beinahe hätte ich mich in einen Putz- und Ordnungswahn gesteigert, aber ich bekam gerade rechtzeitig die Kurve, weil Marion mich gebremst hatte; meine

Lebensgefährtin auf Dauer, der ich ein halbes Jahr vor meiner Pensionierung in einem Anfall von sentimentalem Leichtsinn unsere Freundschaftsringe präsentiert und überreicht hatte; Marion hatte sie sofort in den Status von Verlobungsringen erhoben. Mir war es letztendlich egal, welche Bezeichnung der ruinöse Fingerschmuck tragen sollte, aber seitdem hat sich etwas verändert. Von ihrer Seite ausgehend kam immer öfter das vorteilig dargestellte Argument der Zusammenlegung unserer Hausstände; im Klartext: meiner zu ihrem! Das gemeinsame Dach sollte ihres sein, obwohl unter meinem viel mehr Platz wäre, aber gut, sie hängt an ihrer Heimat, während ich ein Fremdkörper in meiner Siedlung bin.

Anfangs konnte ich ihr Ansinnen ins Lächerliche ziehen, indem ich behauptete, dass zwischen gebrannten Dachziegeln und ringförmigen Metallkonstruktionen aus Gold und Silber kein logischer Zusammenhang herzustellen sei, aber mit der Zeit wurde die Luft meiner Argumente immer dünner. In meiner Verzweiflung zog ich den falschen Joker.

»Wie soll ich denn mit meinem ganzen Krempel zu dir ziehen, wenn in deinem schmucken Häuschen von oben bis unten alles vollgestellt ist?«

Dieser unbedachte Ausspruch war das nicht vorhersehbare Signal, der Startschuss für ein neues Dasein, der Beginn einer neuen Zeitrechnung! Kurzum, ich saß in der Falle wie die Maus, allerdings suchte ich verzweifelt nach dem Speck!

Ich hatte die unselige Frage sonntags am Frühstückstisch gestellt. Für den Rest des Tages wuselte Marion durchs Haus. Dienstag und Mittwoch nahm sie sich frei, verbannte mich aus dem Haus, besorgte sich bei Dagmar den Anhänger fürs Auto und entrümpelte die Spiesener Wohnung.

»So!«, erklärte sie Donnerstag vor zwei Wochen am Telefon. »Ich habe Platz gemacht, jetzt bist du dran! Ausmisten ist angesagt! Bin gespannt, was übrig bleibt! Ich wette, dass wir deine Habseligkeiten hier unterbringen! Du hast vier Wochen!

Selbstverständlich darfst du Dagmars Anhänger benutzen, das habe ich bereits geklärt. Wenn du Hilfe zum Schleppen brauchst, kann dir Markus abends helfen.«
Seitdem bin ich am Räumen und verfluche den Tag meiner Pensionierung. Ich hätte es eigentlich ahnen müssen!
Marion hat ihre alten Sonnenliegen, die Gartengarnitur und die Hollywoodschaukel entsorgt und festgelegt, dass meine neuwertigen Garnituren wie bestimmt für ihren Garten sind.
»Was soll das Zeug in deinem muffigen Keller, du benutzt es ohnehin nie!«
Das Argument ist nicht von der Hand zu weisen! Die Umsetzung bereitete mir allerdings einige Schwierigkeiten, weil das Zeug irgendwo hinten in meinem Keller stand und erst wiederentdeckt werden wollte.
Zwei Fuhren mit Tapetenresten, alten Teppichen, Fragmente von Linoleum und einige in Auflösung befindliche Spanplatten mussten erst entsorgt werden, bevor ich die kostbaren zur Wiederverwendung ausgewählten Stücke auf den Hänger laden konnte.
Dabei kamen eine Holzleiter mit unvollständiger Sprossenbestückung und ein Sammelsurium ausgedienter Elektrogeräte zum Vorschein. Mit Nostalgie hatte das nicht das Geringste zu tun, es war einfach das Ergebnis meiner jahrelangen Faulheit.
Jetzt bin ich ausgerechnet am heißesten Augusttag seit Menschengedenken mit Gartenmöbeln unterwegs nach Spiesen. Als ich um die Mittagszeit in der Siedlung Am Köppchen ankomme, ist mein Mund trockener als die Oberfläche der Atacamawüste. Die Nachbarn winken mir mitleidig zu; sie beobachten mein Treiben schon seit Tagen, scheinen allerdings nicht einordnen zu können, was das Ganze soll. Bisher hatte ich immer vehement bestritten, dauerhaft hier einziehen zu wollen, weswegen sie jetzt ins Grübeln geraten.
»Ziehst du hier ein, oder zieht Marion aus?«, hatte mich Bhawin am Vortag gefragt.

»Ich weiß nicht mehr als du«, hatte ich geantwortet. Seitdem lächelt er schelmisch, wenn er mich sieht.
Erstmal ein kaltes Getränk! Ich sperre die Haustür auf und eile in die Küche. Direkt aus dem Wasserhahn erwarte ich eine durststillende Abkühlung, aber die Brühe ist lauwarm. Egal, ist bekömmlicher für den Magen. Ich saufe wie eine Kuh am Trog, wow, ich wäre fast verdurstet.
Die Kuckucksuhr! Mittag! High Noon! Erst einmal ausruhen, bevor ich bei der Hitze den Hänger entlade, schließlich bin ich Rentner und kann mir das erlauben. Ein Schläfchen im Schatten des Kirschbaumes, das ist genau das, was ich brauche. Mist! Die Liege ist auf dem Hänger! Also doch erst abladen. Oh Mann! Das Telefon! Wahrscheinlich Marion aus der Mittagspause. Will wissen, was ich treibe. Blöde Frage!
»Nein, mein Schatz, ich liege nicht auf der faulen Haut«, winsele ich ins Telefon.
»Spreche ich mit Herrn Joachim Schaum?«, fragt eine männliche Stimme.
»Oh ... äh ... ja! Und wer sind Sie?«
»Mein Name ist Sascha Berger!«
»Das ist schön für Sie, und weiter?«
»Ich habe Ihren Namen und die Telefonnummer von Herrn Titze bekommen; er sagt, er sei ein Nachbar von Ihnen.«
Ich wittere den betrügerischen Enkeltrick!
»Titze, nie gehört. Kenne ich nicht!«
»Marc Titze! Er arbeitet bei der Sparkasse!«
»Ach der! Marc! Den kenne ich.«
»Meine Frau ist verschwunden!«
»Da würde Sie manch einer drum beneiden. Was hat Marc damit zu tun? Bietet die Sparkasse seit Neuestem erweiterte Serviceleistungen an?«
»Nein, das ist etwas kompliziert, weil ... er sagte, Sie seien früher Kriminalkommissar gewesen und könnten mir eventuell helfen.«

»Ich war Hauptkommissar beim LKA, das stimmt.«
»Entschuldigung! Hauptkommissar! Die Polizei weigert sich, eine Vermisstenanzeige aufzunehmen.«
»Aha! Und jetzt soll ich nach Ihrer Frau suchen, oder wie?«
»Vielleicht haben Sie einen Tipp, was ich machen soll.«
»Selbst nach Ihrer Frau suchen, oder spricht etwas dagegen?«
»Ich suche schon seit Samstag! Frage überall nach, aber niemand weiß, wo sie steckt. Ich bin mit meinem Latein am Ende.«
»Seit drei Tagen also? Ist Ihre Frau krank oder psychisch belastet?«
»Nein, das haben die auf dem Revier auch …«
»Wie alt?«
»Vierundvierzig!«
»Deutschsprachig?«
»Ja!«
»Gab's Zoff, bevor sie verschwunden ist?«
»Ja, aber …«
»Kein Wunder, dass die Polizei keine Anzeige aufnimmt! Stellen Sie sich vor, wenn jeder …«
»Ja, ich habe es verstanden! Die haben es mir eindrucksvoll erklärt! Aber ich kann nicht einfach tatenlos abwarten und hoffen, dass sie wieder auftaucht. Womöglich ist ihr etwas zugestoßen und sie liegt hilflos im Wald oder …«
»Hat sie einen Liebhaber oder einen engen Freund?«
»Sie denken in die Richtung, dass sie mich sitzen gelassen hat? Nein, sie ist nicht mit einem anderen durchgebrannt! Haben Sie je gehört, dass eine Frau ohne ihre Kleider und Schminksachen verschwindet? Das glauben Sie doch selbst nicht!«
»Fragen Sie bei ihrer allerbesten Freundin nach!«
»Sie hat keine und alle anderen habe ich abgeklappert. Niemand weiß etwas über ihren Verbleib.«
»Was ist mit der Verwandtschaft?«
»Hat sie keine mehr. Und bei meiner Schwester ist sie nicht

aufgetaucht.«
»Vielleicht hat sie sich eine Auszeit genommen; soll vorkommen.«
»Können Sie nicht aktiv werden?«
»Hören Sie! Ich bin kein privater Schnüffler! Warten Sie einfach ab. Versuchen Sie es permanent übers Telefon, gehen Sie von mir aus den Leuten auf den Geist, irgendwann wird sie auftauchen. Ich will Sie nicht mit Statistiken langweilen, aber die Hälfte aller Vermissten taucht nach einer Woche auf und 80 Prozent melden sich innerhalb eines Monats.«
»Ich kann nicht wochenlang rumsitzen und warten!«
»Was anderes wird Ihnen vorläufig nicht übrig bleiben.«
»Und wenn ich einen Privatdetektiv einschalte?«
»Wird Ihr Bankkonto drunter leiden; ohne Erfolgsgarantie. Aber bitte, das ist Ihre Entscheidung.«
»Ich hatte gehofft, Sie würden mir helfen, Herr Hauptkommissar.«
»A.D., Herr Burger!«
»Berger!«
»Tut mir leid! Wenn sich in absehbarer Zeit nichts ergibt, melden Sie sich nächste Woche bei der Polizei. Übrigens: Die Polizei kann in den Krankenhäusern ...«
»Ich weiß! Von dort liegen angeblich keine Informationen vor.«
»Wie heißt Ihre Frau mit Vornamen?«
»Tanja.«
»Wenn sie im Krankenhaus wäre, hätte man Sie längst ausfindig gemacht und identifiziert; andernfalls wäre Ihre Frau als unbekannte Patientin gemeldet.«
»Ja, ja, Sie haben gut reden!«
»Machen Sie's gut und viel Glück!«
Ich beende das Gespräch und bin dabei, das Haus zu verlassen, als das Telefon erneut klingelt. Dieses Mal ist es tatsächlich Marion.
»Es ist andauernd besetzt!«, beschwert sie sich.

»Da hat einer seine Frau gesucht«, versuche ich eine Erklärung, komme aber nicht weit.
»Wie, seine Frau gesucht? Bei dir? Wieso bist du mit einer Frau in unserer Wohnung? Wer ist es?«
Das alte Übel! Der geringste Anlass genügt, um Marions Eifersucht zum Erblühen zu bringen.
»Tanja Burger!«
»Kenne ich nicht!«
»Ich auch nicht!«
»Und wieso ist sie dann zu dir geflüchtet?«
»Himmelhergottdonnerwetter, die ist nicht hier! Marc hat ihrem Mann unsere Adresse gegeben … ich erkläre es dir heute Abend! Warum rufst du überhaupt an?«
»Ich habe es in Bexbach versucht, aber da warst du nicht. An dein Handy gehst du nicht ran …«
»Es liegt im Auto; ich lade gerade aus. Was gibt's?«
»Ich habe jemanden, der deine Modelleisenbahn kaufen will.«
»Bist du durchgedreht? Ich verkauf meine Eisenbahn nicht!«
»Mir hast du erzählt, dass sie seit 30 Jahren in deinem Keller eingemottet ist, was willst du damit? Ich dachte, du willst entrümpeln!«
»Kommt nicht in die Tüte! Die Eisenbahn bleibt bei mir! Das ist ein Stück meiner Kindheit!«
»Offensichtlich nicht das einzige Stück, das dir verblieben ist. Sei nicht kindisch …«
»Ende der Diskussion! Du kannst nicht einfach meine Sachen unter der Hand verhökern, weil du sie nicht haben willst!«
»Ich dachte …«
»Falsch gedacht! Ich bringe jetzt die Möbel in den Garten! Tschüss!«
Jetzt reicht's mir aber! Wenn ich ständig nachgebe, ende ich irgendwann im betreuten Wohnen! Das darf nicht wahr sein!
Erneut das Telefon! Marion zum Zweiten!
»Was ist denn noch?«

»Entschuldigung! Ich war voreilig. Hab's nicht böse gemeint.«
Sie weiß genau, wie sie es anstellen muss, um den Druck von meinem Kessel zu nehmen!
»Das will ich hoffen!«
»Übrigens: der Typ, der seine Frau sucht …«
»Was ist mit dem?«
»Immerhin sucht er sie wenigstens!«
»Das liegt wahrscheinlich daran, dass er sie liebt.«
»Würdest du mich überhaupt suchen?«
»Nur wenn du meine Sachen nicht verscherbelst.«
»Blödmann!«
Stille. Aufgelegt.
Beim Möbeltransport in den Garten überlege ich, ob es dem verlassenen Ehemann wirklich schlechter geht als mir.

8

Mittwoch, 8. August

Ich bin an diesem Mittwochmorgen nach Saarbrücken unterwegs, weil die Landesbank die einzige Stelle im näheren Umkreis ist, wo ich die alte D-Mark in Euros umwechseln kann. Auf der Fahrt dorthin wundere ich mich über meine eigene Vergesslichkeit.

Während der Entrümpelungsarbeiten in meinem Keller hatte ich am Vortag beschlossen, den Bestand meiner zahlreichen Bücher kräftig zu reduzieren. Auf Nachfrage hatte eine kleine Bücherei auf dem Lande Interesse gezeigt, eine große Anzahl meiner literarischen Sammlung, die ich selbst ererbt habe oder deren Werke aus meiner Jugend stammen, zu übernehmen. Karl May wird mit Sicherheit auch heute gelesen und Kommissare wir Maigret oder Sherlock Holmes sind ohnehin zeitlos. Unsortiert standen zahlreiche Bildbände über Olympische Spiele, Fußballweltmeisterschaften, die Mondlandungen und andere historische Ereignisse in den Regalen. Ich bepackte einige Umzugskisten mit Büchern, wobei ich nicht umhinkam, das eine oder andere Druckwerk zu durchblättern.

Vor allem die regionalen Sportbücher ließen die Zeit plötzlich rückwärts laufen. Borussia Neunkirchen in der Fußball Bundesliga, Rolf Lacour bei einem Ausheber, Joachim Deckarm beim Sprungwurf, Klaus Steinbach mit der olympischen Medaille im Schwimmen oder Manfred Hero beim Driften in seinem Rallye-Auto, das weckte Erinnerungen und fesselte mich. Zwischen Olympia in Tokio und Mexico stand ein Band im Regal, der zeitlich dort nicht hingehörte. WM 1966 England. – Dazu habe ich eine Erinnerung – das viel diskutierte Wembleytor. Die Sensation, die ich in diesem Buch fand, hatte allerdings mit dem Spiel nichts zu tun! Links die Bilder von Lothar Emmerich, der den Ball aus unmöglichem Winkel in den spanischen Kasten hämmert, rechts der Kopf eines älteren Herren mit lichtem Haar, kein Foto, mit Sicherheit kein Fußballspieler. Erst als ich die eins mit drei Nullen entdecke, wird mir klar, dass es sich um die Kopie einer alten Banknote handelt.

Bei näherer Betrachtung des Papieres wächst in mir der Verdacht, dass mit dem Lesezeichen etwas nicht stimmte. Wasserzeichen, Silberfaden, Papierqualität – der Schein schien echt zu sein! Wie zum Teufel kommen 1.000 Mark in meine WM von 1966?

Alles Grübeln half nicht, ich konnte mich nicht erinnern, von wem ich dieses Buch bekommen hatte. Ich war zu jenem Zeitpunkt elf Jahre alt gewesen, zu spät für die Erstkommunion. Firmung vielleicht? Eher Ostern, Weihnachten, Geburtstag oder ein gutes Zeugnis. Letzteres eher nicht, meine Noten hätten höchstens für einen Fünfmarkschein gereicht. Außerdem gab es niemand in der Familie, der mir solch einen hohen Betrag hätte überlassen können.

Die Sache wird für immer mystisch bleiben, denn es gibt niemanden mehr, den ich fragen könnte. Ich hatte überlegt, was ich mit dem Schein anstellen soll und bei der Landesbank angerufen, nun stehe ich dort und fülle Fragebogen aus.

Eine Stunde später und um die Erfahrung reicher, dass die Deutschen ohne Bürokratie wahrscheinlich ein Volk von Arbeitslosen wären, sitze ich am St. Johanner Markt und gönne mir einen Kaffee. Zur Mittagszeit an einem herrlichen Augusttag habe ich Mühe einen Platz zu ergattern und verteidige mein Platzrecht, in dem ich eine Lyonerpfanne bestelle. Ha, wie oft habe ich mir im Vorbeigehen neidisch blickend diesen Luxus gewünscht! Wie oft hatte ich mir geschworen: wenn du in Rente bist, dann …

»Was machst du denn hier in Saarbrücken?«, tönt eine Stimme an mein Ohr. »Ich dachte, Rentner haben keine Zeit!«
Ken Arndt strahlt mir entgegen, mein ehemaliger Kollege aus dem Kommissariat.
»Ken! Na, das ist ein Zufall! Nix zu tun im Kommissariat? Wieso läufst du während der Dienstzeit in der Altstadt rum?«
»Mittagspause, Josch! Seitdem du weg bist, haben wir das wieder eingeführt!«
»Tu nicht so, als hätte ich euch versklavt!«
»Weit davon entfernt war's nicht!«
»Nun halt aber die Luft an! Hast du Zeit? Ich lade dich zum Mittagessen ein.«
»Für einen schnellen Kaffee reicht es. Ich muss ein Geburtstagsgeschenk für meine Mutter besorgen, wir sind heute Abend eingeladen.«
»Da bist du früh dran!«
»Jedes Jahr dasselbe!«
»Was gibt's Neues?«, frage ich, denn ich bin seit der Verabschiedung nicht mehr im Präsidium gewesen, obwohl es mir manchmal schwergefallen war, den Drang zu unterdrücken.
»Nix Besonderes! Du bist ja auch erst seit ein paar Wochen weg.«
»Trotzdem.«
»Im Augenblick ist es ziemlich ruhig.«
»Was macht die Neue?«
»Frau Reinert oder die andere?«
»Noch eine?«
»Ja, seit Montag!«
»Erzähl!«
»Wir sind jetzt in der alten Personalstärke aufgestellt. Katja für Rudi und eine Neue fürs Ermittlerteam.«
»Uih, du wirst bald Hauptkommissar!«, scherze ich.
»Sieht so aus; und Marius auch! Zurzeit tun die alles, um uns bei Laune zu halten.«

»Wurde höchste Zeit! Wer ist die Neue? Mein Gott, noch eine Frau, welch eine Quote!«
»Nadine Bauer; Kommissar Anwärterin, frisch von der Schule.«
»Und?«
»Was und? Sie ist erst seit zwei Tagen da, was soll ich sagen? Scheint nett und aufgeschlossen zu sein, aber reichlich unsicher; das ist normal. Sie ist direkt nach Berlin auf Weiterbildung.«
»Hübsch?«
»Wirst du jetzt altersgeil oder was?«
»Ich werde wohl fragen dürfen?«
»Sie kann sich durchaus blicken lassen. Eine Granate wie Katja ist sie natürlich nicht!«
»Aha, ihr seid schon beim du!«
»Das sind wir mittlerweile alle. Es weht ein frischer Wind!«
»Ohne die alten Säcke meinst du?«
»Ist doch normal, oder?«
»Wie macht sich Frau Reinert?«
»Ich finde sie als Chefin super! Marius sieht das genauso. Klare Ansage, weiß was sie will; die macht ihr Ding und fertig. Oben die haben nicht viel an der; was sie im Kopf hat, zieht sie durch. Super, echt! Aber Inge kommt nicht mit ihr klar!«
»Stutenbissigkeit?«
»Genau! Inges Dauerproblem!«
»Das wird sich legen!«
»Abwarten! Mit Hubertus Sonne, dem etwas seltsamen Leiter der Spurensicherung, kommt Katja nicht zurecht. Wir kennen seine Art, aber Katja glaubt immer, er will sie verarschen.«
»Auch das wird sich legen. Was macht unsere herzallerliebste Staatsanwältin?«
»Alles beim Alten! Haare auf den Zähnen, aber ansonsten okay. Die und Katja! Ich kann dir sagen! Manchmal ist der Umgangston … aua … hart in der Sache, aber irgendwie habe ich

das Gefühl, die mögen sich!«
Der Kaffee kommt und meine Lyonerpfanne! Wir plaudern eine Weile über alte Zeiten, Ken erkundigt sich nach meinem Befinden und nach Marion und es entwickelt sich ein sehr entspanntes Gespräch, aus dem ich schließe, dass es der Truppe gut geht und die Kollegen sich verstehen.
»Josch sei mir nicht böse, aber ich muss los! Wenn ich heute Abend mit leeren Händen komme, ist die Hölle los!«
»Klar, geh nur! Richte herzliche Grüße aus! Ach ja, was ich sagen will: Vielleicht erinnert ihr euch an Marions Geburtstag; nächste Woche Donnerstag ist es soweit. Haltet euch den darauf folgenden Samstag bitte frei, ich ruf euch später an wegen der Detailplanung!«
»Okay, gerne, ich richte es aus. Lass dich mal bei uns blicken! Inge würde sich riesig freuen!«
»Mach ich! Irgendwann schau ich vorbei! Und jetzt besorg' was Schönes für deine Mutter!«
Ich schaue Ken nach, wie er zwischen den Passanten verschwindet, und habe plötzlich unheimliche Sehnsucht nach den ehemaligen Kollegen. Als Nächstes muss ich Marion davon überzeugen, dass demnächst ihre Geburtstagsparty im erweiterten Kreis stattfindet.

9

Tanja Berger schlug die Augen auf, musste sie wegen des grellen Lichtes aber sofort schließen und merkte trotzdem gleich, dass sich etwas verändert hatte. Es war nicht nur das Licht! In einem Reflex hatte sie die rechte Hand schützend vor die Augen gerissen – ein Arm war frei, die Fesseln waren weg. Auch den linken Arm konnte sie ein wenig bewegen.
Tanja versuchte sich zu erinnern. Das Licht war angegangen! Jemand war eine Treppe heruntergestiegen, das Klappern der Absätze auf den Stufen. Aus dem Augenwinkel hatte sie sehen können, wie sich ein Schatten bewegt hatte; da war eine Gestalt, ganz sicher war da jemand, aber Tanja hatte den Kopf nicht weit genug drehen können, um die Person zu erkennen, die vermutlich oberhalb des Kopfendes hinter ihr gestanden hatte.
Danach war irgendetwas mit ihrer Atmung passiert, was genau konnte sie im Nachhinein nicht mehr erklären. Es war plötzlich in ihrem Kopf und irgendwann war es dunkel geworden. Ende der Erinnerung!
Jetzt stützte Tanja sich auf einem Ellbogen ab, was ihr einige Mühe bereitete, und versuchte, sich einen Überblick zu verschaffen. Was sich außerhalb des Lichtkegels der grellen Deckenstrahler befand, konnte sie schemenhaft erahnen. Anscheinend schien der gesamte fensterlose Raum mit hellen Fliesen gekachelt zu sein. Sie lag auf einer Art Altar oder Steintisch, die Füße steckten in Befestigungsklammern, ähnlich wie sie es auf Bildern von einer Streckbank gesehen hatte; sich daraus zu befreien, war unmöglich.
Rechts neben ihr stand in Brusthöhe leicht erreichbar ein Schemel, darauf ein Tablett mit einer großen Plastikflasche; das Eti-

kett verriet, dass es sich um stilles Wasser handelte. Daneben lagen eine Banane, ein Apfel, ein großes Stück Hartkäse und einige Scheiben Brot.

Tanja griff nach der Flasche und trank gierig, danach machte sie sich über das Obst und den Käse her; das Brot vertilgte sie zum Schluss. In ihr keimte ein Funken Hoffnung: Man wollte, dass sie lebte! Das bedeutete, dass sie gebraucht wurde! Wozu? Vorerst war das nebensächlich, Hauptsache, man wollte sie nicht gleich umbringen, vielleicht war das eine Chance.

»Hallo!«, schrie sie, so laut sie konnte. »Was habt ihr vor? Ich mache alles, was ihr wollt! Ehrlich! Alles! Falls ihr Sascha erpressen wollt, funktioniert das nicht ohne meine Mithilfe! Hallo? Hört ihr mich?«

Tanja schrie, fluchte und bettelte, aber sie erhielt keine Antwort. Keine Reaktion! Nichts! Sie zermarterte sich das Hirn, wer hinter diesem Unfug stecken könnte, ob das vielleicht ein Gag sein könnte, um … ja, warum eigentlich? Wie lange war sie hier? Jegliches Zeitgefühl war ihr abhandengekommen.

Tanja wurde plötzlich sehr müde. Zunächst hatte sie Mühe, die Augen aufzuhalten, aber sie wehrte sich mit aller Macht dagegen einzuschlafen. Der Wärter würde irgendwann wiederkommen, dann musste sie unbedingt wach sein; es durfte ihr nichts entgehen, sie musste mit ihm sprechen.

Erst jetzt bemerkte Tanja, dass sich ihr Unterleib völlig anders anfühlte als gewohnt. Sie tastete prüfend und lüftete den Hosenbund der Jogginghose. Erstaunt stellte sie fest, dass sie Windeln trug. Einmalwindeln wie ein kleines Kind! Wer ließ sich denn solch einen Schwachsinn einfallen …

Das bedeutete wohl, dass sie sich auf einen längeren Aufenthalt einstellen musste, dass ihr Aufpasser möglichst wenig …

Tanja konnte gegen die Müdigkeit nicht mehr länger ankämpfen und sank zurück. Bevor die große Dunkelheit sie einhüllte, wurde ihr klar, dass dem Wasser oder dem Essen irgendetwas beigemischt worden war.

10

Donnerstag, 9. August

Einen Großteil meiner Bücher habe ich mittlerweile in Kisten verpackt, ohne dass weitere Geldscheine aufgetaucht sind. Stephan Depre von der Prälat-Hartz-Bücherei in Ommersheim, den ich über Marion kennengelernt hatte, ist froh um jedes Buch, dass er kostenlos für seine kleine aber feine Bibliothek bekommen kann. Zwei weitere Büchereien auf dem Lande haben ebenfalls Interesse gezeigt, dort sind die Bücher in guten Händen. Das Bücherthema ist abgehakt, aber das überflüssige Geschirr ist ein ebenso großes Problem.
Kaum ein Schrank, der nicht als Herberge von Tellern jeder Größe, Tassen, Terrinen, Kannen, Dosen, Schalen, Tortenplatten oder anderen Einzelteilen dient. Ich bin dutzendfach bestückt, als warte ich auf die Gelegenheit, ein napoleonisches Heer zu beköstigen; samt Tross und Nachhut! Wie kam all das in meine Wohnung? Mit Goldrand, weiß oder Blümchenmuster, glatt oder geriffelt, eine Vielfalt, die größer ist als die Farben und Formen in manchem Zierfischaquarium! Keine Ahnung, woher ich diesen Krempel habe.
Ein halbes Dutzend sozialer Einrichtungen erklärt, dass man dafür keine Verwendung habe. Aus Sammlerkreisen erfahre ich die Namen der Manufakturen, deren Markenzeichen einen hochpreisigen Handel versprechen. Kein einziges dieser Signets findet sich auf meinem Geschirr.
»Den Plunder kriegen Sie nicht mal auf dem Flohmarkt los«, erklärte ein Händler, den ich aufgrund einer Kleinanzeige kontaktiere. »Das Zeug können Sie höchstens zu einem Polter-

abend mitnehmen und gegen die Wand werfen.«
Um all den Bettel loszuwerden, müsste ich mich zur nächsten Massentrauung nach Ostasien begeben. Es ist so schwer, dass ich es nicht einmal in die Mülltonne tun kann. Wohin damit?
Drei verrostete Christbaumständer und ein Schlitten, dem die Kufen fehlen; nicht zu vergessen das Sauerkrautfass, ein steinharter Sack Zement und zwei Tüten unbrauchbarer Gips. Ich beschließe, einen Bauschuttcontainer zu bestellen, aber nicht heute oder morgen, denn ich habe einfach keinen Bock mehr auf diesen Entrümpelungswahnsinn; es steht mir bis Oberkante Unterlippe.
Duschen, umziehen, danach fahre ich nach Neunkirchen und setze mich am Stummplatz in ein Eiscafé; ein Schokoladenbecher ist jetzt genau das Richtige!
Donnerstag! Heute Abend wird gegrillt! Seit Miko seine Kneipe geschlossen hat, trifft sich der Frauenstammtisch bei Marion. Die Mädels sitzen im Garten oder im Keller, die Männer haben manchmal vor der Tür auf der blauen Bank ihre Gegenveranstaltung, allerdings mit Bier statt mit Crémant.
Gestern hat Siedlungsbürgermeisterin Dagmar per Rundmail beschlossen, dass heute für alle gegrillt wird. Ihr Mann Markus ist zum Grillmeister bestimmt. Vorausgesetzt, dass er keine selbst gesammelten Pilze mitbringt, wurde das akzeptiert. Meine Aufgabe ist es, das Grillgut zu besorgen. Das hat Zeit, zuerst ist der Schokobecher an der Reihe! Ein Rentner sollte das Leben genießen, solange er das noch kann.
»Hej Josch«, stört eine Stimme meinen Genuss der mit cremigen Schokoladenstückchen gespickten Sahne über dem Eis.
Es ist unser Nachbar Marc, der Banker und unbelehrbarer Fan von Mainz 05. Im Nadelstreifenanzug hätte ich ihn fast nicht erkannt.
»Wo kommst du denn her?«, frage ich.
»Woher wohl? Von der Sparkasse! Feierabend! Mein Auto steht drüben am Wasserturm.«

»Setzt dich!«
»Hey, Alter, heute Abend ist Grillen! Schon vergessen?«
»Nee, aber es ist noch Zeit, oder?«
»Fünf Uhr! Um sechs geht's los!«
»Echt? Schon so spät? Ich muss das Fleisch und die Würste besorgen!«
»Dann mach zu! Wehe, es liegt nachher nix auf dem Grill!«
»Das würde ich wahrscheinlich nicht überleben!«
»Wahrscheinlich kannst du streichen! Sag mal, war der Dings schon bei dir?«
»Welcher Dings?«
»Na der! Wie heißt der noch mal? Der, dem die Frau abgehauen ist.«
»Ach ja, der Dings! Ich komme auch nicht auf den Namen. Doch: Burger!«
»Nee, ich hab's: Berger!«
»Bist du sicher? Nicht Burger?«
»Nein, Berger!«
»Ja, doch, der hat angerufen. Ich kann ihm aber nicht helfen!«
»Der war heute wieder bei mir. Seine Frau ist nicht aufgetaucht.«
»Anscheinend ist die Dame konsequent.«
»Berger lässt aber nicht locker. Er behauptet steif und fest, sie habe ihn nicht verlassen, es müsse ihr etwas zugestoßen sein.«
»Ein enttäuschter Ehemann. Was soll der sonst denken?«
»Vermutlich wird er heute Abend vorbeikommen und dich beknien, nach seiner Frau zu suchen. Ich konnte das nicht verhindern.«
»Ich habe ihm meins dazu gesagt und basta. Aber okay, wenn er kommt, geben wir ihm ein Würstchen und ein Bier. Die Jungs werden ihn mit Sicherheit etwas aufmuntern können. Wir dürfen allerdings nicht vergessen, ihm rechtzeitig die Autoschlüssel abzunehmen.«
»Warten wir's ab! Wir sehen uns später!«, ruft Marc im Weg-

gehen. »Und vergiss den Metzger nicht!«
Ich schaufele das Eis in mich hinein, zahle und mache mich auf den Weg. Beim Metzger meiner Wahl kaufe ich alle Restbestände auf. Marion, Dagmar, Barbara und Sonja sitzen bereits im Garten, als ich erscheine.
»Wieso kommst du auf den letzten Drücker?«, mault Marion.
»Weil Rentner bekanntlich keine Zeit haben«, erklärt Barbara.
»Ich habe deinen Mann in der Stadt getroffen«, antworte ich.
»Weiß ich! Er ist aber schon seit einer halben Stunde zu Hause.«
»Ich war beim Metzger.«
»Auch auf den letzten Drücker!«, mosert Dagmar.
»Stimmt! Leider war für dich nix mehr dabei!«
»Gib her!«, fordert Marion. »Ich lege alles auf die Vorlegeplatten. Hoffentlich reicht mein Geschirr!«
»Ich habe zwei Tonnen im Keller! Kann ich gerne holen!«
»Nix wegwerfen!«, empfiehlt Sonja. »Geschirr kann man immer gebrauchen.«
»Dann schick Steffen und Luca mit dem Hänger vorbei, ihr könnt alles haben!«
»Ich könnte einiges gebrauchen«, meldet sich Barbara. »Meine Kids haben die Bestände kräftig reduziert.«
»Jesus!«, tönt Marion aus dem Keller.
»Was ist?«, frage ich besorgt.
»Was willst du denn mit zwanzig Steaks und dreißig Würstchen?«
»Essen!«, antworte ich. »Abwarten! Wenn der Grillgeruch durch die Siedlung zieht, kriechen die Nachbarn aus allen Löchern!«
Ich sollte recht behalten. Um 19 Uhr sitzen acht Frauen im Garten und sieben Männer vorm Haus und warten auf die Fütterung. Die Damen benutzen Marions Grill, Marc hat seinen eigenen für die Männer vor die Einfahrt gekarrt. Geschlechtergetrenntes Grillen! Die Männer beratschlagen, ob sie das zu

einer festen Einrichtung machen sollen; auf Nachfrage halten die Frauen das für eine prima Idee.

Als ich meinen Vorschlag erweitere, wonach die beiden Geschlechter in unterschiedlichen Ortsteilen grillen und wohnen sollten, erhalte ich dafür keine Mehrheit. Wir sind gerade beim zweiten Durchgang angekommen und diskutieren die Kandidaten der bevorstehen Gemeinderatswahlen, als ein silbermetallic-farbener Mercedes der S-Klasse mit Neunkircher Kennzeichen um die Ecke biegt. Der Fahrer sucht anscheinend etwas, hält schließlich vor der blauen Bank an und öffnet die Seitenscheibe.

»Ich suche Herrn Joachim Schaum«, erklärt er. »Ist das zufälligerweise einer der Herren?«

»Zufällig nicht!«, antwortet Wolfgang und zeigt auf mich.

»Ach, Sie sind es, Herr Berger!«, ruft Marc zurück. »Parken Sie dort vorne und setzen Sie sich zu uns.«

Der Mann, der sich wenig später zu uns gesellt, sieht ziemlich fertig aus, darüber kann sein gepflegtes Outfit nicht hinwegtäuschen. Als er die Sonnenbrille auszieht, kommen dunkle Ränder unter den Augen zum Vorschein. Marc und ich kennen den Grund für seine schlaflosen Nächte, die anderen wundern sich darüber, dass Marc einen Unbekannten zu uns an den Tisch bittet.

»Das ist Herr Burger!«, stelle ich vor. »Wir müssen etwas besprechen.«

»Berger!«, korrigiert der Neuankömmling. »Sascha Berger, danke für die Zeit!«

»Trink erstmal ein Bier!«, schlägt Markus vor.

»Würstchen oder Schwenker?«, fragt Wolfgang, der gerade neben dem Grill steht.

»Äh, danke … ich äh … eine Wurst nehme ich gerne.«

»Rot oder weiß?«

»Egal, was da ist!«

»Dann gib ihm beides!«, bestimmt Markus.

»Hier ist Ihr Bier«, stelle ich fest und reiche die Flasche rüber.
»Zum Wohlsein!«, wünscht Eric, allseits der Wikinger genannt.
»Ich will mich nicht breitmachen«, entschuldigt sich Sascha Berger. »Eigentlich …«
»Dazu kommen wir später!«, stoppe ich ihn. »Erstmal haben die Leute Feierabend und das muss man bei diesem Wetter genießen!«
»Mach keinen Stress und iss!«, befiehlt Wolfgang und reicht den Teller.
Berger fügt sich ohne weitere Widerrede, aber ich sehe ihm an, dass er sich in seiner Haut nicht wohlfühlt.
Wie nicht anders zu erwarten, lockt der Duft des Grillens weitere Anwohner an. Das Ehepaar Schmitt nähert sich, die Senioren der Siedlung. Walter war früher ein leitender Regierungsbeamter, seine Frau Trudi hatte es als Abgeordnete bis in den Bundestag geschafft. Was früher war, zählt in der Siedlung allerdings wenig, maßgebend ist, dass man gute Laune und soziale Kompetenz mitbringt; und fähig ist, sich selbst nicht allzu ernst zu nehmen.
»Ich hab's durch die Haustür gerochen!«, beginnt Walter. Margit und Trudi grüßen freundlich und werden gleich weitergeleitet zur Frauenrunde in den Garten.
»Erbsensuppe ist aus!«, behauptet Wolfgang.
»Das Fleisch und die Würste sind abgezählt«, erklärt Markus.
»Dummschwätzer! Von euch kann keiner zählen!«, entgegnet Walter. »Nicht mal bis drei!«
»Halt keine Grundsatzreden, setz dich!«, empfehle ich.
»Aha! Ein neuer Nachbar?«, fragt Walter und zeigt auf Sascha Berger.
»Nein, Herr Burger sucht seine Frau!«, stelle ich richtig.
»Burger!«, korrigiert der. »Quatsch, Berger, Sie machen mich durcheinander.«
»Wenn er will, kann er meine haben«, schlägt Wolfgang vor.
Sascha Berger bleibt der Bissen beinahe im Hals stecken.

»Ohne dein Weib wärest du aufgeschmissen!«, kontert Walter.
»Du kannst nicht einmal Tee kochen!«
»Deshalb trinkt er Bier!«, bemerkt der Wikinger.
Die Gespräche nehmen ihren gewohnt sinnfreien Verlauf. Nach dem zweiten Bier, zu dem ihn Markus unter Androhung völkerrechtlicher Konsequenzen genötigt hat, wird Sascha etwas lockerer; trotzdem wirkt er nervös und unsicher. Ich beobachte ihn eine Weile und komme zu dem Schluss, dass sich der Mann tatsächlich ernsthafte Sorgen um seine Frau macht.
»Sie haben keine Idee, wo Ihre Frau stecken könnte?« nehme ich ihn beiseite.
»Nein, absolut nicht! Herr Schaum, Sie müssen mir helfen, ich werde bald verrückt. Ich habe es erneut versucht, aber die Polizei kümmert sich nicht. Tanja ist nicht einfach abgehauen, da ist etwas passiert!«
»Wir wollen nicht gleich den Teufel an die Wand malen! Das bringt Sie in Ihrer Situation nicht weiter! Was ist mit Geschwistern, Verwandten, Bekannten, Freunden und so weiter?«
»Sie hat keine Verwandte, zu denen sie Kontakte pflegt! Niemand hat eine Ahnung, wo sie stecken könnte.«
»Um was ging es bei ihrem Streit?«
»Darum, dass ich sie angeblich vernachlässige, weil ich mich zu oft im Tennisverein und im Golfklub rumtreibe.«
»Und? Trifft das zu?«
»Naja, irgendwie schon, aber meistens ist sie dabei!«
»Vielleicht notgedrungen, um Sie nicht bloßzustellen!«
»Ja, das kann sein, aber …«
»Was machen Sie beruflich?«
»Ich bin freiberuflicher Architekt.«
»Und Ihre Frau?«
»Sie hat ein gut gehendes Maklerbüro!«
»Angestellte?«
»Ich?«
»Nein, Ihre Frau!«

»Eine festangestellte Sekretärin und zwei Mitarbeiter auf Provisionsbasis.«
»Hat sie Feinde oder Neider?«
»Mir ist nichts bekannt.«
»Attraktiv?«
»Oh ja!«
»Wie alt?«
»Vierundvierzig.«
»Zeigt sie gerne, was sie hat?«
»Wie meinen Sie das? Obenrum oder so?«
»Nein, ich meine nicht ihr Dekolleté. Ihre Vermögenssituation!«
»Ach so! Was heißt zeigen? Sie kleidet sich sehr modisch, ist top gestylt, aber sie protzt nicht mit Schmuck oder so, falls Sie das meinen.«
»Meinte ich! Was für ein Auto fährt sie?«
»Einen blauen Z4 Roadster.«
»Und mit dem ist sie unterwegs?«
»Ja!«
»Kennzeichen?«
»NK-BO-5000.«
»Herr Berger, unter uns: eine Frau ihres Kalibers …«
»Ich weiß, was sie jetzt fragen wollen; ersparen Sie's mir! Ich habe lange darüber nachgedacht und vielleicht hat sie tatsächlich einen Liebhaber, aber das ist nicht das Problem!«
»Sondern?«
»Wenn Ihre Frau Sie verlassen würde …«
»Ich bin nicht verheiratet.«
»Okay, andersrum erklärt: Tanja ist ein Modepüppchen. Sie würde nie und nimmer ohne ihre Kleider, Schuhe, Accessoires und den ganzen Schminkkrempel verschwinden; nicht einmal für eine Nacht!«
»Ja, ich gebe zu, das ist schon etwas außergewöhnlich«, bestätige ich.

»Außerdem liebt sie ihren Beruf. Sie würde sich keine Auszeit gönnen, ohne im Büro oder den Kunden Bescheid zu geben, das ist nicht ihre Art!«
»Könnte sie größere Summen Bargeld mit sich führen?«
»Tanja zahlt eigentlich mit Karte. Bargeld hat sie nie viel dabei.«
»Gibt es zwischenzeitlich Kontenbewegungen?«
»Auf unserem gemeinsamen sind keine, die durch sie verursacht sind. Und auf ihr Firmenkonto habe ich nach wie vor keinen Zugriff.«
»Keine Vollmacht?«
»Nein. Tanja hat keinen Zugriff auf mein Geschäftskonto. Wir trennen das strikt. Wenn Herr Titze ...«
»Der hat seine Vorschriften!«
»Das kann ich verstehen, aber es handelt sich um meine Frau!«
»Ereifern Sie sich nicht, Herr Berger, das wird sich alles klären. Was ist mit dem Handy Ihrer Frau?«
»Erst ging keiner ran, jetzt meldet sich diese Unerreichbarkeitsmeldung.«
»Die was?«
»Der Teilnehmer ist leider nicht erreichbar ... the person, you're called, is temporary not available. Fehlt noch, dass sie es auf Chinesisch ansagen."
»Möglicherweise ist der Akku leer.«
»Ihr Ladegerät liegt auf dem Esszimmertisch. Noch ein Indiz: Wer ist heutzutage ohne eine Ladestation oder einen externen Akku unterwegs?«
»Vielleicht hat sie sich ein Neues gekauft.«
»Möglich; müsste man auf ihrem Konto sehen.«
»Stimmt!«
»Hier, für dich! Ein Bier!«, funkt Markus dazwischen und drückt Sascha Berger die Flasche in die Hand, bevor der sich wehren kann.
»Ich muss fahren!«, sagt Berger verzweifelt.

»Ich rufe Ihnen später ein Taxi. Zu Hause fällt Ihnen sowieso die Decke auf den Kopf; hier kommen Sie wenigstens auf andere Gedanken!«

»Auch wieder wahr!«, resigniert Sascha und setzt die Pulle an.

Ich will das Gespräch mit Berger an dieser Stelle nicht vertiefen, sonst bekommt er den Eindruck, dass ich gewillt bin, mich intensiv um sein Problem zu kümmern. Allerdings gestehe ich mir selbst ein, dass der Fall mein Interesse geweckt hat. Fall! Ich denke, als wäre ich im Dienst! Aber Berger hat recht: Welche Frau verschwindet ohne ihre teuren Klamotten? Schon gar nicht eine Type wie Tanja Berger!

»Marc kann ich dich kurz sprechen?«, frage ich und gehe rüber zu ihm. »Unter vier Augen!«

»Klar! Hast du es dir mit Herrn Berger überlegt? Ich kann mich da nicht einmischen, du weißt warum.«

»Das ist völlig in Ordnung!«

»Wo drückt der Schuh?«

»Das Konto seiner Frau! Ich weiß, dass du ihm keine Auskunft erteilen darfst. Andererseits wäre eine Kontobewegung im Augenblick der einzige Beweis, dass sie lebt.«

»Es gibt eine Kontenbewegung, aber das sage ich ausschließlich dir! Und nicht mehr, als dass sie am Samstag ihre EC-Karte benutzt hat. Ich habe heute Mittag reingeschaut, aber verrate mich nicht, sonst komme ich in Teufels Küche!«

»Keine Sorge! Danke! Größerer Betrag?«

»Mensch Josch, bitte! Nein! Sie hat anscheinend ein Hotelzimmer bezahlt. Aber mehr geht wirklich nicht!«

»Danke, Marc! Das genügt mir. Ich fürchte, Herr Berger hat ein größeres Problem als seine Frau, er will es bloß nicht wahrhaben.«

»Wolfgang und Markus sollen sich ein bisschen um ihn kümmern. Die beiden werden es schon schaffen, dass er seinen Kummer für ein paar Stunden vergisst.«

Marcs Einschätzung ist mehr als eine Prophezeiung. Um 22

Uhr setzen wir den verlassenen Ehemann in ein Taxi, zahlen den Fahrer im Voraus und geben ihm ein gutes Trinkgeld unter Abnahme des Versprechens, dass er Sascha Berger unbeschadet in dessen Wohnung abliefert.
»In der Wohnung!«, konkretisiere ich. »Nicht davor! Alleine wird er das nicht mehr schaffen!«
Die Männer gehen nach Hause, die einen, weil sie morgen zur Arbeit müssen, die anderen, weil das die letzte Chance ist, die Siedlung im aufrechten Gang zu durchqueren. Ich räume auf und entkomme der Damengesellschaft im Garten mit dem fadenscheinigen Argument, dass ich dringend zur Toilette muss; von der ich allerdings nicht zurückkehre, sondern ins Bett verschwinde.

11

Freitag, 10. August

Am Morgen werde ich erst um 8 Uhr wach, als die Geräusche der Müllabfuhr durch das offene Schlafzimmerfenster dringen. Marion ist längst zur Arbeit und hat mich gütigerweise schlafen lassen. Ich gehe zum Fenster und sauge die frische Luft ein; dieser Tag verspricht, ein sonniger und heißer Sommertag zu werden. Das Hoch Joachim beherrscht laut Vorhersage das Wetter über Mitteleuropa – kein Wunder, der Name verpflichtet.
Im Haus auf der gegenüberliegenden Straßenseite liegen Joshuda und Arwind am Fenster und winken mir zu. Den beiden entgeht nichts. Seit 50 Jahren wohnen die hier und kennen alle guten und schlechten Geschichten, die sich seitdem Am Köppchen abgespielt haben. Ich winke zurück; jetzt notieren sie wahrscheinlich, wann ich aufgestanden bin – in dieser Straße bleibt nichts verborgen.
Nach der Morgentoilette gehe ich in die Küche und stelle zu meiner großen Freude fest, dass das Geschirr vom Vortag bereits in der Spülmaschine gereinigt wird. Im Garten ist alles picobello, da waren in der Nacht die Heinzelfrauchen am Werk.
Mit einer Tasse Kaffee und einem Buttercroissant mache ich es mir auf dem Balkon gemütlich, genieße die wärmenden Sonnenstrahlen des frühen Morgens und mache mir Gedanken, wie ich den Tag gestalten könnte.
Ich beschließe, mir beim Entrümpeln eine Pause zu gönnen und mich mit Sascha Bergers Problem zu beschäftigen. Ich muss meinen Geist fordern, der beim staubigen Aufräumen zu

verkümmern droht – jeder Mensch braucht eine Herausforderung!

Niemand verschwindet ohne Grund, das ist das erste Postulat, von dem ich ausgehe. Bei Tanja Berger liegt zumindest der Anlass auf der Hand: der Zoff mit ihrem Ehegatten.

Vielleicht kam ihr der Ehekrach gerade gelegen, oder sie hat ihn sogar vom Zaun gebrochen. Immerhin verbrachte sie die folgende Nacht in einem Hotel; die Frage ist, ob sie alleine gewesen ist.

Angenommen, Tanja hatte ihren Lover dabei, zumindest zeitweise, dann wäre klar, dass der in einer Beziehung lebt und Tanja zu Hause nicht gebrauchen kann – deshalb ein Hotel. Klingt plausibel, ist aber lediglich eine Theorie.

Vielleicht ist es anders gewesen!

Tanja hatte von ihrem Gatten die Schnauze endgültig voll und geht alleine in ein Hotel, weil sie seine Nähe nicht länger ertragen kann. Fertig! Theorie Nummer zwei!

Fragt sich in beiden Fällen, wo sie die letzten fünf Tage verbracht hat; sicherlich nicht in diesem Hotel, sonst hätte sie nicht bezahlt.

Falls sie mit einem Partner unterwegs ist – wer sagt eigentlich, dass es ein Mann sein muss? Erst kürzlich las ich einen Bericht über eine Frau, die erst im reifen Alter ihre Neigung für das gleiche Geschlecht entdeckt hat. Theorie Nummer 1A.

Es gibt eine weitere Möglichkeit, die sich mir erst nach der zweiten Tasse Kaffee auftut. Einer von Bergers Golf- oder Tennisspezies will ihm mit Einverständnis von Tanja, oder von ihr initiiert, einen Streich spielen oder einen Denkzettel verpassen, indem er ihr Unterschlupf gewährt. Aus der Distanz laben sich die beiden derweil an Saschas Unglück. Keine schlechte Theorie, aber warum das Hotel? Irgendwie macht das keinen Sinn.

Ich habe eine Idee: Berger soll Tanjas Wagen als gestohlen melden! Hm. Besser, ich übernehme das für ihn und informiere ihn nur. Auch blöd, dann weiß er, dass ich mich kümmere.

Wo ist die Visitenkarte, die Berger mir gegeben hat? Ich finde sie in meiner Jackentasche.

Am Taubengärtchen 88 a – Neunkirchen-Wiebelskirchen.

Wen kenne ich vom Polizeirevier Neunkirchen? Jo! Aber ob der noch im Dienst ist? Es ist einen Versuch wert, ich rufe an.

»Hallo, guten Morgen! Mein Name ist Schaum; ist Jo Deilmann im Hause? Ich bin ein ehemaliger Kollege. Falls er da ist, sagen Sie ihm Josch ist am Apparat. Er weiß, wer ich bin!«

»Wer soll das sein?«, fragt eine junge weibliche Stimme. »Hier gibt's keinen Jo Deilmann.«

»Er war früher euer Revierleiter!«

»Kenn ich nicht; ich bin erst seit sechs Wochen hier.«

»Geben Sie mir bitte den jetzigen Revierleiter.«

»Ich bin hier nicht die Telefonvermittlung!«, erklärt die Dame schnippisch und legt auf, bevor ich etwas entgegnen kann.

Zehn Minuten später bin ich unterwegs nach Neunkirchen; auf meinem Plan stehen zunächst das Polizeirevier und anschließend die Sparkasse.

Beim Pförtner gebe ich an, dass ich eine Diebstahlsanzeige aufgeben will, und benutze den polizeiinternen Fachjargon, der mich als ehemaligen Kollegen erkennen lassen soll. Den Dienstraum der Wache betrete ich, ohne anzuklopfen. An den Schreibtischen sitzen drei Beamte, zwei Männer und eine Frau.

»Sind Sie die verhinderte Vermittlung?«, frage ich ansatzlos in Richtung der Beamtin.

»Was wollen Sie?«, blafft die Frau zurück.

»Ihnen mitteilen, dass Sie wahrscheinlich genau dort Ihre Karriere beenden, wenn Sie so weitermachen! Sie blamieren das gesamte Polizeikorps!«

»Ganz ruhig Freundchen!«, versucht einer der Männer, seiner Kollegin zur Hilfe zu kommen. »Wer sind Sie überhaupt?«

»Schaum, Kriminalhauptkommissar im Ruhestand, früher LKA Saarbrücken. Falls Sie es nicht glauben, schauen Sie in Ihrem Computer nach, da werden Sie schon etwas finden. Sie können gerne bei Staatsanwältin Sommer im Präsidium anrufen! Oder ist das unter Ihrer Würde?«

Die Drei wechseln die Gesichtsfarbe, lassen sich allerdings nicht einschüchtern, wenigstens das haben sie in ihrer Ausbildung gelernt.

»Um was geht es denn?«, fragt der Dritte in ruhigem Ton.

»Es geht darum, dass Ihre Kollegin etwas mehr Freundlichkeit und Engagement an den Tagen legen sollte. Nebenbei melde ich einen Autodiebstahl. Ihre Vermittlung war zur Entgegennahme desselben offensichtlich nicht in der Lage!«

»Ich konnte ... ich habe nicht ...«, stottert die Polizistin, aber ihr Kollege will ihr weitere Peinlichkeiten ersparen.

»Kommen Sie mit, wir erledigen das nebenan.«

Ich folge ihm in ein kleines Büro, das kaum größer ist, als mein Heizungskeller. Kein Wunder, das die jungen Beamten missmutig sind. Ohne weitere Hinterfragungen nimmt der Beamte die Anzeige auf und fragt nicht einmal nach, wieso ich keine Papiere bei mir habe. Er prüft nicht, ob ich überhaupt der Halter bin. Anscheinend ist er von meinem Auftritt vollkommen verunsichert, was einerseits Teil meines Planes ist, andererseits hätte ich mir etwas mehr Gegenwehr gewünscht.

Als ich das Revier verlasse, rufe ich den Kollegen ein frohes Schaffen zu, worauf die Polizistin verlegen unter sich schaut.

In der Sparkasse verlange ich nach Marc Titze, und damit es schneller geht, gaukele ich vor, dass ich an einer größeren Finanzierung interessiert sei. Als Marc mich sieht, ist ihm das sichtlich peinlich.

»Bring mich bitte nicht in die Bredouille!«, fordert er.

»Keine Sorge! Ich habe beschlossen, Berger zu helfen, aber das weiß er nicht und das soll vorerst so bleiben. Ich weiß, dass du deine Vorschriften hast, aber ich brauche von dir ein unverfängliches Wort: den Namen des Ortes, wo Tanja Berger übernachtet hat. Wenn du das Hotel nicht nennen willst, okay, bitte den Ortsnamen!«

»Heusweiler«, raunt Marc mystisch leise, dass man meinen möchte, bereits bei Nennung des Namens bräche die Beulenpest aus.
»Danke, mein Freund! Das war's!«, bedanke ich mich und verlasse eilends die Sparkasse.

12

Seit ich im Ruhestand bin, haben sich meine Kenntnisse und Fähigkeiten zur Bedienung meines Handys deutlich verbessert. In zahlreichen stillen Stunden habe ich die Handhabung des Internets, Routenplaners und des Online-Bankings studiert und das meiste sogar kapiert! Früher lag meine Fehlerquote bei satten 90 Prozent, nun erreicht meine Erfolgsbilanz einen ähnlich hohen Level, worauf ich mächtig stolz bin. Ich beherrsche sogar die Wetter-App und die integrierte Taschenlampe; mittlerweile betrachte mich als richtig innovativ!
Heusweiler ist nicht groß genug, als dass ich an der Aufgabe verzweifeln könnte, das Hotel ausfindig zu machen, in dem Tanja Berger von Freitag auf Samstag genächtigt hat. Ihr Ehemann hat mir ein Bild von ihr gesendet. Ich zeige das Foto jedes Mal an der Rezeption und gebe mich als ihren Vater aus, der den Auftrag hat, nach einem sündhaft teuren Schmuckstück zu suchen, das meine Tochter womöglich im Hotelzimmer vergessen hat. Bevor ich mir die Rezeptionisten vorgenommen habe, war ich auf allen Hotelparkplätzen, um nach Tanjas Wagen Ausschau zu halten, aber leider war ich nirgendwo fündig geworden.
Im sechsten Hotel werde ich fündig. Ja, die Dame war am Freitag spät abends angekommen und hatte das Hotel am Samstag in aller Frühe verlassen. Nein, das Gästebuch werde man mir nicht zeigen. Auch über alles andere will man mir keine Auskunft erteilen.
»Na gut, das kann ich verstehen«, zeige ich mich einsichtig.
»Da könnte jeder kommen!«
»Eben!«, erklärt die Hotelfachfrau und lächelt professionell.

»Und ein Schmuckstück wurde nicht gefunden, davon können Sie ausgehen, denn unsere Reinigungskräfte arbeiten sehr verlässlich und loyal!«
»Auch nicht in den Betten oder darunter? Ich meine, ein Doppelbett hat eine riesige Fläche, und da kann leicht etwas übersehen werden.«
»Ausgeschlossen, wir reinigen gründlich! Außerdem war es ein Einzelzimmer.«
»Davon bin ich überzeugt! Ihr Haus wurde mir als überaus reinlich und bestens ausgestattet empfohlen! Auf Wiedersehen!«
Vielleicht sollte ich mir einen Nebenjob als Schmierenkomödiant suchen! Immerhin weiß ich jetzt, dass Tanja Berger hier alleine übernachtet hat, was die Lover-Theorie nicht sehr wahrscheinlich erscheinen lässt.
Sie ist außerdem weiterhin mit ihrem Auto unterwegs und wird irgendwann tanken müssen. Zwei Fragen stellen sich hauptsächlich: Wo war Tanja, bevor sie spät ins Hotel kam und warum ausgerechnet diese Herberge? Und natürlich die Frage: Wohin ist sie anschließend verschwunden?
Als Kriminalbeamter im Dienst würde ich jetzt weitere Überlegungen anstellen: Welchen Bezug hat Tanja Berger zu Heusweiler und diesem Hotel? Hat sie Bargeld aus dem Haus- oder Firmensafe dabei? Gibt es Zahlungsverkehr aus der Vergangenheit oder Hinweise aus dem Internet, die auf eine bevorstehende Reise hindeuten, oder liegen irgendwo entsprechende Prospekte herum? Gibt es eine Lebensversicherung? Wer sind ihre engsten Kontakte aus dem Umfeld der Klubmitglieder ihres Mannes? Was steht in ihrem Terminkalender? All diesen Fragen kann ich als Privatier nicht nachgehen, meine Grenzen sind erreicht ... und überhaupt: Was geht mich das Ganze eigentlich an? Wahrscheinlich macht sich die eheverdrossene Lady ein paar schöne Tage, während bei mir zu Hause der Keller nach Ordnung schreit! Dieses Pferd trägt keinen Sattel, also

setze ich mich nicht drauf! Punkt! Abbruch!
Ich steige in meinen Wagen und nehme die A8 in Richtung Zweibrücken, aber bereits ein paar Hundert Meter hinter der Autobahnauffahrt, stehe ich im Stau. Die Schlange scheint endlos zu sein, nichts geht mehr!
Das Autoradio meldet eine verlorene Lkw-Ladung; Wartezeit mindestens 40 Minuten, was im Klartext bedeutet: eine Stunde! Nicht einmal eine Tasse Kaffee ist in Aussicht, geschweige denn ein Mittagessen! Ich habe keine Wahl, Warten und Geduld sind angesagt! Früher hätte mich das in den Wahnsinn getrieben, jetzt im Ruhestand sehe ich das locker, Zeit spielt keine Rolle!
Außer man steht nutzlos und blöd auf der Autobahn rum! Das ist selbst für einen ausgeglichenen Pensionär eine Nerven tötende Angelegenheit. Es gibt nix zu tun, außer sich ärgern, Radio hören und grübeln.
Ersteres will ich nicht, SR3 Saarlandwelle höre ich sowieso ständig und Letzteres kommt automatisch, wenn man zum Nichtstun verdammt ist.
Was ist, wenn Sascha Berger ein grandioser Schauspieler ist, der den trauernden Ehemann spielt und seine Frau in Wahrheit selbst um die Ecke gebracht hat? Motiv: Eifersucht! Oder … falls er eine Lebensversicherungssumme kassieren will, muss er allerdings irgendwann eine Leiche präsentieren, damit er einen Totenschein bekommt. Ist Sascha Berger zu einem Mord fähig? Traue ich ihm das zu? Eigenhändig war es wahrscheinlich nicht, aber dafür gibt es mittlerweile einen Dienstleistungsmarkt. Angeblich kann man den Henker aus Osteuropa bereits ab 5.000 Dollar ordern. Alles scheint möglich!
Die EC-Karte im Hotel sagt nichts aus. Unterschriften sind für Profis kein Hindernis, das waren sie noch nie. Welcher Hotelangestellte lässt sich den Personalausweis zeigen?
Piep
Achtung eine Durchsage für unsere Verkehrsteilnehmer. Auto-

bahn A8 in Richtung Zweibrücken! Zwischen den Anschlussstellen Heusweiler und Göttelborn stehender Verkehr, die Staulänge beträgt 6 Kilometer. Da die Abfahrt zur A1 in Höhe Göttelborn wegen Bauarbeiten gesperrt ist, kann der Verkehr vor der Unfallstelle nicht abgeleitet werden. Verkehrsteilnehmer in Richtung Zweibrücken werden bereits ab der Anschlussstelle Heusweiler von der Autobahn geleitet. Im Stau stehende Verkehrsteilnehmer müssen sich auf eine Wartezeit von mindestens 90 Minuten einstellen.

Piep

SR 3 – Reporter Florian Mayer berichtet direkt vom Unfallgeschehen …

Meine Leidensgenossen vor und hinter mir haben die Meldung ebenfalls gehört; Unmut macht sich breit. Durch die Autoscheiben ist das stumme Fluchen nicht zu überhören, die Gesten und Gesichter sprechen ihre eigene Sprache.

Vor Ort Reporter Mayer berichtet, dass am Morgen ein LKW mit 24 Tonnen Orangen wegen eines Reifenplatzers von der Fahrbahn abgekommen und schließlich umgestürzt ist. Die Ladung hat sich über mehrere Hundert Meter über die Autobahn verteilt. Unmittelbar danach ist ein rumänischer Tanklaster mit Industriekleber in die Unfallstelle gedonnert. Feuerwehr und Technisches Hilfswerk sind im Einsatz, um die Ladung zu sichern und umzupumpen. Während der spanische Fahrer des Apfelsinenbombers das Unglück nahezu unbeschadet überstanden hat, musste sein rumänischer Kollege mit einem Rettungshubschrauber in eine Spezialklinik geflogen werden.

Puh, da hat es wirklich ordentlich gekracht! Glücklicherweise passieren dramatische Unfälle mit solch einem Ausmaß relativ selten in unserer Umgebung, dummerweise aber ausgerechnet dann, wenn ich auf dem Streckenabschnitt unterwegs bin.

Telefonieren während der Fahrt ist nicht nur verboten, sondern gefährlich, aber das hier ist eine Ausnahmesituation; irgendwie muss ich die Möglichkeit haben, mit der Außenwelt in Kontakt

zu treten. Außerdem geht nix vorwärts, an ein Weiterkommen ist in absehbarer Zeit nicht zu denken.
Die Nummern sind eingespeichert, mit der Neuerung, dass unter Rudis Telefonnummer sich jetzt wahrscheinlich Katja Reinert melden wird. Ich versuche es und erhalte die Ansage, dass die Nummer nicht vergeben ist. Was soll der Quatsch? Hm, wenn rufe ich jetzt an? Ken und Marius will ich damit nicht belämmern, Inge kommt dafür nicht infrage. Staatsanwältin Sommer ist die Einzige, die übrig bleibt, aber bei ihr muss ich taktisch vorgehen.
»Ja!«
Bereits die erste Meldung lässt mich vermuten, dass sich bei Frau Sommer nichts geändert hat.
»Hallo, Joachim Schaum am Apparat! Sie erinnern sich vielleicht: der alte Knacker, der früher einmal Ihr Lakai gewesen ist!«
»Ha, Josch! Von dir was zu hören, ist wirklich eine Überraschung! Auf welcher Galeere ruderst du gerade?«
»Ich bin jetzt mein eigener Kapitän und segele durch den Ruhestand, Frau Sommer!«
»Wie ich dich kenne, gegen den Wind! Wie geht's, was macht die Gesundheit?«
»Gut, sehr gut! Brauchen Sie Geschirr, ich bin am Räumen?«
»Meißen, Rosenthal oder V & B?«
»Ich schätze Kaufhof.«
»Trag es in die Suppenküche!«
»Die wollen es nicht haben.«
»Aber ich oder wie? Wie geht es Marion?«
»Auch gut, soweit. Deswegen rufe ich an. Sie ...«
»Ken hat es bereits erzählt: die Geburtstagsparty. Wenn ich das richtig mitbekommen habe, sind alle dabei; ich einbegriffen. Wir warten auf den genauen Termin. Übrigens: Hast du eine Idee für ein Geschenk?«
»Nein, ich habe selbst keines.«

»Ziehst du jetzt zu ihr? Machst du endlich Nägel mit Köpfen?«
»Gut Ding braucht Weil!«
»Ja, ja, alter Feigling, die gleichen alten Sprüche!«
»Und bei Ihnen? Immer noch mit dem Beruf verheiratet?«
»Es geht aufwärts, die Frauenquote steigt; selbst beim LKA!«
»Ich habe es bereits vernommen. Demnächst gibt es wahrscheinlich einen Männerbeauftragten.«
»Nur her damit, auch den werden wir kleinkriegen. Was ist eigentlich der Grund deines Anrufes? Erzähl mir bitte nicht die Story von der Einladung zu Marions Geburtstag. Irgendetwas ist faul im Staate Dänemark!«
»Wieso in Dänemark?«
»Du verbringst deine Zeit nutzlos beim Aussortieren deines wertlosen Geschirrs, anstatt dich der Bildung zu widmen. Shakespeares Hamlet! Sagt dir das etwas?«
»Für wie unwissend halten Sie mich? Natürlich kenne ich den, aber was hat ein englischer Dichter mit Dänemark zu tun?«
»Vergiss es einfach, das wird nix mehr mit dir. Dabei hatte ich gehofft, dass der Fall um die Gemälde von Bernstein dich beflügelt hätte? Ein bitterer Irrtum, du bist und bleibst für alle Zeiten ein Kulturbanause!«
»So schlimm? Echt?«
»Schlimmer! Also Josch, was juckt dich im Schritt?«
»Frau Sommer, ich bin entsetzt!«
»Ich meine das im übertragenen Sinne! Weshalb rufst du an?«
»Nichts Besonderes, ich möchte Sie um eine kleine Amtshilfe bitten.«
»Dazu müsstest du im Amt sein, bist du aber nicht. Die Katze lässt wohl das mausen nicht!«
»Sind Sie heute irgendwie sexistisch geimpft?«
»Wieder eine Fehldeutung, Josch! Mausen im Sinne von Mäuse fangen! Du hast eine schmutzige Fantasie, mein Lieber!«
»Besser schmutzig, als keine!«
»Stimmt! Also, um was geht es?«

»Eine Frau ist verschwunden!«
»Na und? Du bist doch der Letzte, den das stört.«
»Die Frau eines Bekannten …«
»Vom Köppsche?«
»Nein! Unterbrechen Sie mich bitte nicht, wenn ich es Ihnen kurz schildere!«
»Du hast eine Minute! Zeit läuft!«
Kurzfassung. Schnelldurchgang. Es dauert weniger als eine Minute. Schweigen auf der anderen Seite der Verbindung.
»Sind Sie noch dran?«, frage ich nach.
»Wo soll ich denn sein? Hm! Dass sie ohne den Mann abhaut, ist nachvollziehbar, aber ohne ihre Garderobe und die Renovierungskiste ist merkwürdig.«
»Renovierungskiste?«
»Schminkkoffer! Bei dir könnte ich das verstehen, Marion würde besser alles stehen und liegen lassen! Okay, nicht mein Problem! Dass der Mann sich Sorgen macht, ist nachvollziehbar. Das alte Lied: Einsicht kommt für ihn zu spät, da er nicht klagt zur rechten Zeit!«
»Shakespeare!«
»Falsch! Hesiod! Ein Grieche!«
»Lange tot, oder?«
»Ewig!«
»Ich schätze, er wurde von seiner Frau ermordet.«
»Man weiß es nicht! Zurück zum Thema: Worauf willst du hinaus? Dass ich eine Suchaktion in Marsch setze? Vergiss es! Du weißt, dass das nicht geht!«
»Sicher weiß ich das! Aber bei einem begründeten Verdacht könnte man … sagen wir mal so: Mir geht es nicht darum, die Frau zu finden, sondern auszuschließen, dass ihr etwas zugestoßen ist.«
»Weil der Gatte dein Freund ist, oder besser gesagt, ein Bekannter, denn Freunde hast du ja keine!«
»Weder noch! Ich will sichergehen, um der Sache willen!«

»Josch, du stellst mich vor ein Rätsel. Seit wann suchst du nach Frauen, weil du dich um ihr Schicksal Sorgen machst? Hat der Geist von Mutter Theresa dich des Nachts heimgesucht?«
»Helfen Sie mir oder muss ich auf Knien zu Ihnen rutschen?«
»Der Gang nach Canossa! Das wär was!«
»Ins Canossa!«
»Verstehe ich nicht!«
»Weil Sie nicht in Saarbrücken studiert haben. Das Canossa war zu meinen Zeiten die angesagte Studentenkneipe auf dem Campus!«
»Gibt es die noch?«
»Keine Ahnung! Ich werde es rausfinden! Wie jetzt? Sehen Sie eine Möglichkeit, mir unter die Arme zu greifen? Kommen Sie mir bitte nicht mit juristischen Verklausulierungen, die kein Mensch versteht! Ja oder nein?«
»Wie soll das Bitteschön aus deiner Sicht aussehen. Du wirst nicht erwarten, dass ich Ermittlungen einleite, soweit waren wir schon!«
»Mir würde es ausreichen, dass Sie wegschauen, wenn ich ein paar Recherchen anstelle und die Logistik des LKA zu Hilfe nehme. Details kläre ich mit Frau Reinert. Wenn ihr Vorgänger Rudi in Amt und Würden wäre, hätte ich Sie nicht erst gefragt, aber ich möchte Frau Reinert nicht in die Bredouille bringen.«
»Das ist geradezu rührend fürsorglich von dir!«
»So bin ich!«
»Hättest du gerne! Du willst den Polizeicomputer benutzen, das ist alles! Meinetwegen, du brauchst wenigstens keine Einweisung, das solltest du trotz deines hohen Alters noch drauf haben. Ich kann dir nicht verwehren, im Präsidium bei den alten Kollegen vorbeizuschauen, wenn dich einer über die Schulter schauen lässt oder eine Anwendungsfrage hat, bitteschön, das ist Frau Reinerts Bier, aber schau zu, dass der laufende Betrieb nicht aufgehalten wird, sonst ...«

»Danke sehr, das genügt! Sie sind ein Schatz! Habe ich im Übrigen immer schon behauptet!«
»Schleimer! Du bist ein ausgekochtes Schlitzohr; und gewöhn dir endlich das Sie ab, das hatten wir geklärt!«
»Man sieht sich! Tschüss!«
Bingo! Die Sache ist geritzt! Mit Frau Reinert werde ich klarkommen, das dürfte kein Problem sein, zudem wir jetzt nichts verheimlichen müssen.
Ich telefoniere mit Ken, kündige mich für den Nachmittag an und frage nach, wer im Haus ist. Inge hat Urlaub, die Neue ist auf einem Lehrgang, Marius muss dringend zum Zahnarzt.
»Sag Frau Reinert nichts, es soll eine Überraschung werden. Setz Kaffee auf, ich komme, sobald der Stau auf der A8 sich aufgelöst hat.«
»Hoffentlich schaffst du das vor Feierabend. Heute ist Freitag!«
»Neue Sitten? Wen hat das früher gekümmert?«
»Dich nicht, uns schon! Um fünf bin ich weg! Wie lange Frau Reinert bleibt, weiß ich nicht!«
»Das werde ich schaffen!«
Aus der vorhergesagten Wartezeit von 90 Minuten wird zum Glück lediglich eine gute Stunde. Um Viertel vor vier brettere ich auf den Parkplatz des Präsidiums; im Fußraum vor dem Beifahrersitz lagert ein halber Bienenstich, den ich unterwegs zu einem ruinösen Preis in einem Café erstanden habe. Das Geld werde ich mir zur passenden Zeit von Sascha Berger erstatten lassen, schließlich muss ein pensionierter Hauptkommissar mit jedem Cent rechnen; vielleicht lege ich eine Tankquittung obenauf.
»Ich setze frischen Kaffee auf!«, empfängt mich Ken. »Der hier ist bereits ziemlich lau.«
»Super, ich besorge Teller und Tassen.«
»Lass nur! Ruf du die Katja ... äh Frau Reinert!«, empfiehlt Ken. Guter Junge!

Frau Reinert haut es fast vom Stuhl, als ich in ihr Büro eintrete.
»Das ist eine Überraschung!«
Ich spüre, dass es von Herzen kommt. Sie drückt mich, als sei ich ein Teddybär, den sie gerade an der Losbude auf der Kirmes gewonnen hat.
»Schön, dass Sie vorbeischauen!«
Spontane Euphorie in Unkenntnis der Sachlage!
Es folgt der übliche Small Talk! Marions Geburtstag ist ebenfalls ein Thema. Ich lade für Samstag ein, Marion weiß von nix. Ich erwähne den Bienenstich und erkundige mich nach ihrer Mutter. Ob sie sich gut eingelebt habe im Saarland. Alles bestens, aber der Umgewöhnungsprozess ist nicht abgeschlossen. Die übliche Frage nach dem Rentnerdasein. Jaja, alles gut. Der Umgewöhnungsprozess ist … zum Teufel, ich muss zum Punkt kommen, es ist mittlerweile halb fünf!
»Hat Staatsanwältin Sommer Sie in Kenntnis gesetzt?«, frage ich übergangslos.
»Worüber?«
Wenn Fragen mit Gegenfragen beantwortet werden, ist das meistens ein Zeichen von Unwissenheit.
Ich kläre sie auf, woraufhin sie den Kopf schüttelt.
»Sie können es nicht lassen!«
»Ein Notfall!«, wehre ich mich und gehe weiter ins Detail.
Jetzt zeigt Frau Reinert plötzlich großes Interesse, schließlich ist eine Frau verschwunden. Wäre es ein Mann, wäre wahrscheinlich der Bienenstich das Hauptthema.
»Ich kann nachvollziehen, dass Sie der Sache nachgehen wollen, aber Daniela … Frau Sommer hätten Sie nicht um Erlaubnis bitten müssen; ich weiß mich sehr wohl durchzusetzen, wenn es darauf ankommt.«
»Daran habe ich nie gezweifelt, aber was vorher geklärt ist, führt hinterher nicht zu Missverständnissen.«
»Wann wollen Sie loslegen?«
»Nach dem Bienenstich, wenn's nach mir geht!«

»Wie lange brauchen Sie?«

»Keine Ahnung. Das kommt darauf an, was ich finde und wie schnell.«

»Beginnen wir erstmal mit dem Kuchen.«

»Der steht bei Inge im Büro. Falls Ken was übrig gelassen hat.«

»Dann lassen Sie uns das bei einer Tasse Kaffee besprechen!«

Mit etwas Wehmut im Bauch gehe ich an meinem alten Büro vorbei. Nadine Bauer – Kommissar Anwärterin steht jetzt auf dem Schild neben der Tür. Frau Reinert scheint meinen verstohlenen Blick bemerkt zu haben.

»Nadine ist auf Fortbildung. Wollen Sie noch mal reinschauen?«

»Nee, nicht nötig. So unaufgeräumt wie zu meinen Zeiten kann es nicht sein.«

»Das kann ich nicht beurteilen; Ken hat mir erzählt, dass die Truppe drei Wochen gebraucht hat, um Ordnung in das Chaos zu bringen.«

»Sie müssen nicht alles glauben, was die Ihnen erzählen.«

»Okay! Drei Wochen, das wird leicht übertrieben sein.«

Ken hat sich bereits ausgiebig mit der Bienenstich-Thematik beschäftigt und ist zu einem positiven Ergebnis gekommen. Wir plaudern bei Kaffee und Kuchen und ich erfahre den neusten Klatsch aus dem Präsidium. Ich sitze wie auf glühenden Kohlen, bis Katja Reinert endlich zur Sache kommt.

»Mit Ihren Passwörtern kommen Sie ins System nicht mehr rein, folglich muss einer von uns dabei sein. Tut mir leid, aber wir können Ihnen unsere Codes nicht geben, das ist …«

»Völlig klar!«, unterbreche ich. »Davon bin ich nicht ausgegangen.«

»Ich muss weg!«, stellt Ken klar. »Sorry, aber wir bekommen Besuch!«

»Das ist bei mir ähnlich«, erklärt Frau Reinert. »Deshalb schlage ich vor, dass wir uns morgen früh treffen; sagen wir um zehn? Dann sind wir alleine, niemand stört uns und wir haben

alle Zeit der Welt.«
»Ich auch?«, fragt Ken erschrocken.
»Nein, du nicht!«, antwortet die Hauptkommissarin.
»Sie würden meinetwegen samstags ins Präsidium kommen?«, frage ich erstaunt.
»Unter einer Bedingung: Sie laden mich hinterher zum Essen ein!«
»Akzeptiert! Zehn Uhr!«
Der Rest des Bienenstiches ist schnell verzehrt. Frau Reinert drängt zum Aufbruch, Ken verschwindet als Erster ins Wochenende; ich verabschiede mich ebenfalls und mache mich auf den Heimweg.
Insgeheim hatte ich gehofft, dass ich mich sofort an die Arbeit machen könnte, aber der Samstagmorgen ist akzeptabel. Das Geburtstagsgeschenk für Marion kann ich später besorgen, aber wie ich ihr beibringen soll, dass unser gemeinsamer Einkaufsbummel flach fällt, ist mir ein Rätsel. Irgendwann muss ich das Thema Geburtstagsparty zur Sprache bringen, alles in allem sind das unangenehme Aufgaben für einen Freitagabend.
Es wird eine Weile dauern, bis ich mich dem werde widmen können, denn zuallererst muss ich Kontakt zu Sascha Berger aufnehmen. Ich will mir das Büro seiner Frau und die Wohnung anschauen, vielleicht entdecke ich dort irgendwelche Hinweise. Das wird keine leichte Aufgabe sein, denn einerseits will ich keine falschen Hoffnungen wecken und andererseits soll er im Bewusstsein haben, dass er aktiv mithelfen muss. Von meinem Besuch im Präsidium werde ich ihm nichts erzählen; das hat den Nachteil, dass ich fürs Erste auf meinen Spesen sitzen bleibe.

13

Tanja Berger war mit ihren Nerven völlig am Ende; sie hatte keinerlei Vorstellung, wie lange sie bereits in diesem Verlies festsaß. Tage oder Wochen, ihr war jegliches Zeitgefühl abhandengekommen. Am schlimmsten jedoch war die Stille, das völlige Fehlen fremder Geräusche. Tanja war von der Welt da draußen komplett isoliert, das Leben fand ohne sie statt und das brachte sie an den Rand des Wahnsinns.
Sie konnte nicht abschätzen, ob ihre Wach- und Schlafphasen bestimmten Zyklen folgten und wie lange diese anhielten. Anscheinend wurde sie aufgeweckt, damit sie Nahrung zu sich nehmen konnte und anschließend wieder in Tiefschlaf versetzt. Anfangs hatte sie angenommen, dass dem Essen oder dem Wasser ein Schlafmittel beigemischt worden war, und hatte die Nahrungsaufnahme verweigert, aber sie war irgendwann trotzdem weggetreten. Beim nächsten Mal hatte sie getan, als ob sie trinken würde und sich anschließend schlafend gestellt, aber das funktionierte nicht. Von da an war sie der Überzeugung, dass sie von einer heimlichen Kamera beobachtet wurde. Vielleicht war es ein geruchloses Gas, das in ihr Gefängnis eingeleitet wurde, aber das konnte sie mit Bestimmtheit nicht sagen.
Tanja hatte zwölf Mahlzeiten gezählt, wusste aber nicht, ob es Tagesrationen waren oder zu den Essenszeiten serviert worden war. Obst, Käse, Brot, Wasser – immer dasselbe. Hunger verspürte sie dazwischen nicht, woraus sie schloss, dass sie mindestens zweimal am Tag gefüttert wurde; rechnerisch ergaben sich daraus sechs Tage, oder vier oder fünf. Aufwachen, essen, einschlafen, das war der Takt, gegen den sie sich nicht wehren konnte. Wenn sie aufwachte, waren die Windeln gewechselt.

Es war eine fürchterliche Vorstellung, dass jemand da unten an ihr rum hantierte, während sie schlief. Es war die einzige Hygiene, die man ihr gönnte; Zähneputzen, Körperpflege – Fehlanzeige. Sie fühlte sich schmutzig und verschwitzt und würde sich bald selbst nicht mehr riechen können; ganz zu schweigen von dem Moment, wenn ihre Periode einsetzen würde, eine grauenhafte Vorstellung.

In den Wachphasen hatte sie sich das Gehirn zermartert, was hinter dieser Aktion stecken und wer sich dieses perfide Spiel ausgedacht haben könnte. Tanja hatte ihre Fragen in den Raum geschrien, aber vergeblich auf eine Antwort gewartet.

Einmal hatte sie nach dem Aufwachen den Hauch eines zarten Duftes wahrgenommen, von dem sie glaubte, dass er ihr vertraut war. Es war eine Spur, ein einziges Mal, aber seither schloss sie nicht aus, dass Antoine hinter der Aktion steckte.

Aber das ergab keinen Sinn! Bloß weil sie den Namen von Bresco erwähnt hatte? Das war lächerlich! Dafür dieser enorme Aufwand? Nein, das hier waren absolute Profis, alles war von langer Hand geplant und durchdacht. So schnell hätte Antoine nicht reagieren können. Und überhaupt; was wusste sie denn? Nichts! Womit hätte sie ihm schaden können? Ja sie hatte dick aufgetragen, vielleicht etwas zu dick, aber dass Antoine deswegen nervös werden könnte ... nein, das war hirnrissig! Er hätte ihr gedroht, ihr vielleicht eine gescheuert oder sie bestenfalls hochkant rausgeworfen, aber nicht solch ein Szenario! Oder? Quatsch; dann hätte er sie gleich um die Ecke und zum Schweigen gebracht, aber doch nicht ... nein, das war ein blöder Gedanke.

Geiselnahmen waren mit irgendwelchen Forderungen verbunden, meistens als Lösegeld. An wen? An Sascha? Gegen Geld bekommst Du deine Frau zurück? Ausgerechnet Sascha! Oder hatte die Sache etwas mit ihren Immobiliengeschäften zu tun? Eine Festsetzung, bis irgendwelche Fristen abgelaufen sind? Nein, da war nichts, was eine solche Vorgehensweise im Ent-

ferntesten rechtfertigen würde.
Vielleicht war alles ganz anders und Sascha steckte hinter der Sache! Ja, das käme schon eher hin! Irgendwann würde man ihm die Schlüssel zum Tresor aushändigen und ihn über das Geschäftskonto verfügen lassen, spätestens dann, wenn Banken, Versicherungen oder der Fiskus ihr Geld haben wollten. Dann bekäme Sascha Zugriff und … genau! Sascha hatte eine andere und wollte mit ihr abhauen! Eine aus dem Tennisverein oder dem Golfklub! Hatte den Großkotz gemacht und brauchte Geld! Und weil Sascha für einen Mord nicht genug Mumm hatte, war dies für ihn die einfachste Lösung. In irgendeinem Keller eines Rohbaus, den er präpariert hatte. Zeit schinden, bis er mit der Kohle verschwinden konnte, mitsamt seiner neuen Tussi! Das ergab schon eher einen Sinn! Wer mochte es sein? Ingrid? Auf Blond stand Sascha, aber … nein eher Solveig, die …
Bevor Tanja Berger den Gedanken weiterspinnen konnte, fiel sie erneut in einen tiefen Schlaf.

14

Ich treffe mich mit Sascha Berger in dessen Haus in Wiebelskirchen. Auf den ersten Blick ordne ich das Anwesen dem gehobenen Mittelstand zu. Der Eindruck bestätigt sich, als mich der Hausherr durch die Wohnung führt. Modern, nüchtern, für den, der es mag, hat das gewiss einen Charme, aber mein Geschmack ist es nicht. Zu glatt, zu glänzend und zu kalt. Gemütlichkeit ist etwas anderes, aber gut, jedem das Seine.
In der Küche würde ich beim Kochen den Überblick verlieren. Das Ceranfeld des Herds ist größer als mein Esszimmertisch. Wie kann man da in die Töpfe schauen, ohne sich den Hals zu verrenken? Zum Umrühren braucht man einen Kochlöffel mit Verlängerung. Im Backofen ist Platz für siamesische Truthahnzwillinge.
»Wie viele Leute leben hier?«, frage ich in Erwartung einer hohen einstelligen Zahl.
»Tanja und ich. Wir haben keine Kinder.«
»Warum eine Küche, groß wie auf einem Luxusdampfer?«
»Tanja mag Platz beim Kochen. Manchmal kochen wir zu zweit.«
Im Wohnzimmer hängt ein überdimensionaler Flachbildschirm an der Wand. Hier traben bei Tierfilmen über die Serengeti die Zebras wahrscheinlich in Lebensgröße durchs Bild.
»Mein Gott, der ist riesig!«, entfährt es mir.
»Och, das ist mittlerweile nichts Besonderes! Hat heute jeder!«
»Meiner ist nicht halb so groß!«
»Um eine Tennisübertragung genussvoll anschauen zu können, sollte er kleiner nicht sein.«
»Das kann ich nachvollziehen«, stöhne ich.

»Kann ich Ihnen etwas zu trinken anbieten oder ist das im Dienst verboten?«
»Im Dienst? Ein kühles Bier wäre nicht schlecht für einen Pensionär!«
»Oh, sorry, ich vergaß: Sie sind Ruheständler!«
»Und als solcher bin ich hier! Dass Sie mir das bitte nicht vergessen! Ich ermittle nicht, ich will bloß helfen!«
»Selbstverständlich! Dafür bin ich Ihnen äußerst dankbar, Herr Schaum! Es versteht sich ebenso von selbst, dass ich Ihre Bemühungen honoriere, Sie müssen …«
»Dazu kommen wir später! Wussten Sie eigentlich, dass ein halber Bienenstich 24 Euro kostet?«
»Aha! Äh, nein, das wusste ich nicht … äh … was hat das … ich hole rasch das Bier!«
»Warten Sie! Hat Ihre Frau ein Arbeitszimmer oder was in der Richtung?«
»Wir nennen es Lady Suite!«
»Dem Frauenzimmer ein Frauen-Zimmer!«, stelle ich fest.
»Über den Witz hat sich mein Opa schon amüsiert. Egal! Kann ich das sehen?«
»Selbstverständlich! Da vorne, das erste Zimmer links. Schauen Sie sich ruhig um, ich bin gleich bei Ihnen.«
Berger verschwindet und ich widme mich der Lady Suite.
Links neben der Tür ein Sideboard, das über die gesamte Zimmerbreite reicht. Feine Holzmaserung, sandfarben. Alles ist sandfarben! Die Holzdecke, das Laminat am Boden, die Möbel – eine Bürowüste! Sehr hell, weil zwei riesige Fenster die tief stehende Sonne zu einem Besuch einladen. Rechts eine Sitzgruppe, gleiche Farbe, es fehlen die Wasserpfeife und der dazu gehörende Beduine.
Genau in der Mitte beherrscht ein riesiger Schreibtisch den Raum. Akkurat aufgeräumt! Der Stuhl exakt untergeschoben. Links, die Schreibtischgarnitur, penibel ausgerichtet. Rechts das Mousepad, dazwischen der Laptop. Zugeklappt! Ordnung

muss sein! Mittig davor die externe Tastatur. Das Büro einer Maklerin, alles andere als eine Lady Suite, anders als die Moderne im Rest der Wohnung.
An zwei Wänden hängen insgesamt vier Gemälde; Industriemalerei. Der Eisengießer, der Hochofen, zwei Ansichten des Neunkircher Eisenwerkes, das schon lange stillgelegt ist. Interessante Prismatechnik; selbst einem Kunstbanausen wie mir fällt auf, dass diese Kunstwerke etwas Besonderes sind. Als ob man die Welt durch eine zerbrochene Glasscheibe betrachtet, ohne dass der Blick und die Schärfe nach draußen verloren gehen.
»Gefallen Ihnen die Bilder?«
Berger taucht hinter mir auf und reicht mir das Bier.
»Ja! Die sind anders als das, was Bernstein gemalt hat.«
»Oh, Sie kennen Bernstein?«
»Ich bin ihm, also seinen Werken, vor Jahren begegnet!«
»Äh, ehrlich? Hm … Nein, das hier sind Werke von Elisabeth Bosslet, einer Künstlerin aus Spiesen. Eigentlich müssten Sie die kennen.«
»Äh, ja … davon habe ich gehört.«
Als ob ich alle Künstler dieser Welt kennen müsste!
»Wonach suchen Sie?«
»Das weiß ich, wenn ich es gefunden habe! Ich will mich erstmal umschauen und die Dinge auf mich wirken lassen. Darf ich?«
»Selbstverständlich! Von mir aus können Sie hier alles auf den Kopf stellen!«
»Das werde ich tunlichst unterlassen! Haben Sie Zugang zum Computer?«
»Nein, ich kenne Tanjas Passwort nicht!«
»Ist Ihre Frau in den sozialen Medien unterwegs? Facebook, Twitter?«
»Nein, soviel ich weiß, nicht. Sie sagt, das sei ihr zu lästig.«
»Und Sie?«

»Um Himmelswillen, nein!«
»Ihre Frau nutzt dieses Zimmer als Büro?«
»Ja, als Home-Office! Aber im Büro hat sie auch einen Computer. Den hier nutzt sie eher … das heißt, ich weiß es eigentlich nicht, weil das hier ihr Reich ist.«
»Würde es Ihnen etwas ausmachen, mich kurz alleine zu lassen?«
»Nein, wenn Ihnen das weiterhilft. Rufen Sie mich, wenn Sie mich brauchen!«
Ich nehme auf der Sitzgruppe Platz, nippe an meinem Bier und überlege. Die Wohnung ist penibel aufgeräumt, das Büro ist strukturiert; wer so wohnt und arbeitet, verschwindet nicht einfach und lässt kommentarlos alles zurück. Das passt nicht! Kein Abschiedsbrief, kein Schreiben vom Anwalt! Gezieltes Anfahren eines Hotels! Ohne Gepäck! Das passt erst recht nicht!
Ein Blick in die Schreibtischschubladen: Prospekte eines Wohnprojektes, Telefonliste, Preistabellen. Die Liste mit den Telefonnummern nehme ich an mich.
Nächste Lade: Büro Kram, USB-Stick, Taschenrechner.
Andere Seite: Hochglanzbroschüre eines Autohauses – Edelkarossen. Ein Faltblatt mit Notrufnummern. Ein Prospekt der Saarlandtherme. Eine Saarlandkarte. Kein Eintrag, keine Markierung.
Ich habe eine Idee!
»Herr Berger, kommen Sie bitte!«
Sascha Berger erscheint derart schnell, als habe er hinter dem Türrahmen gelauert.
»Ja?«
»Markieren Sie bitte alle Telefonnummern, die Sie bereits antelefoniert haben. Ist ein Kopiergerät im Haus?«
»Ja!«
»Dann eine Kopie bitte! Ihre Frau ist mit einem Z4 unterwegs?«
»Ja!«

»Sind die Papiere im Haus? Ich meine den Kraftfahrzeug-Brief!«
»Da muss ich im Tresor nachschauen. Warum?«
»Der Verkauf des Wagens wäre eine Möglichkeit, unbemerkt an Bargeld zu kommen.«
»Stimmt! Mann, Sie sind wirklich ein Profi! Moment, ich schau nach!«
»Moment noch!« Ich halte den Prospekt mit den Edelkarossen hoch. »Haben Sie hier Ihre Autos gekauft?«
»Nein.«
»Okay, schauen Sie bitte nach den Papieren!«
Ich warte mit meinem Bier auf der Couch. Es ist verlockend, ich bräuchte mich nur fallen zu lassen und die Augen zu schließen. Ein kleines Nickerchen wäre gerade recht, aber ich habe einen Bärenhunger, da könnte ich sowieso nicht entspannen.
»Die Papiere waren im Tresor«, ruft Berger und winkt mit dem Kfz-Brief.
»Damit wissen wir immerhin, dass sie die Karre nicht verkauft hat.«
»Bringt Sie das weiter?«
»Nicht wirklich.«
»Schauen Sie sich ruhig um, vielleicht entdecken Sie einen Hinweis. Ich gehe derweil die Telefonliste durch.«
Ich nehme mir den Inhalt des Sideboards vor, aber auch hier finde ich nichts, was auf eine geplante Flucht oder einen Lover hindeutet. Etwas Modeschmuck, den Reisepass, Bedienungsanleitungen für technische Geräte; Teelichter, Räucherstäbchen, Rouge, Nagellack, Nagelfeile ... die Notausrüstung für die schnelle Aufrüstung zwischendurch. Keine Briefe oder Fotoalben, nichts was mich zum Stöbern veranlassen könnte.
Mein Handy! Im Display steht Marions Name. Wahrscheinlich will sie wissen, wo ich mich rumtreibe. Oh Gott, es ist bereits 18 Uhr 45!
»Hallo!«, melde ich mich mit gespieltem, gleichgültigem Ton-

fall. Hauptsache, kein schlechtes Gewissen anmerken lassen!
»Hallo Schatz! Wo steckst du?«
Hallo Schatz? Das schlechte Gewissen steckt eindeutig in der Person auf der anderen Seite der Leitung!
»Ich bin bei Berger! Du weißt, der Mann, dessen Frau verschwunden ist.«
»Ach ja! Hoffentlich kannst du ihm weiterhelfen.«
Oha! Das ist mehr als ein Friedenszeichen, da steckt was im Busch!
»Ich tue mein Bestes. Was liegt an?«
»Hast du dort länger zu tun?«
»Wie lange sollte ich denn zu tun haben, damit es dir in den Kram passt?« Die Frage klingt ungewollt harsch, aber ich kann es nicht leiden, um den heißen Brei herum zu reden.
»Wie sich das anhört! Ich wollte dich lediglich fragen, ob es dir etwas ausmacht, wenn du dich heute Abend selbst versorgst?«
»Nein, kein Problem! Wieso, was liegt denn bei dir an?«
»Markus hat mich gebeten, Dagmar am Bahnhof abzuholen. Er wollte das eigentlich selbst machen, kommt aber wegen eines Notfalls von der Arbeit nicht weg.«
»Aha. Welcher Bahnhof?«
»Homburg. Um halb neun. Dagmar war in Mainz bei Marcs Eltern und hat Barbaras Kinder für einen Wochenendbesuch dorthin gebracht, weil Barbara mit Susanne auf einem Seminar ist und Maria am Sonntag von Bonn aus nach Mainz kommt, um die Kinder abzuholen. Das war nicht anders zu machen, weil Fred wegen einer Augen-OP zurzeit nicht Autofahren darf und Andrea den Arm gebrochen hat.«
»Das sehe ich ein!«, gebe ich mich verständig, habe aber keine Ahnung, wer die genannten Personen überhaupt sind. »Da kann man nichts machen! Tragisch!«
»Bist du jetzt sauer?«
»Auf wen? Dagmar, Barbara, Fred oder Andrea? Oder auf den Chef von Markus?«

»Was weiß ich?«

»Ich besorge mir was vom Vietnamesen. Mach dir keinen Stress!«

»Gut! Bis später!«

Ich darf auch mal Glück haben! Dabei ist mir völlig egal, wer wen warum und wo abholt.

Auf Bergers Couch trinke ich in Ruhe mein Bier zu Ende und atme tief durch. Vielleicht ist ein Päuschen jetzt … halt, ich habe eine bessere Idee!

Ich verlasse die Lady-Suite und gehe ins Wohnzimmer. Sascha Berger sitzt im Sessel und studiert die Telefonliste.

»Außer den Notfallnummern, den Ämtern und der Versicherung habe ich alle bereits kontaktiert. Ich fürchte, die Liste bringt uns nicht weiter.«

»Was machen Sie heute Abend, Herr Berger?«

»Normalerweise würde ich in den Klub gehen, aber ehrlich gesagt, habe ich die Fragerei und die Andeutungen satt. Die denken entweder, Tanja hat mich verlassen oder ich habe sie umgebracht.«

»Und welche Variante ist wahr?«

»Hallo! Fangen Sie jetzt auch schon damit an! Keine von beiden! Ich …«

»Schon gut, nicht aufregen! Was halten Sie davon, wenn wir ins Büro Ihrer Frau fahren und uns dort ein wenig umsehen? Unterwegs besorgen wir uns was zum Essen. Sie zahlen!«

»Von mir aus! Wenn Sie die Zeit haben!«

»Prima! Wo ist das Büro noch mal?«

»In St. Ingbert, Ensheimer Straße. Ich lade Sie gerne in ein Restaurant ein, Herr Schaum!«

»Das dauert mir zu lange, danke für das Angebot. Demnächst muss ich mich zu Hause blicken lassen, sonst gibt's Ärger. Nachher geht es mir wie Ihnen und … sorry, war nicht so gemeint, Späßle gmacht!«

Mal wieder ein Fettnäpfchen, das ich nicht auslassen konnte.

Berger scheint es einigermaßen mit Fassung zu tragen.
»Sie können Ihren Wagen hier stehen lassen«, schlägt er vor.
»Lieber nicht, ich bin gern flexibel.«
Eine halbe Stunde und eine Bratwurst von Schleppis Grill später betreten wir die Büroräume von Tanja Bergers Immobilienfirma.
Sascha Berger hatte einige Mühe, am Bund den jeweils passenden Schlüssel zu den Türen zu finden und sich damit entschuldigt, dass er sich Anfang der Woche die Schlüssel bei Tanjas Sekretärin besorgt habe, denn normalerweise habe er keine für dieses Büro.
»Sie trennen wirklich sehr konsequent!«, hatte ich bemerkt, was Berger allerdings nicht weiter kommentieren wollte.
Das Büro ist zu meiner Überraschung ziemlich klein. Zwei Räume, eine Toilette und eine kleine Teeküche. Ohne Charme renovierter Altbau mit hohen Zimmerfluchten; angedeuteter Stuck. Nüchternes Weiß. An den Wänden Bilder im gleichen Stil wie in der Lady Suite. Eine große Stechpalme im penibel aufgeräumten Zimmer der Chefin. Bei der Sekretärin herrscht auf dem Schreibtisch das Chaos.
»Wenn die Katze aus dem Haus ist, tanzen die Mäuse auf dem Tisch!«, kommentiert Berger die Unordnung. »Tanja würde dieses Durcheinander nicht dulden.«
»Könnte man daraus schließen, dass die Sekretärin ihre Chefin bereits abgeschrieben hat?«, frage ich.
»So weit würde ich nicht gehen, Herr Schaum, aber das ist ein interessanter Aspekt. Sie sind wirklich ein Profi!«
»Der genauso im Dunkeln tappt, wie Sie!«
Ich schaue mich im Büro der Maklerin um. Die gleiche penible Ordnung wie im Wohnhaus.
»Darf ich?«, frage ich der Form halber und setze mich an den Schreibtisch.
»Nur zu! Falls Tanja sich später beschweren sollte, ist mir das scheißegal!«

»Ihnen vielleicht, aber mir nicht! Ich werde Sie morgen eine Einverständniserklärung unterschreiben lassen. Tut mir leid, aber ich muss mich absichern!«
»Kein Problem!«, erklärt Berger und verlässt den Raum.
Ich schaue in die Ablage: Vertragsentwürfe, Korrespondenz, nichts Außergewöhnliches. Rechte Schublade: Nasentropfen, die Pille, ein Kondom! Im Büro?
»Haben Sie etwas entdeckt?«, überfällt mich Berger. »Ich habe in der Teeküche eine Flasche Champagner entdeckt. Haben Sie Lust auf ein Gläschen?«
»Lieber nicht, danke! Falscher Zeitpunkt, falscher Anlass! Hat Ihre Frau männliche Mitarbeiter?«
»Nein. Vor zwei Jahren hatte sie für kurze Zeit einen Praktikanten; eine Gefälligkeit für einen Klubkameraden, ein junger Bursche und ziemlich talentfrei.«
Vielleicht hatte er Fähigkeiten in anderer Richtung, denke ich, hake das Thema aber vorläufig ab. In der nächsten Schublade finde ich eine Einsteck-Mappe mit Visitenkarten. Es sind Dutzende, alphabetisch nach den Nachnamen geordnet.
Bei der Durchforstung der Seiten wird mir zum ersten Mal bewusst, welch eine Kreativität hinter dem Entwurf von Visitenkarten steckt. Von nüchterner schwarzer Schrift auf matt weißem Karton bis bunt mit Glitzereffekt und Plastikeinschweißung gibt es eine Vielzahl von Varianten hinsichtlich Design, Schriftgrößen und -arten, Farbschattierungen und anderem optischem Firlefanz.
»Herr Berger, kommen Sie bitte!«
»Warum schreien Sie, ich stehe hinter Ihnen?«
Dieser Mensch geht mir auf den Geist; nie ist er dort, wo ich ihn vermute!
»Gleichen Sie dieses Sammelsurium von Visitenkarten bitte mit der Telefonliste ab und sortieren Sie die aus, die übrig bleiben. Ich bin hier vorerst durch, für mich wird's Zeit! Morgen früh bin ich … ähm, habe ich Termine, ich melde mich im Verlauf

des Tages. Sie melden sich natürlich sofort, sobald Sie etwas Neues erfahren!«

»Gut mache ich! Ich schaue mich ein bisschen um und fahre bald nach Hause. Aber Sie melden sich bitte auf jeden Fall!«

»Ja, versprochen! Übrigens, falls Sie Kondome benötigen: erste Schublade rechts!«

Sascha Berger macht nicht gerade ein intelligentes Gesicht, als ich das Büro seiner Frau verlasse.

15

Samstag, 11. August 2018

Der Freitagabend war gelaufen, als Marion und ich zu Hause angekommen waren. Sie hatte ihre Freundin Dagmar im Schlepptau, was bedeutete, dass ich nicht zu Wort kam. Nach drei gescheiterten Versuchen, das Thema auf die bevorstehende Geburtstagsparty zu lenken, hatte ich schließlich aufgegeben und mich ins Bett begeben.
Dementsprechend früh und ausgeschlafen bin ich an diesem Samstagmorgen auf den Beinen, besorge frische Brötchen, decke den Frühstückstisch auf dem Balkon, koche Kaffee, und nachdem der Eierkocher das Ende seiner Tätigkeit durch die Wohnung trötet, erscheint Marion auf der sommerlichen Bühne.
»Dieser Balkon ist wirklich Gold wert!«, begeistert sie sich und haucht mir einen liebevollen Kuss auf den Mund.
»Wenn kein gedeckter Frühstückstisch draufsteht, ist es ein Balkon wie jeder andere«, versuche ich meine nicht unerheblichen Bemühungen ins rechte Licht zu setzen und gieße den Kaffee in die Tassen.
»Ja, mein Schatz, das hast du super gemacht!«
Es gibt Zeiten, da ist man sogar für ein provoziertes Lob dankbar! Zwischen Frühstücksei und Käsebrötchen nehme ich erneut Anlauf.
»Für die gesamte nächste Woche ist tolles Sommerwetter angekündigt!«
»Echt? Super!«
»Es ist von großem Vorteil, wenn man im Sommer Geburtstag

hat!«
»Das kommt drauf an, wo man wohnt und wie das Wetter ist!«
»Du wohnst hier, das Wetter ist schön und du hast nächste Woche Geburtstag!«
»Erstaunliche Neuigkeiten! Worauf willst du hinaus? Wenn du so anfängst, ist was im Busch!«
»Ich habe mir etwas überlegt!«
»So? Was denn?«
»Wie wäre es, wenn ich dir zum Geburtstag eine Gartenparty schenke?«
»Die hatte ich sowieso vor, aber wenn du das organisieren und vor allem finanzieren möchtest, ist das eine super Idee.«
»Auf jeden Fall bekommst du deine Geburtstagsparty, du musst dich um nichts kümmern. Hast du einen besonderen Wunsch?«
»Als Geschenk? Da hätte ich …«
»Nein, für die Party!«
»Nein, mach nur! Du kannst jeden und jede einladen, die dir einfallen; es kostet nicht mein Geld! Dagmar ist dir bestimmt gerne behilflich.«
»Okay! Was hast du heute auf dem Plan?«
»Ich fahre mit Dagmar nach Neunkirchen zum Shoppen. Eventuell nach St. Ingbert oder St. Wendel. Außerdem sind Wäsche und Bügeln an der Reihe; wie wäre es, wenn du …«
»Ähm, ich bin in Sachen Tanja Berger unterwegs. Danach will ich anfangen, dein Fest zu organisieren.«
»Wie wäre es mit einer Motto-Party?«
»Motto-Party? Das Motto heißt Geburtstag!«
»Ein Kostüm-Motto mit der passenden Musik und Deko dazu! Siebziger oder Flowerpower oder Nostalgie … nee, das lieber nicht … lass dir etwas einfallen. Du musst den Gästen allerdings bis Montag Bescheid geben, damit die sich einkleiden und vorbereiten können.«
»Wie wäre es mit einer Sauna-Party, da braucht jeder nur ein Handtuch?«

»Das hättest du gerne! Damit die Männer uns die ganze Zeit auf die Möpse starren können; vergiss es!«
»Bei einer FKK-Party würde sogar das Handtuch entfallen.«
»Vergiss es!«
Die Diskussion ist beendet und bald darauf auch das Frühstück. Kurz vor zehn Uhr stehe ich auf dem Parkplatz des Polizeipräsidiums und warte auf Katja Reinert. Sie erscheint pünktlich und ist freudig überrascht, dass ich Croissants, Butterhörnchen und Nussecken mitgebracht habe. Während der Kaffee durchläuft, fährt sie den Computer hoch und meldet sich mit ihrem Passwort im Polizeiprogramm an.
»Es kann losgehen!«, stellt sie schließlich fest. »Wo fangen wir an? Wollen wir zuerst nachschauen, ob die Dame polizeibekannt ist?«
»Korrekt!«
Bereits nach kurzer Zeit steht fest, dass Tanja Berger weder vorbestraft noch sonst wie gegenüber der Polizei auffällig in Erscheinung getreten ist. Einziger Makel ist ein Eintrag vor etwa zwei Jahren, da war sie in Saarbrücken in der Mainzer Straße mit Tempo 125 geblitzt worden; 680 Euro Geldstrafe und 3 Monate Führerscheinentzug waren die Konsequenz dieser Raserei gewesen.
»Ich frage mich, wieso dieser Eintrag hier steht«, wundert sich Frau Reinert. »Der hätte längst gelöscht werden sollen.«
»Keine weiteren Eintragungen?«
»Nein, nichts!«
»Ihr Geburtsname ist Gräber; versuchen wir es damit!«
Fehlanzeige, kein Eintrag!
Wir nehmen uns die Firmen der Eheleute vor, durchleuchten den Tennisverein und den Golfklub mitsamt Vorständen. Ein Dr. Waschburger war wegen Verdachtes des Abrechnungsbetruges im Fokus der Staatsanwaltschaft, aber das Verfahren war vor Jahren eingestellt worden. Die Daten sind nicht aus dem System gelöscht worden! Wenn das raus käme, wäre die Kacke

am Dampfen und das völlig zurecht!
»Ich glaube, ich muss mich mit dem Polizeipräsidenten oder dem Oberstaatsanwalt unterhalten«, meint Frau Reinert. »Wenn jemand von dieser unzulässigen Datenspeicherung Wind bekommt, haben wir ein echtes Problem am Hals.«
»Das stimmt; anscheinend macht irgendjemand seine Hausaufgaben nicht.«
»Die Verantwortlichen werden es wie üblich mit Personalmangel erklären, aber … okay, und wir? Noch eine Idee, wo wir nachforschen könnten?«
»Lassen Sie uns nachschauen, ob es etwas über dieses Hotel in Heusweiler gibt!«
Wir werden nicht fündig. Nach einer Stunde intensiver Recherchearbeit brechen wir die Suche ergebnislos ab.
»Entweder die Dame hat sich tatsächlich freiwillig vom Acker gemacht, oder … was oder?«, grübelt Frau Reinert. »Ein Unfall, ein Verbrechen … ich weiß nicht, was ich davon halten soll. Sie haut freiwillig im Streit ab, lässt alles zurück und taucht nicht wieder auf. Das sieht nach einer geplanten Aktion aus; andererseits sieht es nicht nach Flucht in die Arme eines Anderen aus, wenn sie alleine in einem Hotel übernachtet.«
»Es sei denn, sie hat ihn im Hotel getroffen! Wer weiß, ob die Rezeption mir alles gesagt hat? Vielleicht sind sie getrennt an- und abgereist.«
»Wir müssten uns die Gästeliste des Hotels anschauen.«
»Ohne richterlichen Beschluss werden Sie die nicht bekommen.«
»Nicht offiziell, aber ich könnte inoffiziell nachfragen. Vielleicht gibt man mir die Liste freiwillig.«
»Das ist riskant! Sie schaffen sich damit womöglich ein riesiges Problem, Frau Reinert. Danke, aber lassen Sie's! Es wäre die zweite Nachfrage binnen kürzester Zeit zur selben Person, und wenn ich der Hotelbesitzer wäre, würde ich wissen wollen, was los ist. Darauf haben Sie keine zufriedenstellende Antwort,

ein falsches Wort und Sie kommen in Teufels Küche! Wenn sich am Schluss rausstellen sollte, dass Sie ohne Auftrag einem Phantom hinterherjagen, können Sie Ihre Karriere knicken!«

»Vielleicht haben Sie recht, Josch! Wir haben nichts, was eine polizeiliche Ermittlung rechtfertigen würde. Und dennoch: Mein Bauchgefühl sagt mir, dass etwas nicht stimmt!«

»Bauchgefühl ist gut! Mir hat es oft die richtige Richtung gezeigt, auch wenn ich deswegen verspottet worden bin. Bei mir ist die Bezeichnung allerdings zutreffender als bei Ihnen!«

»Oh, der Versuch einer Charmeoffensive. Wie geht's jetzt weiter?«

»Hier vorerst nicht! Das Einzige, was ich auf dem Plan habe, sind Tanja Bergers Computer. An das Passwort kommt selbst ihr Ehegatte nicht ran. Vielleicht könnte ein Spezialist behilflich sein.«

»Das ist keine Frage des Könnens, sondern der verfügbaren Software.«

»Die ich nicht habe und Sascha Berger allem Anschein nach auch nicht!«

»Ein normaler PC für den Hausgebrauch?«

»Zwei Laptops zur privaten und beruflichen Nutzung, nichts Besonderes!«

»Glauben Sie, dass Tanja Berger ein Computerfreak ist?«

»Nichts deutet darauf hin, dass sie mehr ist, als ein gewöhnlicher User, wie du und ich … äh, Sie und ich! Nutzen wir die Gelegenheit, zum Allgemeinen du überzugehen. Wie ich höre, ist das bei euch mittlerweile normal.«

»Gerne! Dieser ständige Wechsel geht mir sowieso auf den Geist! Wenn Tanja ein gewöhnlicher Nutzer ist, wird sie ihre Computer mit normalen Mitteln geschützt haben. Zahlen-Buchstabenkombinationen, wenn's hoch kommt vielleicht ein Sonderzeichen. Die Software, um solche einfachen Codes zu knacken, kann man mittlerweile aus dem Internet herunterladen.«

»So einfach ist das?«
»Ein Kinderspiel! Das Programm nudelt alle möglichen Kombinationen durch, bis es fündig wird. Das Einzige, was man braucht, ist etwas Zeit und Geduld.«
»Wenn es einfach ist, kann Berger das selbst erledigen; warum sollen wir uns die Finger schmutzig machen?«
»Gute Idee! Sind wir hier fertig?«
»Ich möchte dich zu Marions Geburtstag einladen. Nächsten Samstag ab 18 Uhr in Spiesen.«
»Oh, danke! Wie komme ich zu dieser Ehre? So gut kenne ich deine Lebensgefährtin nicht!«
»Ich schenke ihr das Fest und sie hat mir die Auswahl der Gäste überlassen. Die Kollegen lade ich auch alle ein. Es soll eine Motto-Party werden.«
»Aha! Und wie lautet das Motto?«
»Genau das ist das Problem! Ich habe keine brauchbare Idee! Wenn mir was einfällt, melde ich mich!«
»Josch, du bist wirklich 'ne Nummer. Auf den letzten Drücker funktioniert das nicht; man muss sich vorbereiten!«
»Ach was! Spontan geht immer! Da kommen die besten Ideen bei raus!«
»Hast du eine Idee für ein Geschenk?«
»Nein! Deshalb mach ich die Party!«
Als ich mich verabschieden will, erinnert Katja daran, dass ich ihr als Gegenleistung ein Essen versprochen hatte.
»Das habe ich nicht vergessen«, lüge ich mich aus der Peinlichkeit. »Aber nenn mir ein bezahlbares gemütliches Restaurant mit Niveau, das samstags um diese Zeit als lohnenswertes Ziel infrage kommt.«
»Mir würde schon was einfallen, aber okay, verschieben wir das auf ein gemütliches Abendessen bei Kerzenschein.«
»Du meinst Vater und Tochter im Kerzenlicht. Oder willst du mich etwa anbaggern?«
»Hättest du gerne!«, lacht sie. »Keine Affären unter Kollegen,

selbst wenn es ehemalige sind. Außerdem bist du in guten Händen!«
»Wer behauptet das?«
»Ich!«
»Du musst es wissen! Ich mache mich jetzt auf den Weg! Danke fürs Erste und denk an die Party!«
»Und du an das Motto! Schönen Gruß zu Hause!«
Auf dem Weg zum Parkplatz denke ich unentwegt darüber nach, was für ein Motto die Party haben könnte. Die meisten Themen sind mir zu abgedroschen. 80iger, 70iger und so, das hatte man alles schon derart oft, wie die berüchtigten Pyjama-Partys oder den Nachthemdenball; nee das ist nix, aber eine bessere Idee habe ich nicht.
Ich rufe Sascha Berger an und frage, ob wir uns treffen können. Er sei im Tennisklub, sagt er, weil ihm zu Hause die Decke auf den Kopf fällt. Wir verabreden uns in der Bar, direkt neben dem Vereinshaus.
Eine halbe Stunde später betrete ich das Klubheim, es ist kurz nach eins; zu spät fürs Mittagessen, zu früh für den Kaffee. Glücklicherweise wird gerade eine Schokoladentorte in die Vitrine drapiert; ein Bild von einer Torte, wer da widersteht, ist kein lebensbejahender Mensch! Berger kann warten, die Torte und ich nicht! Beim Anschnitt des Feingebäcks läuft mir das Wasser im Munde zusammen, beim Genuss bestätigt sich meine Erwartung, es schmeckt vorzüglich. Mit äußerster Willenskraft kann ich einem Nachschlag widerstehen.
Berger wartet bereits und begrüßt mich mit erwartungsvoller Miene.
»Neuigkeiten?«, fragt er und schaut mich an wie ein Hund, der um ein Stück Wurst bettelt.
»Ich gebe die Frage zurück. Bei mir hat sich nichts ergeben … allerdings … kennen Sie sich mit Computern aus?«
»Was heißt auskennen? Ich bin kein Fachmann, aber ich weiß, was ich wissen muss. Warum?«

»Trauen Sie sich zu, das Passwort Ihrer Frau zu knacken?«
»Nein, ich weiß nicht, wie das funktioniert.«
»Die zugehörige Software gibt's im Internet; angeblich ein Kinderspiel.«
»Okay versuchen Sie Ihr Glück!«
»Oh nein, das kann ich nicht machen! Wenn Sie das übernehmen, ist es eine Sache zwischen Ihnen und Ihrer Frau. Bei mir stünde im Ernstfall der Datenschutz auf der Matte. Vielleicht kann Ihnen ein Kumpel aus dem Verein behilflich sein.«
»Hm, Axel Kohlschreiber vielleicht, der hat eine IT-Beratungsfirma.«
»Fragen Sie den, der kriegt das hin!«
»Dann hat der das Problem mit dem Datenschutz!«
»Eben!«
»Das wäre mir aber peinlich!«
»Mir auch! Wägen Sie ab! Sie wollen Ihre Frau wiederhaben, ich nicht ... ich meine ... Sie wissen, was ich meine!«
»Ja klar, ich verstehe! Können wir wenigstens ihr Handy orten?«
»Sie sagten, es sei ausgeschaltet.«
»Das stimmt, aber es gibt bestimmt Möglichkeiten ...«
»Ja, über den Provider, aber dazu brauchen Sie eine richterliche Anordnung, und die werden Sie zumindest vorerst nicht bekommen!«
»Das ist unglaublich! In diesem Land wird jeder überwacht, aber wenn es ernst wird, geht es angeblich nicht.«
»Was ist bei den Visitenkarten rausgekommen?«, unterbreche ich, bevor er sich in Rage redet.
»Da bleiben ein paar Namen, mit denen ich nichts anfangen kann. Ich bin bei der Sekretärin meiner Frau vorbeigefahren und habe nachgefragt; einige konnte sie als frühere Kundschaft identifizieren, für fünf Namen fand sie keine Erklärung. Die Namen sind hier drin.«
Berger hält mir einen Briefumschlag entgegen, in dem sich die

aussortierten Visitenkarten befinden:
Golo Sundermann – Hair Design
Die Telefonnummer hat eine Münchner Vorwahl.
Kyra Schnabel
Mobilfunknummer, keine Adresse
Kimberley Wellington – i.r.e. CEO
Baltimore, Maryland
International Contracts
Phone number, Mail
APC
Antoine Petit
Firmenlogo, Adresse in Saarbrücken, Telefon
Conrad Finger – Bezirksleiter
Personal Consultant IMO

Tanja Berger hat offensichtlich weitläufige Kontakte. Wenn sie nach Baltimore unterwegs ist ... Moment! APC – das Firmenlogo habe ich schon einmal gesehen! Hm! Nachdenken! Ich hab's! Auf dem Prospekt für Edelkarossen im Schreibtisch der Lady Suite.
»Dieser Antoine Petit, ist der Ihnen schon einmal über den Weg gelaufen?«
»Nein, sagt mir nix!«, erklärt Berger emotionslos.
»Sie erinnern sich an den Prospekt mit den Edelkarossen? Ich bin mir ziemlich sicher, dass es das gleiche Firmenlogo ist – APC mit den verwundenen goldenen Buchstaben, da müsste ich mich sehr täuschen.«
»Jetzt, wo Sie es sagen! Ja, das kann sein. Ich werde es zu Hause gleich überprüfen. Wenn's stimmt, was sagt uns das?«
»Vorläufig nichts, aber einen Grund muss es geben, dass sich Ihre Frau dermaßen für diese Firma interessiert.«
»Am besten, ich rufe an!«
»Tun Sie das!«
»Was soll ich fragen?«

»Was wohl? Ob Ihre Frau dort aufgetaucht ist, und in welcher Beziehung sie zu dieser Firma steht!«
»Vielleicht hat sie denen eine Immobilie verkauft.«
»Gut möglich; genau das sollen Sie rausfinden.«
»Und das mit der Handy-Ortung ist wirklich keine Option?«
»Nicht ohne offizielle Ermittlungen! Kümmern Sie sich um diesen Autohändler und schauen Sie, ob Sie mit dem Computer weiterkommen! Mehr können wir im Augenblick nicht tun.«
»Mittlerweile wünsche ich mir fast, dass sie entführt worden ist und die Entführer ein Lösegeld fordern, dann wüsste ich wenigstens, dass sie lebt!«
»Erstens wäre längst eine Lösegeldforderung eingegangen und zweitens wäre das keine Garantie. So leid es mir tut, aber mittlerweile halte ich ein freiwilliges Abtauchen für die wahrscheinlichste Variante, selbst wenn einiges dagegen spricht.«
»Glauben Sie, was Sie wollen, ich bleibe dabei: Tanja bleibt nicht freiwillig verschollen! Selbst wenn sie einen Lover hätte, würde sie so nicht reagieren. Ja, sie ist impulsiv, aber sie ist keine Schlampe, die mich schäbig verlassen würde. Wir hatten schon öfter Zoff, aber sie hat mich nie verlassen. Sie ist einfach nicht der Typ dafür.«
»Ich verstehe Ihre Argumentation, Herr Berger, aber wer kann schon in die Köpfe der Leute schauen? Anderes Thema: Gibt es eine Lebensversicherung mit Ihnen als Begünstigten?«
»Nein, die gibt es nicht, und falls Sie glauben, ich hätte meine Frau aus finanziellen Gründen um die Ecke gebracht, muss ich Sie enttäuschen. Ich müsste alle Schulden alleine begleichen, was unmöglich wäre, wenn Tanjas Einnahmen ausfallen würden. Wir sind ein gutes Team, auch wenn es manchmal Meinungsverschiedenheiten gibt. Ich hätte alles alleine an der Backe, und das ist nicht wenig, das kann ich Ihnen sagen! Ohne Tanja kann ich dichtmachen. Glauben Sie, dass irgendjemand einem Architekten einen Auftrag gibt, der im Verdacht steht, seine Frau ermordet zu haben? Ihr Gedanke ist absurd!«

»Aus Ihrer Sicht mag das so sein, aber falls – ich sage falls – die Polizei der Sache tatsächlich nachgehen sollte, wären das Fragen, die meine Kollegen … ehemaligen Kollegen … als Erstes nachgehen würden. Die Statistik sagt, dass lediglich zwanzig Prozent aller Täter keine Beziehung zu ihrem Opfer haben; der überwiegende Teil kommt aus deren Umfeld.«

»Dann müssen Sie innerhalb dieses Umfelds suchen! Aber mich können Sie ausschließen! Definitiv!«

»Ich glaube Ihnen, weil Sie dringend den Kontakt zu mir gesucht haben, allerdings wird der Polizei ziemlich egal sein, was ich glaube.«

»Schon gut, ich mache Ihnen keine Vorwürfe, Herr Schaum, aber ich weiß mittlerweile selbst nicht mehr, was ich glauben soll.«

»Wenn Sie den Kopf verlieren, können sie einpacken! Rufen Sie bei dem Autohaus an und versuchen Sie's mit dem Computer, vielleicht ergibt sich etwas.«

»Den Anruf erledige ich sofort, warten Sie bitte eine Minute.«

Berger nimmt die Visitenkarte und begibt sich ins Freie. Durch die Glasfront kann ich beobachten, wie er telefoniert. Da es nicht lange dauert und er den Mund nicht bewegt, kenne ich das Ergebnis bereits, bevor er sich mir offenbart.

»Außerhalb der Geschäftszeiten«, erklärt er erwartungsgemäß. »Da meldet sich der Anrufbeantworter, aber auf Band will ich nicht sprechen.«

»Richtig so! Tja, Samstagnachmittag scheint für Nobelkarossen keine gute Zeit zu sein. Hören Sie sich bei Ihren Vereinskumpanen um, vielleicht kennt jemand diesen Laden.«

»Ich werde es versuchen.«

»Mehr kann ich im Augenblick nicht für Sie tun. Ich mache mich auf den Weg.«

Ich verabschiede mich und verspreche, mich zu melden, falls es etwas Neues gibt. Berger will mich zu einem abschließenden Drink einladen, aber ich lehne ab.

Im Wagen stelle ich fest, dass Marion mehrfach angerufen hat. Sie hat eine Textnachricht hinterlassen:
Bin bei meiner Tochter und übernachte dort. Die Kleine ist krank. Sie braucht mich. Ich weiß, dass Du Verständnis hast. Danke! Ich liebe Dich. Bis morgen.
Der Punkt vor dem letzten Satz ist wichtig! Naja, wenn die Enkelin krank ist, muss die Oma ran, wie sollte ich das nicht verstehen! Nach Spiesen brauche ich nicht zu fahren, eine leere Wohnung finde ich auch in Bexbach vor.

16

Sonntag, 12. August 2018

Den Keller hatte ich mir am Vorabend erspart, stattdessen hatte ich es mir auf der Veranda bequem gemacht und bis zur Dämmerung in der Sonne gedöst.
Ich wollte mich entspannen, aber Tanja Bergers Verschwinden ging mir einfach nicht aus dem Kopf und ich versuchte mir vorzustellen, was in ihrem Kopf vorgegangen sein mochte, als sie ihren Gatten im Streit Hals über Kopf verlassen hatte.
Schließlich hatte mir das Simulieren nicht über das aufkommende Hungergefühl hinweggeholfen. Nach einer Portion Rührei mit Speck waren meine Hirnaktivitäten endgültig in den Offline-Modus geschaltet und hatten selbst beim Fernsehen den Dienst quittiert. Gegen Mitternacht war ich von der Couch ins Schlafzimmer umgesiedelt und am Morgen erst um 9 Uhr aufgewacht.
Jetzt sitze ich auf meiner sonnendurchfluteten Veranda, genieße das Frühstück und bin in Gedanken erneut bei Tanja Berger.
Ausgeschlafen und mit klarem Kopf fasse ich nach kurzer Überlegung einen Entschluss: Ich werde mich aus dieser Angelegenheit zurückziehen! Sascha Berger jagt einem Phantom nach und sollte endlich begreifen, dass ihn seine Frau endgültig verlassen hat. Was gehen mich andrer Leute Eheprobleme an? Nichts! Wer weiß schon genau, was im Kopf seines Ehepartners vorgeht, ich weiß manchmal nicht, was mein eigenes Hirn gerade anstellt.
Berger hat mir alles aus seiner Sicht mit rosaroter Brille erzählt, im Ehealltag ist er womöglich ein Scheusal, ein Pedant oder

ein Versager. Irgendetwas hat seine Frau aus seinen Armen getrieben; und fertig! Vielleicht war es keine spontane Flucht, sondern eine von langer Hand vorbereitete Aktion. Womöglich hat Tanja Berger über Wochen und Monate Geld beiseitegeschafft, sich eine zweite Garderobe zugelegt, den Fluchtweg vorbereitet und den Streit lediglich als willkommenen Anlass herbeigesehnt oder provoziert. Nein, ich werde mich zurückziehen! Berger wird sich irgendwann damit abfinden.

Das Telefon klingelt. Marions Nummer; sie ist demnach zu Hause. Sie erzählt, dass es der Enkeltochter nach einer ruhigen Nacht besser geht, und zählt nebenbei sämtliche Krankheitssymptome der vergangenen 24 Stunden auf. Ich tippe auf eine fiebrige Erkältung. Glücklicherweise ist das Fieber jetzt runter, die Großmutter wird nicht mehr gebraucht. Positive Nachrichten!

Wir verabreden uns zu einem Ausflug und brauchen einige Zeit, bis wir uns auf ein gemeinsames Ziel, Marions Ziel, geeinigt haben.

»Lass uns nach Saarlouis fahren, dort war ich schon seit ewigen Zeiten nicht mehr. Erst recht, bei diesem wunderbaren Sommerwetter! Ein kleiner Bummel durch die Stadt, danach lassen wir es uns in einem Café oder einer Eisbar gut gehen. Was hältst du davon? Sag nicht, dass dir das nicht gefallen würde! Oder?«

»Also gut: Saarlouis! Ich muss gestehen, dass ich lange nicht mehr dort war. Zum Glück haben heute die Geschäfte geschlossen; oder ist verkaufsoffener Sonntag?«

»Nicht dass ich wüsste, aber zumindest die Schaufenster werden sie nicht zugehängt haben.«

Gegen Mittag treffen wir in der heimlichen Hauptstadt des Saarlandes ein. Bereits bei der Parkplatzsuche ahne ich, dass Marions Idee keinen Anspruch auf Einzigartigkeit hat. Meine Befürchtung bestätigt sich, als wir uns durch die Gassen der Altstadt drängen. Viele unserer Mitbewerber um eine freie

Gasse sind mit ihren vierbeinigen Freunden unterwegs. Zweimal stolpere ich über eine Hundeleine, weil der Zweibeiner und sein Freund am anderen Ende der Schnur sich nicht über die Richtung eines gemeinsamen Weges einig sind. Zwischendurch geraten zwei Köter aneinander, worauf die Karawane der Spaziergänger ins Stocken gerät, was wiederum in den hinteren Reihen zu Unmutsäußerungen führt; fehlt noch, dass die beiden Hundehalter sich bekriegen, dann wäre das Chaos perfekt.
Eine junge Frau mit Kinderwagen, ein Kleinstkind auf dem Arm, die Hundeleine am Wägelchen festgezurrt, ist sichtlich genervt, als das Baby zu schreien beginnt, sein etwas älteres Geschwisterchen sich solidarisch erklärt und der Hund einen Artgenossen schnuppernd begrüßen will, die Leine aber einen Meter zu kurz ist. Spannend wird es, als er als Alternative die nahegelegene Straßenlaterne entdeckt und dort ein Bein hebt; seinem vierbeinigen Kollegen gefällt das nicht, was er bellend zum Ausdruck bringt. Der Begriff Gassi-Gehen bekommt eine nach Therapie schreiende neue Bedeutung.
Dort wo Geschäfte ihre Auslage präsentieren, teilt sich die Menschenmenge in zwei Gruppen; die Gaffer und die Genervten! Die ersten beiden Reihen sind ausschließlich von Frauen besetzt; dahinter stehen sichtlich gelangweilte Männer mit einem Hauch von Frustration oder Ungeduld im Blick. Ich wette drum, dass manch einer die gleichen Überlegungen anstellt, wie Tanja Berger vor einigen Tagen, bin mir aber nicht sicher, ob ihre Frauen das als Verlust empfinden würden.
Selbst Marion hat unter diesen Umständen keine Lust, sich zu den Schaufenstern vorzuarbeiten, und das will was heißen! Wir beschließen, uns ein Plätzchen im Freibereich eines Cafés zu suchen, aber das scheint ein aussichtsloses Unterfangen zu sein. Nach einer halben Stunde bin ich es endgültig leid. Die Cafébesucher kleben wie die Kletten an ihren Stühlen, alle Plätze sind besetzt und niemand macht Anstalten, das in absehbarer Zeit zu ändern; anscheinend sind wir von Egoisten umzingelt.

»Lass uns ein Eis in der Waffel nehmen«, schlage ich vor. »Vielleicht finden wir an der Festungsmauer ein gemütliches Plätzchen.«
Das Eis genüsslich schleckend schlendern wir zum Saar-Altarm, landen schließlich auf der Vaubaninsel und lassen uns in der Nähe eines Denkmals nieder. Der Herr thront mit Mantel und Schwert über einer Mauer, an der ein Schild angebracht ist; aus der Entfernung kann ich die Buchstaben NEY entziffern. Die Mauer begrenzt einen Innenhof, der als Gartenwirtschaft hergerichtet ist, aber dort ist kein freier Platz zu finden. Daher lassen wir uns gegenüber auf der Wiese nieder.
»Weißt du, wer das ist?«, frage ich und zeige auf den Mann mit dem Schwert. »Den Namen habe ich zwar schon gehört, aber zuordnen kann ich ihn nicht.«
»Wer?«
»Der Kerl da auf dem Sockel!«
»Ney! Steht dran!«
»Lesen kann ich selbst!«
»Sankt Martin wird es kaum sein! Den Orden nach zu urteilen und mit dem Schwert ist das bestimmt irgendein Feldherr. Napoleon ist es nicht, aber vielleicht einer seiner Generäle oder so. General Ney! Klingt irgendwie gut! Ich könnte es im Internet nachschauen.«
»Lass nur, so wichtig ist es nicht. Steht wahrscheinlich auf dem Schild, aber das Kleingedruckte kann ich von hier aus nicht lesen.«
Neys stoischer Blick ignoriert unsere Unwissenheit!
»Übrigens: Zu deinem Geburtstag kommen wahrscheinlich ziemlich viele Leute!«
»Das will ich hoffen!«
»Ich habe einige meiner ehemaligen Kollegen eingeladen!«
»Gut!«
Mit dieser bedingungslosen Zustimmung habe ich nicht gerechnet.

»Hast du mittlerweile ein Wunsch-Motto für die Party?«
»Nein! Ich lasse mich überraschen. Oder besser: Lass es weg! Kein Motto! Das ist jetzt eh zu spät!«
»Schlimm?«
»Nee, ist okay!«
»Sehr gut! Das hilft mir ein gutes Stück weiter!«
»Apropos weiter! Was ist mit dieser verschwundenen Frau? Ist sie aufgetaucht?«
»Nein!«
Ich erzähle ihr ausführlich, was ich herausgefunden habe und dass ich mittlerweile der Meinung bin, dass Tanja Berger sich abgesetzt hat.
»Solange keine handfesten Verdachtsmomente vorliegen, dass ihr etwas zugestoßen sein könnte, kann ich ihrem Mann nicht weiterhelfen.«
»Merkwürdige Sache!«, meint Marion und zieht die Stirn kraus. »Versetz dich in ihre Lage! Was würdest du tun, wenn du dich von mir trennen wolltest?«
»Das ist ein blöder Vergleich! Da du nicht bei mir eingezogen bist, bräuchte ich lediglich die Schlösser auszutauschen. Das würdest selbst du auf Anhieb verstehen.«
»Um mich geht es überhaupt nicht! Was würdest du an ihrer Stelle tun, wenn du Berger verlassen wolltest?«
»Ich würde ihm als Erstes ordentlich die Meinung geigen.«
»Das hat sie ausführlich getan!«
»Dann würde ich ihm die Hölle heißmachen, meine Finanzen regeln und offiziell ausziehen. Mit Glanz und Gloria und allem Drum und Dran!«
»Offiziell! Nicht heimlich oder Hals über Kopf?«
»Nein, das würde nach Kapitulation aussehen. Außerdem schadet sie sich damit selbst, weil sie ihm das Terrain überlässt. Und die schönen Klamotten! Nein, das wäre blöd!«
»Du meinst also, dass sie eine Auszeit nimmt und irgendwann zurückkommt?«

»Ich könnte mir vorstellen, dass sie ihrem Alten ein bisschen Angst einjagen will, aber zwei Dinge machen mich stutzig! Erstens hat sie kein Geld dabei ...«
»Das könnte sie sich ohne Weiteres über Wochen vorher besorgt haben, ohne dass das jemand merkt. Und zweitens?«
»Sie hat in ihrem Büro nicht Bescheid gesagt! Sie hätte mit fadenscheinigen Entschuldigungen fernbleiben können; kurzfristiges Seminar, ein Kurzurlaub, was weiß ich. Damit und mit ein paar Vertretungsregelungen wäre ein reibungsloser Geschäftsablauf gewährleistet. Jetzt aber schädigt sie womöglich ihr eigenes Geschäft, gräbt sich sozusagen selbst das Wasser ab. Auf ihren Alten braucht sie keine Rücksicht zu nehmen, auf ihre Kundschaft aber auf alle Fälle! Selbst bei einem Kurztrip!«
»Das würde bedeuten, dass sie nicht vorhat, zurückzukommen!«
»Oder bald! Sehr bald! Wie lange ist sie jetzt weg?«
»Ziemlich genau eine Woche.«
»Dann wird es höchste Zeit! Wenn sie morgen nicht im Büro auftaucht, würde ich mir als Angestellte berechtigte Sorgen um meinen Job machen.«
»Von der Seite habe ich das nicht gesehen.«
»Du bist aus der Übung, Herr Hauptkommissar a.D.«
»Ja, wen haben wir denn da? Wenn das kein Zufall ist!«
Die Stimme kenne ich! Da die Sonne mich blendet, kann ich nicht erkennen, wer sich unvermittelt vor uns aufgebaut hat. Zwei Personen, die Stimme einer Frau! Ich halte eine Hand schützend vor die Augen und erkenne die Quelle, die unser Gespräch gestört hat: Katja Reinert, Hauptkommissarin beim LKA!
Der Mann an ihrer Seite ist wesentlich jünger als sie und sieht aus wie ein Cowboy, dem der Gaul geklaut wurde. Der Lonesome Rider scheint direkt aus der texanischen Prärie nach Saarlouis gebeamt worden zu sein. Es dauert eine Weile, bis ich die Erscheinung verdaut habe und zu einer Äußerung fähig bin.

»Nanu! Wie kommen Sie denn hierher?«

»Äh, sorry«, stottert die Hauptkommissarin. »Ich wohne hier! Die Frage ist eher, was du hier treibst!«

»Ich meine nicht dich«, bemerke ich, während Marion und ich aufstehen, »sondern den Enkel von John Wayne.«

»Das ist Oliver!«

Oliver lächelt freundlich und reicht uns die Hand zum Gruß, worauf wir uns vorstellen.

»Hallo! Oliver! Klingt nicht gerade nach Cowboy!«

»Das stimmt!«, lacht Oliver und erklärt sich mit angenehm sonorem Bass. »Ich bin Lead-Sänger einer Country-Band, wir haben später einen Auftritt am Großen Markt.«

»Toll!«, jubelt Marion. »Ich liebe Country Music!«

Das habe ich von ihr noch nie gehört! Seit wann steht sie auf diese Art von Musik? Wahrscheinlich ist sie eher von dem Typ begeistert.

»Ja, die Jungs sind echt gut«, lobt Katja. »Sie nennen sich The Horse Shoe Nails.«

»Von Country kenne ich keinen außer Johnny Cash«, stelle ich klar.

»Der kam aus der Nashville-Ecke«, erklärt Oliver. »Wir machen eher in Richtung Rockabilly.«

»Ah ja!«, seufze ich und versuche mir nicht anmerken zu lassen, dass ich keine Ahnung habe, wovon der Musikus spricht.

»Was treibt euch nach Saarlouis?«, fragt Katja.

Wir erzählen von unserem ursprünglichen Plan und den misslungenen Versuchen, ein passendes Plätzchen zu finden. Während Marion und Katja verbal die Modegeschäfte der Stadt durchgehen, erklärt mir Oliver die Unterschiede zwischen Rockabilly, Nashville Sound, Western Swing und anderen Stilrichtungen, die ich mir nicht einmal zwei Minuten merken kann.

Oliver macht auf mich einen netten Eindruck, scheint mir aber mit Anfang bis Mitte dreißig etwas zu jung für Katja Reinert,

aber das sieht sie wahrscheinlich anders. Als hätte er meine heimliche Frage gehört, bemüht sich Oliver um eine Erklärung.
»Katja macht manchmal bei uns mit, wenn es bei ihr zeitlich passt. Bei ihrem beschissenen Job ist das leider selten. Schade, denn sie hat es wirklich drauf!«
»Katja singt Country?«, frage ich überrascht.
»Nein, sie spielt die Steel Guitars. Und zwar echt hervorragend!«
»Steel Guitar! Habe ich schon gehört, aber ich kann's mir im Augenblick nicht vorstellen.«
»Dieses Instrument hast du bestimmt schon einmal gesehen; bei Truck-Stopp oder so. Sieht aus wie eine bayrische Zither«, mischt sich Marion ein.
»Naja, außer dass beide Zupfinstrumente sind, haben die nicht viel gemeinsam«, belehrt Katja. »Ist aber egal, muss man nicht wissen.«
»Wie kommst du dazu?«, will ich wissen.
»Habe ich in Hamburg gelernt. War eine mehr oder weniger zufällige Begegnung und ich bin dran hängen geblieben; wie das manchmal geht.«
»Und wie kommst du zu den Hufnägeln?«, fragt Marion.
»Die Horse Shoe Nails habe ich durch Oliver kennengelernt. Der betreute meine Mutter, er arbeitet bei einem Pflegedienst, wir sind ins Gespräch gekommen und alles hat sich entwickelt. Aber ich mache bei denen wirklich selten mit.«
»Leider!«, bestätigt Oliver.
»Heute Abend auch?«, fragt Marion.
»Nein! Das Programm der Band steht, da kann ich mich nicht kurzfristig einmischen, das würde nicht funktionieren.«
»Schade! Wo wolltet ihr beide gerade hin?«
»Hier in den Biergarten.«
»Alles besetzt! Auf die Idee waren wir auch gekommen«, stelle ich lapidar fest. »Die sitzen hier alle wie in Stein gemeißelt.«
»Abwarten!«, meint Oliver und macht sich in Richtung Bier-

garten davon.

Oliver unterhält sich mit der Bedienung und zeigt auf uns. Der Gestik nach zu urteilen, scheinen sich die beiden gut zu kennen. Die junge Frau verschwindet in den Katakomben der Gastwirtschaft und taucht kurze Zeit später in Begleitung zweier Burschen, die einen Tisch und zwei hölzerne Klappbänke tragen, wieder auf. Oliver winkt uns zu sich, und während wir Platz nehmen, nimmt die Bedienung bereits unsere Bestellungen auf.

»Wie hast du das geschafft?«, fragt Marion.

»Der Wirt ist mein Bruder!«

»Die saarländische Lösung«, seufzt Katja. »Mein Gott, wie habe ich das in Hamburg vermisst!«

Wir lachen, flachsen und reden über Olivers Musik, Katjas Zeit in Hamburg, und irgendwann über Marions Geburtstag, der ohne Oliver stattfinden wird, weil der am gleichen Abend ein Engagement hat. Im Gespräch stellt sich heraus, dass Oliver verheiratet ist und zwei Kinder hat, seine Beziehung zu Katja ist ausschließlich musikalischer Natur.

Es kommt, wie es kommen muss: Irgendwann landet das Thema bei der verschwundenen Tanja Berger. Vor allem die Frauen diskutieren heftig, können sich in ihrer Einschätzung allerdings nicht einigen, was von der Sache zu halten ist. Als die Sprache auf das Autohaus von Antoine Petit zu sprechen kommt, meldet sich Oliver.

»Den kenne ich«, bemerkt er, als sei es das Belangloseste von der Welt.

»Ehrlich?«, frage ich überrascht.

»Woher?«, drängt Katja Reinert auf eine Antwort.

»Puh, das ist zwei oder drei Jahre her. Der hatte uns seinerzeit für ein Sommerfest engagiert.«

»Das war vor meiner Zeit«, bemerkt Katja. »Da war ich in Hamburg.«

»Und? Was ist das für ein Typ?«, hinterfrage ich.

»Das war eine merkwürdige Veranstaltung; gut besucht, aber

wir waren froh, als es vorbei war.«
»Wie das?«
»Ein komischer Haufen! Augenscheinlich alle stinkreich, aber völlig leblos. Da war überhaupt keine Stimmung! Wir haben uns die Seele aus dem Leib gespielt, aber es gab nicht die geringste Reaktion aus dem Publikum. Nicht einmal Applaus, nichts, alle standen rum wie die Mumien. Für einen Musiker ist das die Höchststrafe.«
»Elitäres Pack zeigt selten Reaktionen!«, weiß Marion.
»Kann ich nicht beurteilen«, erkläre ich. »In diesen Kreisen bewege ich mich nicht.«
»Sei froh!«, lacht Oliver.
»Und dieser Petit? Was ist das für eine Marke?«
»Schwer einzuordnen. Korrekt, gute Manieren, aber irgendwie ein schmierig zwielichtiger Typ, genau wie einige seiner Gäste.«
»Inwiefern?«
»Ach, wie soll ich das beschreiben? Ich hatte das komische Gefühl, dass diese stinkreichen Säcke ihr Geld nicht auf ehrliche Weise verdienen ... wenn du weißt, was ich meine. Mindestens ein paar Steuerhinterzieher waren da mit Sicherheit dabei!«
»Das ist mittlerweile nichts Besonderes«, seufzt Katja. »Diese Spezies vermehrt sich sprunghaft!«
»Da waren ganz andere Kaliber dabei. Goldkettchentypen und so. Milieuärsche.«
»Zuhälter?«, vermutet Marion.
»Nee, das vielleicht nicht gerade, obwohl; weiß man's? Ich habe mich dort jedenfalls nicht wohlgefühlt!«
»Vielleicht war Tanja Berger unter den Gästen«, spekuliert Marion.
»Gut möglich, aber ich kenne die Frau nicht. Selbst wenn; da waren viele Leute.«
Ich ziehe das Foto von ihr aus der Brieftasche und halte es Oliver unter die Nase.

»Nein, sagt mir nichts! Was nicht heißt, dass sie nicht dort war.«

»Hätte ja sein können, dass sie Petits Geliebte war«, bemerkt Marion.

»Meiner Einschätzung nach hat der für jeden Tag der Woche eine Andere«, meint Oliver. »Ich kann mich erinnern, dass da einige Häschen hinter ihm her gehoppelt sind.«

»Geld macht sexy!«, stellt Marion fest.

»Das will ich nicht gerade behaupten«, widerspricht Katja Reinert. »Einen reichen Fettsack würde ich mir nicht auf den Bauch binden lassen, selbst wenn ich bewusstlos wäre!«

Zwischen den Frauen entflammt ein Disput über Reichtum, Schönheit und Alter, an dem sich Oliver und ich sicherheitshalber nicht beteiligen. Wir reden über den bevorstehenden Auftritt der Country-Band am Abend auf der Bühne am Großen Markt. Das Gastspiel beginnt um 19 Uhr und dauert nicht länger als eine Stunde, weil hinterher Langhals und Dickkopp an der Reihe sind und die Veranstaltung um 22 Uhr beendet sein muss.

Marion und ich beschließen, Olivers Auftritt anzuschauen, allerdings mache ich eine vorgeschaltete warme Mahlzeit zur nicht verhandelbaren Bedingung. Während Katja und Oliver zur Vorbereitung des Auftritts verschwinden, machen wir uns auf die Suche nach einem Restaurant.

Saarlouis hat eine beachtliche Anzahl von Gaststätten vorzuweisen, aber an Sonntagen wie diesen scheint es aussichtslos, einen Platz zu ergattern. Am kleinen Markt werden wir schließlich fündig und erhaschen einen Tisch in einem sehr guten italienischen Restaurant.

Das Essen hält allen Erwartungen stand, die die Speisekarte verspricht. Nachdem ich den letzten Tropfen des abschließenden Espresso genossen habe, ist mir eher nach einer bequemen Couch als nach einem musikalischen Ritt durch die weiten Flächen des amerikanischen Westens zumute, aber es hilft nichts, versprochen ist versprochen.

Im Laufe der Vorstellung stelle ich fest, dass die Horse Shoe Nails weit mehr sind als eine durchschnittliche Country-Band. Die Jungs sind echt gut und Olivers Bass trägt die Lieder mit einem Akzent vor, als sei er tatsächlich in den Weiten der Prärie groß geworden und für diesen Abend aus dem Sattel seines Mustangs gestiegen.

Nach dem Konzert verschwindet Oliver hinter der Bühne und Katja Reinert taucht nicht mehr auf. Wir machen uns auf den Nachhauseweg, weil Marion am morgen früh aus den Federn muss.

Zu Hause angekommen versuche ich Sascha Berger telefonisch zu erreichen, aber er geht nicht ran. Auf seinem Anrufbeantworter hinterlasse ich die Nachricht, dass ich am nächsten Morgen dem Autohaus APC und Antoine Petit in Saarbrücken einen Besuch abstatten werde; wenn er Lust und Zeit hat, kann er mich gerne begleiten.

Den Ritt, den wir zum Abschluss des Tages erleben, hat mit der amerikanischen Prärie und Countrymusic nichts zu tun. Weder die Horse Shoe Nails noch irgendeine Tanja oder Katja spielen dabei eine Rolle. Nur Marion und ich!

17

Marion ist nach dem gemeinsamen Frühstück bereits auf dem Weg zur Arbeit, als ich meinen Computer hochfahre und die Anfahrskizze zu Antoine Petits Autohandel anzeigen lasse.
Wenn das Wetter schön ist, wie für heute und die nächsten Tage angekündigt, stehe ich zusammen mit Marion auf und genieße den Morgen beim Lesen der Zeitung auf dem Balkon. Ist das Wetter schlecht, stehe ich zwar solidarisch ebenfalls auf, lege mich aber wieder aufs Ohr, sobald Marion aus dem Haus ist. Lange halte ich es im Bett allerdings nie aus, weil mich das schlechte Gewissen nach Bexbach in meine Wohnung treibt. Dort wartet zwar eine Menge Arbeit, aber heute werde ich mich zunächst um Antoine Petit kümmern.
Weil ich Sascha Berger nicht vor 8 Uhr belästigen will, lese ich zunächst die Zeitung. Außer den Meldungen aus dem Regionalteil sind alle Nachrichten gestern schon über den Ticker gelaufen. Die Todesanzeigen lasse ich aus, da bekomme ich Schüttelfrost, wenn ich jemanden aus meinem Jahrgang entdecke. Ich sollte mir mehr fatalistische Gelassenheit angewöhnen, wenn ich das Alter richtig genießen will. Der Regionalteil bereitet die bevorstehende Kommunalwahl vor, viel entspannender als die Todesanzeigen ist das nicht, mit dem Unterschied, dass die Vergänglichkeit der Versprechen erst in ein paar Monaten zutage treten wird. Schäferhündin Anni hat einen Preis gewonnen, in Ludwigsthal wurde ein streunendes Pferd angefahren, der Hüttenberg in Neunkirchen wird wegen Sanierungsarbeiten für ein paar Wochen voll gesperrt. Aha! Gut zu wissen!
Halb neun! Zeit, Sascha Berger anzurufen! Zuerst auf dem

Festnetz, dann auf der Handynummer. Er geht nicht ans Telefon! Im Abstand von zehn Minuten wiederhole ich meine Versuche. Ohne Erfolg. Um zehn Uhr rufe ich in seinem Architekturbüro an.
»Der Chef ist noch nicht im Haus«, erklärt eine junge weibliche Stimme; ich tippe auf Auszubildende oder Praktikantin. »Kann ich etwas ausrichten?«
»Sagen Sie Herrn Berger, er soll mich dringend zurückrufen. Mein Name ist Schaum, er weiß, um was es geht!«
»Gut, ich richte es aus.«
Berger meldet sich in den nächsten zehn Minuten nicht und auch nicht während der nächsten halben Stunde. Wo steckt der Kerl? In mir keimt der Verdacht, dass er vielleicht den gleichen Plan hat wie ich und den Autohändler aufsuchen will. Möglicherweise ist der Akku seines Handys leer oder es liegt im Auto oder was weiß ich. Mir wird die Warterei jetzt zu blöd, dann fahre ich eben alleine zu diesem Autofritzen!
Eine halbe Stunde später fahre ich in das Firmengelände in der Mainzer Straße ein und bewundere den ausgestellten Wagenpark. Erstaunlich, was sich die Automobilindustrie einfallen lässt, um das Geltungsbedürfnis, die Sucht nach Luxus oder das Ablenken von einem unterentwickelten Ego ihrer Kundschaft zu befriedigen. Noch bemerkenswerter ist der Preis, den man dafür zu zahlen hat.
Ich gebe zu, dass mein Herz höher schlägt, bei der Betrachtung mancher Karosse, aber dafür den Gegenwert einer kleinen Eigentumswohnung auf den Tisch zu legen, käme mir nicht in den Sinn, selbst wenn ich das Geld hätte. Außerdem hätte ich viel zu viel Angst, dass ich mir eine Beule in das edle Gefährt fahre, und würde die Karre wahrscheinlich in der Garage stehen lassen. Mit einem solchen Kaliber ins Parkhaus, oh Gott! Nein, da ist mir mein kleiner Mittelklassewagen lieber.
Ich habe mich schon eine ganze Weile umgeschaut, als sich ein Mann nähert, dessen missmutige Miene darauf schließen lässt,

dass er mich nicht als potenziellen Kunden sieht. Das kann ich ihm nicht verübeln, denn Menschen mit meinem Outfit sind eher in einem Baumarkt unterwegs. Ich bin gespannt, wie die Sache sich entwickelt, und stelle mich auf ein interessantes Gespräch ein.

»Guten Morgen!«, grüßt der Herr im eleganten blauen Einreiher mit weißem Hemd und sportlich offenem Kragen überraschend freundlich. »Was kann ich für Sie tun, der Herr?«

»Auch Ihnen einen wunderbaren Guten Morgen, schöne Autos haben Sie hier, wirklich toll. Ich fürchte allerdings, dass ich mir keines dieser Modelle leisten will, haben Sie nichts Preiswerteres im Angebot?«

»Wir sind nicht auf Allerweltsfahrzeuge spezialisiert, bei uns bekommen Sie das Besondere! Wo ist denn Ihr Preislimit angesiedelt? Rückwärtig haben wir einige andere Modelle, vielleicht ist dort etwas für Sie dabei.«

»Nicht für mich! Für meine …«, sag ich jetzt Tochter oder Enkeltochter? Nach hastig überschlägigem Nachrechnen entscheide ich mich für »… Tochter Tanja!«

»Ah, ja. Und was wäre in etwa Ihre Vorstellung oder besser die Ihrer Tochter? Schließlich muss sie mit dem Wagen klarkommen!«

»Die Marke? Weiß ich nicht. Übersichtlich, eventuell ein Cabrio, Zweisitzer. Sie ist Single, kinderlos, wie das heute eben ist. Es soll ein Geschenk zu ihrem 35. Geburtstag sein.«

»Ein generöses Geschenk, der Herr.«

»Man will sich ja nicht lumpen lassen! Es ist das einzige Kind!«

»Natürlich! Die Frage nach dem Preislimit … wo wäre denn Ihre Schmerzgrenze?«

»Mehr als fünfzigtausend will ich eigentlich nicht ausgeben. Es muss für spätere Anlässe Luft nach oben sein!«

Wenn Marion mich hören könnte, würde sie die Leute mit den hinten geknöpften ärmellosen Westen rufen und mich abholen lassen. Über meine schauspielerischen Fähigkeiten bin ich

selbst erstaunt.
»Verstehe! Wir werden sicherlich etwas Passendes finden. Mein Name ist Antoine Petit, ich bin der Inhaber der Firma. Wenn Sie mir bitte folgen wollen, Herr …«
Ich überlege, ob ich einen Namen erfinden soll, verwerfe den Gedanken aber gleich wieder; falls ich im Zuge der Nachforschungen eine Probefahrt machen möchte, wird Petit mit Sicherheit meinen Führerschein sehen wollen, und spätestens dann würde der Schwindel auffliegen.
»Mein Name ist Schaum! Schaum wie der in der Badewanne! Freut mich!«
»Dann wollen wir schauen, ob etwas für Sie dabei ist, Herr Schaum!«
»Sie wurden mir von einem Bekannten empfohlen«, lüge ich unverfroren weiter. »Sascha Berger!«
»Aha! Wie schön!«
»Sie erinnern sich?«
»Tut mir leid, aber im Augenblick habe ich keine Person dafür auf dem Radar.«
»Schade! Vielleicht erinnern Sie sich an seine Frau Tanja. Sie ist ohnehin der größere Augenschmaus von beiden.«
»Leider nein; sagten Sie nicht, dass Ihre Tochter Tanja heißt?«
»Nur eine simple Namensgleichheit. Tanja Berger ist in ihrer Art unvergleichlich. Wenn Sie sie kennen würden! Eigentlich müssten Sie sich an sie erinnern!«
»Ich wüsste nicht woher!«
»Nun ja, Sie hatten wegen einer Immobilie Kontakt zu ihr aufgenommen.«
»Tatsächlich? Falls dem so ist, muss das einige Jahre her sein. Wir hatten in letzter Zeit keine diesbezüglichen Interessen. Lassen Sie uns jetzt nach den Wagen schauen!«
Mit zunehmendem Alter und nach langen Berufsjahren hat man ein Gespür dafür entwickelt, ob jemand die Wahrheit sagt. Antoine Petit ist definitiv ein Lügner! Das leichte Flackern in

seinen Augen und seine Körpersprache verraten ihn. Dieser Mann hat etwas zu verbergen. Ob das mit Tanja Bergers Verschwinden zu tun hat, steht auf einem anderen Blatt, aber dass er schwindelt, ist offenkundig! Olivers Schilderung bestätigt sich: Trotz des gepflegten weltmännischen Auftretens ist Antoine Petit nicht über den Weg zu trauen!

Hinter dem Freigelände, auf dem die Fahrzeuge durch riesige Tuchüberspannungen vor Niederschlägen und Sonneneinstrahlung geschützt sind, steht eine große Halle, in die mich Antoine Petit durch eine Seitentür eintreten lässt.

Hier stehen weitere Fahrzeuge zum Verkauf, in der Mitte der Halle befindet sich ein großes Rolltor, das halb geöffnet ist und daher den Blick in die hinteren Bereiche freilässt. Dort stehen die Autos unsortiert herum und sind teilweise mit Planen verhüllt. Als Petit das halb geöffnete Tor erblickt, drückt er sofort auf einen Schalter neben der Eingangstür, worauf sich das Rolltor vollständig schließt.

»Die Fahrzeuge im hinteren Bereich sind nicht für den Verkauf vorbereitet«, erklärt er eilfertig. »Hier vorne haben wir einige schöne Modelle, die Sie bestimmt ansprechen werden.«

In Reih und Glied und auf Hochglanz poliert stehen dort tatsächlich ein paar wunderschöne Automobile. Ein Jaguar E-Typ, rot, der Traum meiner Jugend; ein Spider in der gleichen Farbe, die Marke kann ich nicht ausmachen; ein Silver Shadow, dem man das Alter allerdings ansieht, daneben drei Mercedes Benz, ein Porsche und ein amerikanischer Schlitten, der in den meisten Parkhäusern ein halbes Parkdeck beanspruchen würde.

»Von dem Buick würde ich abraten«, erklärt Petit. »Das ist kein Fahrzeug, das von einer Frau gesteuert werden sollte; schon gar nicht im Alter Ihrer Tochter.«

»Der Jaguar interessiert mich«, unterbreche ich, um Zeit zu gewinnen, und gehe zielstrebig auf diesen Traum aus Chrom und Blech zu.

»Ja, das ist ein sehr schönes Fahrzeug! Allerdings rechtsgesteu-

ert! Daran muss man sich gewöhnen und das ist nicht jedermanns Sache. Baujahr 1961.«
»Jederfraus Sache!«, korrigiere ich lächelnd. »Wie teuer ist der?«
»Ich fürchte, er liegt jenseits Ihres Limits. Falls Sie dennoch Interesse haben, würde ich Ihnen auf hunderttausend entgegenkommen!«
»Bei aller Liebe, das ist zu viel! Ach herrje«, schauspielere ich und schaue demonstrativ auf die Uhr, »schon so spät! Herr Berger hat unseren Termin anscheinend verschwitzt; er wollte mir nämlich beratend zur Seite stehen. Wahrscheinlich ist ihm etwas dazwischen gekommen oder seine Frau ist überraschenderweise aufgetaucht; die ist nämlich seit einigen Tagen verschwunden.«
Ich lege diesen Köder bewusst aus und warte auf eine Reaktion.
»Schade«, antwortet er, aber ein Bedauern ist seiner Stimme nicht erkennbar.
»Dass Herr Berger nicht kommt oder dass seine Frau verduftet ist?«, lege ich provozierend nach.
»Weder noch! Ich meine, dass ich Ihnen nicht behilflich sein konnte, ein passendes Geschenk für Ihre Tochter zu finden.«
»Vielleicht beim nächsten Mal, gut möglich, dass ich in den nächsten Tagen noch einmal vorbeischaue.«
»Immer gerne!«, schleimt Petit, obwohl sein Gesichtsausdruck plötzlich etwas anderes aussagt. »Ich bringe Sie zum Ausgang!«
Petit begleitet mich bis zu meinem Wagen, als wolle er sichergehen, dass ich tatsächlich verschwinde. Er reicht mir wortlos die Hand und bleibt, bis ich den Motor starte und anfahre; erst danach macht er auf dem Absatz kehrt und marschiert in Richtung Ausstellungshalle.
Unser Misstrauen beruht eindeutig auf Gegenseitigkeit und ich bin überzeugt, dass er mir die Story mit dem Wagen für meine Tochter nicht abgekauft hat.
Antoine Petit ist eine nebulöse Gestalt, allerdings bringt mich diese Feststellung alleine keinen Schritt weiter!

18

Montag, 13. August 2018

Ich befinde mich wenige Hundert Meter Luftlinie vom Polizeipräsidium entfernt, als ich das Gelände des Autohauses verlasse, aber ich untersage mir, dort vorbei zu schauen. Es soll nicht der Eindruck entstehen, als könnte ich ohne die Kollegen nicht zurechtkommen, obwohl das den Tatsachen entspricht, was den Fall Tanja Berger betrifft. Der Fall Tanja Berger! Ich denke wie ein Hauptkommissar!
Die Versuche, Sascha Berger zu Hause oder auf dem mobilen Telefon zu erreichen, scheitern, daher probiere ich es erneut in seinem Büro. Die Stimme, die sich dort meldet, klingt wesentlich älter als die vom frühen Morgen. Ihre Auskunft ist allerdings die gleiche: Der Chef ist nicht im Büro aufgekreuzt! Als ich weitere Fragen stelle, wird die Frau ungehalten.
»Wer sind Sie überhaupt? Was soll diese Fragerei?«
Ich tippe auf Chefsekretärin oder Bürovorsteherin. Unkündbar, langjährige Mitarbeiter- und Mitwisserin! Ich erkläre der Dame, in welcher Funktion ich unterwegs bin und wie ich zu ihrem Chef stehe, danach wird ihr Tonfall moderater.
»Sie sind demnach ein Privatdetektiv«, stellt sie fest.
»Im entferntesten Sinne, aber das spielt momentan keine Rolle! Sie haben wirklich keine Vorstellung, wo Herr Berger sich im Augenblick aufhalten könnte?«
»Nein und darüber mache ich mir große Sorgen. Er hat um zehn Uhr einen Termin platzen lassen, ohne Bescheid zu geben. Das ist überhaupt nicht seine Art, zumal es ein ziemlich wichtiger Kunde ist. Es kann passieren, dass etwas dazwischen

kommt, aber dann ruft er an. Immer! Zu Hause meldet er sich nicht, auf dem Handy auch nicht, das war noch nie da!«
»Ja, das ist merkwürdig. Gestern Abend hatte ich es bereits versucht – Fehlanzeige!«
»Auf meine Mail hat er nicht geantwortet. Ich fürchte, da ist etwas passiert. Soll ich die Polizei rufen?«
»Noch nicht! Ich fahre zur Wohnung und schaue nach dem Rechten. Sie haben nicht zufällig einen Zweitschlüssel?«
»Wo denken Sie hin? Ich habe keinen Schlüssel von der Wohnung des Chefs!«
»Okay, ich melde mich, wenn ich etwas weiß und sie tun bitte dasselbe; an diese Nummer bitte. Wie war gleich Ihr Name?«
»Nolte! Ich bin die Chefsekretärin!«
So schnell es die Verkehrslage und die Straßenverkehrsordnung zulassen, brettere ich zur Wohnadresse der Bergers nach Wiebelskirchen. Die Siedlung liegt ruhig in der Mittagssonne, auf den Straßen und Gehwegen ist kein Mensch zu sehen.
Das Tor an Bergers Garage ist geschlossen, die Einfahrt steht leer. Ich gehe zur Haustür und klingele. Keine Reaktion, auch nicht nach weiteren Versuchen. Ich schaue durch den Schlitz in den Briefkasten und entdecke einen Umschlag, die Zeitungsröhre ist allerdings leer. Die Frage ist, ob er überhaupt ein Abonnement hat, mittlerweile geht das alles online. Eine Reihe von Waschbetonplatten führt hinter das Haus. Bevor ich mich auf die Erkundungstour machen kann, ertönt hinter mir eine Stimme.
»Hallo! Wo wollen Sie denn hin? Falls Sie die Bergers suchen, die sind nicht da!«
Die Frau steht auf der gegenüberliegenden Straßenseite im Vorgarten und scheint Unkraut zu jäten. Ich gehe rüber zu ihr und stelle mich höflich vor.
»Guten Tag, ich will in der Tat zu Herrn Berger. Wundert mich, dass er nicht da ist, wir hatten nämlich einen Termin vereinbart«, lüge ich. Wenn ich permanent weiter schwindle, muss

ich nächste Woche zur Beichte!
»Sascha ist gestern Morgen weggefahren. Der arme Kerl braucht nach der Tragödie mit seiner Frau wahrscheinlich eine andere Umgebung, um zu sich zu finden.«
»Wie?«, stelle ich mich dumm, was keine Sünde ist. »Was ist passiert? Ihr ist hoffentlich nichts Ernsthaftes zugestoßen.«
»Nein, sie ist ihm wahrscheinlich abgehauen!«
»Ach! Das überrascht mich! Ich hatte den Eindruck, die Bergers seien ein Traumpaar. Wir kennen uns nämlich vom Golfklub.«
»Tja, man steckt in den Köpfen der Leute nicht drin!«, erklärt die Frau, deren Alter auf eine Menge an Lebenserfahrung schließen lässt. »Aber das geht mich nichts an, muss jeder schauen, wie er klarkommt.«
»Gab es Streit?«, will ich wissen.
»Sind Sie verheiratet?«
»War!«
»Na also, dann wissen Sie's ja!«
»Sie wissen nicht zufällig, wann Sascha wiederkommt?«
»Keine Ahnung.«
»War er mit großem Gepäck unterwegs?«
»Sie sind vielleicht neugierig! Nein, ich kann mich nicht erinnern, dass er einen Koffer ins Auto gehievt hätte. Aber genau habe da nicht hingeschaut.«
»Gestern Morgen sagten Sie. Da wollte er eigentlich zum Golfturnier«, lüge ich schon wieder. »Er ist allerdings nicht erschienen. Um wie viel Uhr war das?«
»Beizeiten! Aber fragen Sie mich nicht nach der Uhrzeit!«
»Wo Tanja steckt, wissen Sie sicherlich ebenfalls nicht?«
»Nein, weiß ich nicht, aber um die mache ich mir die wenigsten Sorgen.«
»Wieso?«
»Sie ist eine kluge, selbstständige Frau, die weiß, was sie will! Man nennt das heute tough! Die kommt alleine zurecht, aber

bei Sascha bin ich mir nicht sicher.«
»Nicht?«
»Nein, aber jetzt hören Sie auf, mich auszufragen, ich bin keine Tratsch-Tante!«
»Natürlich nicht! Entschuldigung!«
»Soll ich ihm was ausrichten, wenn er zurückkommt?«
»Ja, sagen Sie ihm, er möge seinen alten Tennis-Kumpel Schaum anrufen. Es ist dringend!«
»Eben war es Golf!«
Das mit den Lügen und den kurzen Beinen stimmt!
»Wir spielen beides!«
Sehr aufmerksam die Frau! Das ist allerdings gut so, denn nun habe ich einige gute Informationen bekommen: Sascha Berger ist seit eineinhalb Tagen verschwunden!
Sich unsichtbar zu machen, scheint eine merkwürdige Unart des Ehepaares zu sein! Erst die Frau, jetzt der Gatte, was soll der Quatsch? Ich bin seit Stunden unterwegs mit dem Ergebnis, dass ich jetzt zwei Personen suche, statt eine gefunden zu haben! Ich bin im Ruhestand! Was gehen mich die Probleme der Bergers an? Nichts!
Ich bin jetzt stinksauer! Andere Rentner gehen Angeln, in die Sauna oder machen eine Tour in den Bergen, an der Adria oder was weiß ich wo; aber ich Idiot hechele hinter verschwundenen Personen her, die ich nicht einmal kenne! Das darf nicht wahr sein! Damit ist jetzt Schluss! Bexbach ruft! Zuerst der Garten, später der Keller und heute Abend wird gegrillt!
Der Weg nach Hause ist eine Abfolge von Baustellen, Ampeln und Umleitungen. Angeblich hat das Land kein Geld, aber dem zum Hohn werden überall Straßen aufgerissen. Das Problem ist, dass man auf den Baustellen niemanden entdeckt, der sie instand setzt. Ich hangele mich von einer Ampel zur nächsten und wähle schließlich den Umweg durch das Ostertal bis zur Hanauer Mühle, durch den Wald nach Münchwies und über Frankenholz nach Oberbexbach. Das ist zwar eine elende

Fahrerei, aber immerhin besser, als ewig im Stau zu stehen.
Der heiße Sommertag hinterlässt seine Spuren und macht mich schläfrig. Zu Hause ruft die Liege im Keller nach frischer Luft; ich erhöre ihr Flehen und lege mich in voller Montur auf das Gartenmöbel, nicht einmal die Schuhe ziehe ich aus. Ein herrlicher Ort zum Entspannen.
Die Vögel, deren Zwitschern ich vor dem Einschlafen hingebungsvoll gelauscht habe, sind längst zum Abendmahl unterwegs, als ich aufwache. Wegen des Kellers mache ich mir keinen Kopf, aber das Grillen kann ich mir abschminken, weil die Steaks und die Würste im Tiefkühlschrank lagern. Bis die aufgetaut sind, bin ich verhungert.
Für die Lösung des Problems fällt mir ein Name ein: Marion! 17 Uhr 30, da sollte sie Feierabend haben. Ein Anruf bestätigt meine Vermutung, allerdings hat auch sie kein auf die Schnelle verfügbares Grillgut. Sie macht mich darauf aufmerksam, dass ich das um diese Uhrzeit in einer Metzgerei käuflich erwerben könne. Bisweilen ist Organisation eine simple Angelegenheit.
Ich bin mit reichlich Grillgut eingedeckt, als ich in Spiesen Am Köppchen eintrudele. Marion sitzt telefonierend im Garten auf der Hollywoodschaukel unter dem Kirschbaum und gibt mir zu verstehen, dass ich schnell zu ihr kommen soll.
»Daniela ist am Apparat. Sie kommt gleich auf einen Sprung vorbei, wenn es recht ist.«
»Daniela Sommer?«, frage ich überrascht. »Die Staatsanwältin?«
»Genau die! Ist das für dich okay? Ja oder nein?«
»Klar! Aber was will die denn von mir?«
Die Antwort bleibt mir Marion schuldig, stattdessen telefoniert sie seelenruhig weiter. Ich gehe in den Keller, packe das Grillzeug in den Kühlschrank und genehmige mir ein alkoholfreies Bier. Ich überprüfe die Füllung der Gasflasche und suche nach dem Grillbesteck, als mir siedend heiß einfällt, was ich vergessen habe.

»Sie soll Brot mitbringen!«, rufe ich Marion zu, aber die winkt ab und beendet das Telefonat.
»Hab ich gekauft; liegt oben im Backofen.«
Dankbar und erleichtert gebe ich ihr einen zärtlichen Kuss.
»Was will Frau Sommer denn von mir?«
»Wer sagt denn, dass sie etwas von dir will? Sie ist in der Gegend unterwegs und will kurz vorbeischauen. Man muss nicht für alles einen Grund haben.«
»Frau Sommer schon!«
Wir sind mitten in der Diskussion, als die genannte Person über die Seitentreppe in den Garten schwebt.
»Halli, hallo, hallöchen! Na, ihr zwei? Das kann man haben! Wie im Paradies ist es hier. Euch scheint es prächtig zu gehen!«
Während sie zunächst Marion überschwänglich begrüßt, bemerke ich, dass der Frieden im Garten Eden bekanntermaßen nicht durch einen Mann gestört worden ist.
»Ganz der alte Charmeur!«, entgegnet sie. »An deinem frauenfeindlichen Lebensbild hat sich nichts geändert.«
Sie zieht mich an sich und begräbt mich fast unter ihrem gewaltigen Busen. Brutaler kann Zuneigung nicht sein, aber genau diese Herzlichkeit ist es, was ich an ihr mag.
»Josch bringst du uns ein Gläschen Crémant, bitte. Im Eisfach; bist ein Schatz!«, fordert Marion liebevoll säuselnd. Der Schampus hat den paradiesischen Apfel ersetzt!
»Ich muss zwar fahren, aber ein Gläschen geht immer!«, erwidert Daniela Sommer.
Die Frauen verfallen sofort in einen intensiven Informationsaustausch und ich mache mich auf den Weg, um dem Wunsch meiner Herzallerliebsten nachzukommen.
»Was möchtest du essen, Frau Staatsanwältin?«, frage ich provozierend. »Käsegriller, Bratwurstschnecke, Schwenkbraten natur oder scharf gewürzt? Ich lege in einer halben Stunde auf.«
»Der ist bescheuert!«, antwortet sie in Marions Richtung. »Mir ist die Reihenfolge egal, falls es dem Herrn Hauptkommissar

a.D. nichts ausmacht.«

Wir prosten uns zu und ich will mich gerade dem Grill widmen, als Daniela mich am Ärmel zieht.

»Josch, ich muss gestehen, dass ich nicht zufällig hier bin.«

»Ach! Lass mich raten: Sehnsucht nach mir!«

»Der ist wirklich bescheuert!«, stellt sie erneut an Marion gewandt fest. »Kannst du den nicht in ein Heim geben!«

»Ich bin froh, dass er bei mir ist!«, gesteht Marion.

Das hätte sie mir auch unter vier Augen sagen können!

»Um was geht es denn?«, hinterfrage ich neugierig.

»Die Sache mit der verschwundenen Frau hat Katja Reinert keine Ruhe gelassen. Sie hat sich heute Morgen ein bisschen umgehört, beim Mittagessen haben wir darüber gesprochen. Inoffiziell versteht sich!«

»Und was ist inoffiziell herausgekommen?«

»Sascha Berger ist kein unbeschriebenes Blatt!«

»Shit!«

»Er stand unter Beobachtung der Steuerfahndung.«

»Stand? Mittlerweile gibt es kaum jemanden, der nicht in deren Fokus steht.«

»Sein Name ist anscheinend im Zusammenhang mit einer Steuer-CD aufgetaucht.«

»Woher habt ihr die Info?«

»Katja ist auf etwas gestoßen, kam aber nicht weiter. Ich komme gerade von einem … sagen wir sehr guten Bekannten beim Finanzamt. Ist egal! Jedenfalls steht Berger zwar weiterhin unter Beobachtung, der Anfangsverdacht, dass er selbst direkt hinterzogen hat, wurde allerdings vor einiger Zeit fallen gelassen.«

»Er behauptet, dass sein Laden nicht allzu gut läuft.«

»Kann sein. Er wird allerdings verdächtigt, an Transaktionen zur Geldwäsche beteiligt gewesen zu sein. Die Ermittlungen laufen verdeckt, die Kollegen lassen sich nicht in die Karten schauen.«

»Anscheinend nicht verdeckt genug, denn Berger ist jetzt ebenfalls verschwunden.«
»Wieso verschwunden?«
»Falsche Fragestellung! Wohin verschwunden, wäre zielführend.«
»Langsam, Josch! Seit wann ist Berger untergetaucht und woher weißt du das?«
Ich erzähle, was mir dieser Tag beschert hat, beginnend vom morgendlichen Versuch, Berger zu erreichen, über mein Zusammentreffen mit Antoine Petit bis hin zu meinem Besuch bei Bergers Wohnadresse.
»Du bist bekloppt!«, regt Marion sich auf. »Du kannst nicht ohne Netz und doppelten Boden alleine auf Verbrecherjagd gehen! Was wäre, wenn dieser Autohändler dir eins über die Rübe gezogen hätte? Kein Mensch hätte gewusst, wo du steckst!«
»Ganz so gefährlich ist es nicht«, beschwichtigt Daniela. »Aber ein bisschen vorsichtiger solltest du sein!«
»Meine Güte, ich war als Kaufinteressent in einem Autohaus! Was soll daran gefährlich sein?«
»Nichts, außer dem Autohändler«, seufzt die Staatsanwältin.
»Antoine Petit ist vielleicht ein Schlitzohr«, entgegne ich. »Aber gefährlich ist der nicht.«
»Täusch dich nicht! Er ist kein unbeschriebenes Blatt!«
»Steht der etwa auch auf der Steuer-CD?«
»Nein, aber er stand wegen Autoschieberei und einigen anderen Dingen vor Gericht, unter anderem Menschenhandel. Sein zwielichtiger Anwalt hat ihn damals allerdings geschickt rausgeboxt.«
»Hat das Katja Reinert rausgefunden?«
»Ja, hat sie!«
»Sie scheint viel Zeit zu haben, wenn sie das alles nebenbei und inoffiziell macht.«
»Sie arbeitet ziemlich effektiv. Und mit meiner Duldung. Das

unterscheidet sie von deinem früheren Wirken, Josch.«
»Was soll das heißen?«, frage ich entrüstet.
»Dass sie schneller ist als du!«, antwortet Marion. »Das habe sogar ich verstanden.«
»Gut erkannt, Marion!«, bestätigt die Staatsanwältin.
»Ihr könnt gerne Hauptkommissarin Reinert anrufen und sie bitten, euch zu beköstigen. Bei mir wird das Grillen eine Weile dauern!«
»Uih, jetzt ist er sauer!«, stellt Marion lapidar fest und trifft damit den Nagel auf den Kopf.
»Kein Grund eingeschnappt zu sein«, behauptet Daniela Sommer. »Katja ist zwanzig Jahre jünger und außerdem eine Frau. Im Übrigen ist es gut möglich, dass sie später hier auftaucht.«
»Ach? Wollt ihr heute Abend den Sommerball vom Dezernat 3 veranstalten? Sommerball! Würde passen!«, stelle ich fest.
»Sie besucht Bergers Golfklub und hört sich ein bisschen um.«
»Vermutlich ehrenamtlich!«
»Nein, ich nenne es Vorermittlungen.«
»Ihr ermittelt also doch!«
»Nein und jetzt hör auf mit diesen Wortklaubereien!«
»Genau!«, bestätigt Marion. »Und kümmere dich bitte um das Essen, ich habe nämlich Hunger!«
»Zuerst will ich wissen, was da läuft! Ruf Katja an, sie soll herkommen! Ich bringe die Sache ins Rollen und nun wollt ihr mich ausbremsen! Das könnt ihr mit mir nicht machen!«
»Josch, du bist im Ruhestand!«, rufen beide Frauen zeitgleich.
»Das ist mir nicht entgangen. Trotzdem fordere ich ein Minimum an Respekt ein!«
»Oh Gott, mach halblang!«, ereifert sich die Staatsanwältin. »Kein Mensch will dich in die Ecke stellen!«
»Dort würde er sowieso nicht stehen bleiben«, kommentiert Marion.
»Wir kümmern uns, weil wir wissen, dass du meistens einen guten Riecher hast. Aber du musst schon uns überlassen, wie

wir das anstellen!«
»Ich will informiert sein!«, grolle ich.
»Genau deshalb bin ich hier! Wenn Katja Anlass und Lust hat, wird sie vorbeikommen. Sie kann sich denken, dass ich hier bin. Ich werde sie nicht herzitieren, das musst du verstehen!«
»Ist ja gut!«, maule ich. »Ich bin gespannt, wie's weitergeht.«
»Lass uns gemütlich essen, dann sehen wir weiter«, schlägt Marion vor.
Es bleibt mir vorerst nichts anderes übrig, als die Frauen mit ihrem vorhersehbaren Gespräch über Jungrentner und Altkommissare alleine zu lassen und mich dem Grill zuzuwenden. Eine Flasche Bier hilft mir über den gröbsten Ärger hinweg.
Nach fünfundvierzig Minuten serviere ich das Essen, zwischenzeitlich haben die Ladys den Tisch gedeckt.
Beim Essen will ich das leidige Thema nicht mehr aufgreifen – da taucht urplötzlich Katja Reinert in unserem Garten auf.

19

»Guten Abend, ich hoffe, ich störe nicht«, grüßt Katja Reinert ungewöhnlich schüchtern. »Staatsanwältin Sommer war der Meinung …«
Ich winke sie heran.
»Alles klar, setz dich und trag die Ruhe nicht aus dem Haus! Bier, Wein, Crémant oder was Antialkoholisches?«
»Lieber ohne!«
»Ich habe Weizen ohne oder Normales alkoholfrei.«
»Egal!«
»Kommt sofort! Würstchen oder Grillsteak?«
»Ich bin nicht gekommen, um …«
»Würstchen oder Grillsteak?«, wiederhole ich.
»Würstchen!«
»Rot, weiß oder Käse?«
»Egal! Was weg muss!«
»Okay setz dich zu den Mädels!«
Während sich die Frauen begrüßen und austauschen, kümmere ich mich um Katjas Essen. Als ich mit Tellern und Bestecken aus der Küche zurückkomme, sitzt Nachbarin Dagmar bei den anderen am Tisch und schaut mich fragend an.
»Und du? Warum hast du für dich keinen Teller mitgebracht? Hast du keinen Hunger, Josch?«, fragt sie, nachdem sie mich mit Küsschen begrüßt hat.
»Ich konnte nicht wissen, dass der Grillduft bis zu euch hinüber weht«, versuche ich eine Erklärung.
»Hallo! Sag selbst! Seit wann wird am Köppsche im Alleingang gegrillt? Keine Sorge, ich habe schon gegessen.«
»Na dann wollen wir mal!«, meint Marion und hebt das Glas.

»Auf einen schönen Abend!«
Katja Reinert versucht zu erklären, dass sie eigentlich nicht zum Feiern gekommen sei, hat damit allerdings wenig Erfolg.
»Ruhig Blut, Mädel!«, widerspricht Dagmar. »Nix überstürzen! Ich bin übrigens Dagmar; die gesetzgebende Gewalt hier in der Siedlung. Drittes Haus auf der rechten Seite, von hier aus gesehen.«
»Nimm dich in acht, Katja«, mahnt die Staatsanwältin. »Die Leute vom Köppsche sind anders als andere!«
»Vooorsicht!«, unterbricht Dagmar. »Pass auf, was du sagst, Frau Staatsanwältin. Vor Gericht zählt jedes Wort.«
Mit Dagmars Eintreffen sind die Chancen, dass wir heute Abend über Sascha Berger und seine Frau Tanja sprechen werden, auf den Nullpunkt gesunken.
Die Chancen fallen weiter, als Dagmars Gatte Markus mit einem Sixpack Bier auftaucht. Binnen zehn Minuten folgen weitere Nachbarn, jeder hat irgendwas Verzehr- oder Trinkbares dabei, die Siedlung lässt sich kein Fest entgehen, selbst wenn es nicht vorgesehen ist, schnell ist ein Dutzend Feierwilliger beisammen. Zuletzt stoßen Marc, der Banker, und seine Frau Barbara dazu. Als er Katja Reinert erblickt, ist er ziemlich überrascht.
»Sie hier? So schnell sieht man sich wieder!«
Die Hauptkommissarin erzählt, dass sie am Nachmittag bei Marc in der Sparkasse war und einige Routinefragen zu Tanja und Sascha Berger gestellt hatte. Sie war allerdings nicht weit gekommen, weil Marc die meisten Auskünfte verweigert hatte und lediglich preisgab, dass Tanja Bergers Geschäftskonto nicht über die Sparkasse laufe, sondern lediglich das Privatkonto der Eheleute und das Firmenkonto des Mannes; weitere Auskünfte wollte er ohne amtliche Anordnung nicht erteilen und selbst dann nur bei Anwesenheit seiner Geschäftsleitung.
»Sie haben sich völlig korrekt verhalten!«, lobt die Staatsanwältin.

»Ich wollte Sie nicht kompromittieren«, entschuldigt sich Katja Reinert. »Ich wollte mir lediglich einen Überblick verschaffen.«

Dass sich am folgenden Versöhnungstrank alle Anwesenden unaufgefordert beteiligen, spricht für die enorme Solidaritätsbereitschaft der Siedler vom Köppsche; jede Gewerkschaft wäre im Streikfall stolz auf solche Mitglieder. Katja Reinert ist damit zwar nicht in den internen Zirkel der Gemeinschaft aufgenommen, aber in Zukunft wird sie beim Besuch der Siedlungsfeierlichkeiten ohne Visum auskommen, ein Privileg, das nicht selbstverständlich ist und von dem andere träumen.

Irgendwie gelingt es mir innerhalb der nächsten Viertelstunde, das Grillkommando an Wolfgang und seine Trinkkameraden abzugeben, und die Staatsanwältin, Katja und mich an der Hollywoodschaukel neben der Gartenmauer unauffällig zu separieren. Endlich gelingt es uns, von den anderen ungestört, über die neuesten Erkenntnisse in Sachen der Bergers zu reden.

Katja hatte im Golfklub und im Tennisverein einige Sportkameraden von Sascha Berger angetroffen. Denen hatte sie erzählt, dass sie mit Berger zu einem Match verabredet, der aber nirgends zu finden sei; ob denn jemand wisse, wo der Kerl stecke oder wie sie ihn erreichen könne und überhaupt, so kenne sie den Mann nicht.

Katja verfügt zwar über eine Menge Erfahrung hinsichtlich Vernehmung und Gesprächsführung, aber dennoch war aus Bergers Kollegen nicht viel rauszukriegen. Der allgemeine Tenor war, dass Sascha Berger in beiden Vereinen anscheinend nicht sonderlich beliebt ist und als neureicher Aufschneider gilt. »Der würde gerne mit den großen Hunden pinkeln, kriegt aber das Bein nicht hoch«, urteilt Katja prägnant und trocken. »Aber in beiden Vereinen muss vor Jahren etwas passiert sein, was bis heute nachhallt und ein schlechtes Licht auf Sascha Berger wirft. Es will offensichtlich niemand drüber reden, demnach muss es eine ziemlich peinliche Sache gewesen sein.«

»Hast du irgendeinen Ansatz, um was es da gegangen sein könnte?«, hinterfrage ich.
»Aus dem, was der Barkeeper im Golfklub von sich gegeben hat, schließe ich, dass es dort um ziemlich viel Geld ging. Aus dem Tennisverein habe ich diesbezüglich überhaupt keine Informationen rauskitzeln können.«
»Das passt zu dem Verdacht, dass Berger seinerzeit der Geldwäsche verdächtigt wurde«, spekuliere ich.
»Stimmt!«, pflichtet mir Frau Sommer bei.
»Moment bitte«, unterbreche ich und drehe mich zu den anderen um. »Marc kannst du bitte rüberkommen?«
Sekunden später platziert sich der Bankangestellte auf der Hollywoodschaukel.
»Willst du das Verhör jetzt fortsetzen?«, feixt er lachend.
»Ohne meinen Anwalt sag ich nix!«
»Mach keinen Aufstand und spiel nicht den Unschuldigen!«, feixe ich zurück. »Wenn du mir diesen Heini nicht angeschleppt hättest, hätten wir das Problem nicht und ich wäre mit meinem Umzug ein gutes Stück weiter!«
»Gib zu, dass dir die Angelegenheit gut in den Kram passt«, erwidert Daniela Sommer. »Deinen Keller räumst du schon auf, seit ich dich kenne.«
»Könnten wir bitte zum Thema kommen!«, mosert Katja Reinert. »Ich will endlich nach Hause!«
»Marc, du sollst nichts preisgeben, woraus man dir irgendwie einen Strick drehen könnte; außerdem sind wir hier unter uns. Es geht um den Golfklub und den Tennisverein, wo die Bergers Mitglieder sind. Weißt du etwas über besondere Vorfälle oder irgendeinen Zoff, den es dort in den letzten Jahren gab? Als Banker hört man bestimmt das eine oder andere aus den Kreisen der Besserverdiener!«
»Falls du mich zu den Besserverdienenden zählen willst, weise ich ...«
»Hör auf zu jammern, mein Mitleid hat Grenzen! Du weißt,

was ich meine!«

»Das war vor meiner Zeit, ich kenne das selbst nur aus der Gerüchteküche. Berger war einst Schatzmeister in beiden Vereinen. Was beim Tennisverein vorgefallen ist, weiß ich nicht, der hat sein Konto bei einer anderen Bank. Beim Golfklub gab es angeblich Unregelmäßigkeiten in der Buchführung. Verbuchen von Sponsorengeldern oder so. Es soll zwischenzeitlich eine Menge Geld auf dem Konto unterwegs gewesen sein, sodass das Finanzamt hellhörig wurde. Angeblich wurde die Angelegenheit von oben aus der Welt geschafft, nachdem Berger gezwungen worden war, sein Amt niederzulegen.«

»Von ganz oben?«, fragt die Staatsanwältin überrascht. »Wer ist damit gemeint?«

»Weiß ich nicht und ehrlich gesagt, will ich es nicht wissen.«

»Okay«, erklärt Katja. »Ich setze morgen Ken Arndt darauf an. Der soll sich schlaumachen und sich mit dem Wirtschaftsdezernat kurzschließen.«

»Ermittelt ihr offiziell oder nicht?«, harke ich nach.

»Nicht offiziell, aber mit vagem Anfangsverdacht«, erklärt Frau Sommer.

»Das ist so, wie ein bisschen schwanger!«

»Ist doch egal! Mensch! Korinthenkacker! Ich lasse das zu, solange wir keine anderen brisanten oder prioritären Fälle reinkriegen. Wenn was kommt, ist allerdings Schluss. Danke, Herr Titze, ich setze auf Ihre Diskretion!«

»Ich bin Banker!«

»Eben! Reden Sie mit niemand drüber!«

»Geht klar!«

»Eine offizielle Ermittlung kann ich erst einleiten, wenn ein konkreter Verdacht oder Hinweis auf eine Straftat vorliegt. Und K3 kommt logischerweise erst ins Spiel, wenn eine Leiche auftaucht.«

»Oh Gott!«, entfährt es Marc. »Sie glauben doch nicht etwa, dass …«

»Beruhige dich!«, gehe ich dazwischen. »Kein Grund zur Panik! Frau Sommer will sagen, dass das LKA nicht ermitteln kann, nur weil zwei erwachsene Menschen nicht auffindbar sind. Und was vor ein paar Jahren war, spielt im Augenblick erst recht keine Rolle.«
»So ist es!«, bestätigt Frau Sommer. »Treffend formuliert. Du hättest Schriftsteller werden sollen!«
»Kommt vielleicht noch!«
»Und was geschieht, wenn Herr oder Frau Berger nicht mehr auftauchen?«, will Marc wissen.
»Dann wird irgendwann die Vermisstenstelle tätig, aber das kann dauern.«
»Spätestens dann, wenn das Finanzamt sein Geld nicht bekommt!«, ergänze ich.
Als Marc weggeht, um sich ein neues Bier zu holen, fahre ich fort.
»Die Sache gefällt mir nicht! Und dieser Herr Petit mit seinem Autohaus schon überhaupt nicht! Er streitet ab, die Bergers zu kennen; der Kerl lügt wie gedruckt und Berger vermutlich auch.«
»Wer sagt das, dass die beiden Kontakt hatten?«, fragt Katja.
»Tanjas Büro! Ein Immobiliengeschäft, das allerdings nicht zustande kam. Anscheinend spielen hier alle mit falschen Karten!«
»Verstehe!«, antwortet Katja. »Aber du hältst dich bitte raus! Wenn es etwas zu erklären gibt, werden wir das finden. Ich halte dich auf dem Laufenden. So und jetzt bin ich weg, meine Wäsche bügelt sich nämlich nicht von alleine.«
Als Frau Sommer ebenfalls Anstalten zum Gehen macht, kommt Marion angelaufen, um die beiden Frauen zu verabschieden.
»Schade, dass ihr schon gehen wollt, aber ich kann das verstehen, ihr müsst morgen zur Arbeit. Mir geht's da nicht anders. Mein Rentnerbär kann liegen bleiben, der hat's gut. Ich mache

jetzt Feierabend, Josch kann morgen früh aufräumen.«
»Damit hat er eine neue Ausrede, weshalb er nicht umziehen kann«, urteilt Frau Sommer.
»Die findet er ohnehin. Josch muss irgendwann kapieren, dass er in Rente ist. Ich würde mich freuen, wenn ihr beim nächsten Mal die Arbeit außen vor lassen könntet, man kommt nicht zum Plaudern!«
»Gerne!«, erwidert Katja. »Im Übrigen ist Josch aus dem Fall raus! Wenn überhaupt, dann sind wir an der Reihe.«
»Schau in sein Gesicht, das glaubst du doch selbst nicht!«, antwortet Marion.
»Wenn er sich nicht dran hält, bekommt er mit mir Ärger!«, ergänzt die Staatsanwältin.
»Das bin ich mit der Staatsanwaltschaft seit Jahren gewöhnt«, maule ich. »Warum sollte mich das plötzlich abschrecken?«
Eine halbe Stunde später liegt der Garten verwaist im Dunkel der Nacht. Wolfgang und Arvind haben versprochen, mir am Morgen beim Aufräumen zu helfen; auf die Nachbarn ist Verlass!
Marc ist als letzter Gast übrig geblieben und drückt sich irgendwie vor dem Nachhausegehen. Marion gibt mir einen Kuss und verabschiedet sich ins Bett.
»Auf ein Wort, Josch!«, beginnt Marc und nimmt einen letzten Schluck aus seiner Flasche. »Ich kann euch nicht mehr erzählen, sonst komme ich in Teufels Küche!«
»Marc, das habe ich kapiert und das verlangt auch keiner von dir!«
»Ja, schon, aber wenn einem der Bergers etwas passiert, heißt es hinterher womöglich, ich hätte Informationen zurückgehalten.«
»Sei unbesorgt, es sei denn, du hast unmittelbare Kenntnis von einer Straftat, an der du selbst nicht beteiligt warst. Wenn nicht, bist du raus und meine Kollegen werden sich ab sofort mit deinen Vorgesetzten unterhalten, falls das notwendig

wird.«

»Ich weiß nichts, aber ich habe das Scheißgefühl, dass hier eine richtig große Sache läuft.«

»Inwiefern?«

»Josch, das sage ich nur dir! Unter vier Augen! Voriges Jahr hat mein Vorstand dem Berger einen Zwischenkredit genehmigt, den ich vorher abgelehnt hatte. Mir war die Sache zu heiß, weil Berger meiner Meinung nach kurz vor der Pleite stand; sein Büro läuft einfach nicht! Der Vorstand hat das ignoriert und entschieden, das war schon sehr ungewöhnlich. Überraschenderweise hatte Berger den Kredit tatsächlich kurzfristig abgelöst; plötzlich war er liquide ohne Ende und ich frage mich, woher das Geld auf einmal kam.«

»Aha! Aber es muss nachvollziehbar sein, woher das Geld auf Bergers Konto kam.«

»Eben nicht! Er hat das Geld in mehreren Tranchen bar einbezahlt. Hinzu kam eine Überweisung vom Golfklub.«

»Viel Geld?«

»Insgesamt ein mittlerer sechsstelliger Betrag!«

»Wow!«

»Eben! Aber ich habe dir das nie erzählt, Josch!«

»Ehrenwort; unter Freunden. Du hast recht, das stinkt gen Himmel! Wieso stimmte dein Vorstand diesem Kredit gegen deinen Rat zu? Kannst du dir darauf einen Reim machen?«

»Ich kann mir vorstellen, dass Keller ... mein Chef ... gewusst haben muss, dass Berger das Geld auftreiben kann, ansonsten hätte ihn das den Kopf kosten können. Nebenbei erwähnt ist Keller Mitglied im Golfklub; außerdem sponsert unsere Bank das jährliche Promi-Golf-Turnier, 'ne Art Charity-Veranstaltung. Unsere Promotion-Abteilung mischt dabei mit.«

»Charity? Bei uns? Hier hat keiner was auf dem Lappen!«

»Es gibt immer eine paar Neureiche und Möchtegern-Promis, die im Rampenlicht stehen wollen.«

»Wer zum Beispiel?«

»Politikprominenz oder was sich dafürhält; Firmenchefs, ein paar Vorstände aus der Industrie ...«
»Sagt dir der Name Antoine Petit etwas?«
»Nein. Wer soll das sein?«
»Ein Autohändler aus Saarbrücken. Edelkarossen. Den Namen der Firma habe ich gerade nicht parat. Car Solutions APC oder so.«
»Ich glaube, die Firma stand auf dem Sponsorenflyer, aber sicher bin ich nicht.«
»Das würde passen! Der Kreis würde sich schließen«, sinniere ich.
»Welcher Kreis?«
»Das zu erklären, würde jetzt zu weit führen. Außerdem muss ich jetzt rein, sonst schläft meine Herzallerliebste schon.«
»Ja, es wird Zeit, ich gehe auch. Aber kein Wort!«
»Rede kein dummes Zeug und schaff dich nach Hause. Sag Barbara einen schönen Gruß!«
Marion schläft bereits, als ich in die Wohnung komme. Den Gutenacht-Kuss, den ich ihr auf die Wange hauche, bekommt sie nicht mit.
Ich liege eine Weile wach und überlege, wie sich die Einzelheiten meines ersten Falles im Ruhestand zusammenfügen lassen.
Das Verschwinden von Tanja Berger, das ihres Mannes, die Ungereimtheiten in den Sportklubs, der merkwürdige Autohändler, Bergers finanzielle Situation! Da wartet eine Menge Aufklärungsarbeit auf mich.
Ich weiß, dass ich die Finger davonlassen sollte, weil mich das Ganze nichts mehr angeht, aber das ist einfach gesagt: Genieß deinen Ruhestand.
Gut und schön, aber die Katze lässt das mausen eben tatsächlich nicht!

20

Dienstag, 14. August 2018

Hauptkommissarin Katja Reinert hatte gleich zu Beginn ihres Dienstes den Kollegen Ken Arndt darum gebeten, weitere Erkundigungen über Sascha Berger und dessen Rolle als ehemaliger Schatzmeister in den Sportvereinen einzuholen; vor allen Dingen sollte er diesbezüglich Kontakt zum Kommissariat für Wirtschaftskriminalität aufnehmen.
Ken hatte Katjas Beweggründe hinterfragt, worauf sie ihm detailliert schilderte, was am Vorabend in Spiesen besprochen worden war.
»Daniela trägt diese Vorgehensweise vollumfänglich mit; solange nichts anderes anliegt, gönnen wir uns den Luxus. Aber dezent bitte! Häng dich bei den Kollegen nicht so weit aus dem Fenster!«
»Ich fürchte, das wird eine Weile dauern«, seufzte Ken., »Wir stochern im Nebel und dürfen die Scheinwerfer nicht einschalten. Die Kollegen von der Wirtschaft werden nicht gerade begeistert sein, die haben sicherlich Besseres zu tun.«
»Versuchs einfach! Ich werde die Vorstände der Vereine abklappern, Inge wird mir die Vereinsregister besorgen.«
»Wundert mich, dass die Staatsanwältin da mitspielt.«
»Mich nicht! Sie weiß, dass Josch einen guten Riecher in solchen Fällen hatte. Solange andere Sachen nicht liegen bleiben, ist es für sie ohne Risiko, im Gegenteil: Falls sich etwas ergibt und es tatsächlich richtig losgeht, haben wir einen Vorsprung.«
»Hört sich ziemlich clever an.«
»Ist es auch!«

Ich bin früh auf den Beinen und mit dem Aufräumen bereits fertig, als meine beiden hilfreichen Nachbarn auftauchen. Wolfgang hat einen Marmorkuchen dabei, und weil die Sonne bereits eine wohlige Wärme verbreitet, beschließen wir, auf dem Balkon zu frühstücken. Arvind erzählt von Indien und Wolfgang vom letzten Spiel seiner B-Jugend von Borussia Spiesen, die er als Trainer betreut. Ich höre allerdings nicht zu, denn meine Gedanken sind woanders.
Daniela und Katja hatten gestern Abend zwar versprochen, sich um die Angelegenheit bezüglich der Bergers zu kümmern, aber ich habe Zweifel, dass etwas Brauchbares rauskommt, denn in letzter Konsequenz sind ihnen die Hände gebunden.
Was tun?
Die Bergers finden! Das wäre die beste Lösung! Aber wo? Falls sie überhaupt gefunden werden wollen!
Irgendeinen Hinweis über ihren Verbleib muss es geben! Niemand verschwindet, ohne Spuren zu hinterlassen. Zuhause bei den Bergers oder in einem ihrer Büros. Wo sonst?
Vielleicht ein Schwarzgeldkonto, von dem sie leben, seit sie sich abgesetzt haben. Auch ein spontaner Versöhnungsurlaub muss irgendwie vorbereitet werden. Eine Tankquittung, eine Buchungsbestätigung. Die E-Mail-Korrespondenz oder die Anrufliste vom Festnetz. An beides komme ich nicht ran! Ich komme nicht in die Wohnung!
Wer füttert die Fische? Ich kann mich allerdings nicht daran erinnern, ein Aquarium oder andere Hinweise auf ein Haustier gesehen zu haben. Blumen gießen? Waren da Blumen? Moment! Da war alles penibel sauber und aufgeräumt. Zwei Berufstätige schaffen das nicht alleine, die haben eine Putzhilfe! Logisch! Eine Reinigungskraft, die einen Schlüssel hat! Wer kennt deren Namen oder die Arbeitszeiten?
»Bist du in Gedanken bei Marion oder dem nächsten Siedlungsfest?«, unterbricht Wolfgang meine Überlegungen.
»Wie? Ach so, nein! Mir ist gerade etwas durch den Kopf ge-

gangen.«
»Man sieht aber weder einen Einschuss noch ein Austrittsloch.«
»Josch überlegt, wo er seine Möbel hinstellen soll«, spekuliert Arvind.
»Da gibt's nicht viel zu überlegen«, urteilt Wolfgang. »Wenn er Glück hat, bekommt er in Marions Wohnung gerademal seinen Toaster unter.«
»Hahaha, ich habe überhaupt keinen Toaster! Entschuldigt mich kurz, ich muss telefonieren!«
Ich rufe in Sascha Bergers Büro an und habe erneut die resolute Dame am Apparat. Vorsorglich bitte ich um Entschuldigung für die Störung, komme aber nicht dazu, die Frage nach der Putzfrau zu stellen, weil mein Gegenüber unaufgefordert loslegt.
»Sie schon wieder! Nein, Herr Berger ist nicht im Büro und gemeldet hat er sich nicht, aber anscheinend ist er zu Hause; er oder seine Frau.«
»Woher wissen Sie das?«, frage ich überrascht.
»Der Telefonanschluss ist dauernd besetzt, ich habe es heute Morgen bereits einige Male versucht.«
»Sind Sie sicher, dass es das Besetztzeichen war?«
»Halten Sie mich etwa für senil?«
»Nein, nein! Es ist merkwürdig, dass Herr Berger sich nicht bei mir gemeldet hat.«
»Vielleicht telefoniert seine Frau mit ihrem Büro oder einem Kunden.«
»In den letzten Tagen war nicht besetzt?«, hinterfrage ich sicherheitshalber.
»Sie gehen mir mit Ihren zweifelhaften Fragen ziemlich auf den Wecker, guter Mann.«
»Sorry, das ist nicht meine Absicht. Letzte Frage: Beschäftigen die Bergers eine Putzfrau?«
»Woher soll ich das wissen? Glauben Sie, Herr Berger redet

mit mir über Hausarbeit?«

»Tut er das nicht? Ich dachte, Chefs tun das!«, behaupte ich und beende das Gespräch.

Ich suche nach der Nummer und rufe im Büro von Tanja Berger an, aber dort meldet sich lediglich der Anrufbeantworter, der verkündet, dass das Büro zurzeit nicht besetzt ist. Verdammt!

Die Sache wird immer merkwürdiger! Aus Bergers Wohnung wird telefoniert! Was soll das! Wer mit wem, oder es ist die Putzfrau! Wäre nicht der erste Fall, dass eine Hausangestellte auf Kosten ihrer Arbeitgeber mit der Verwandtschaft telefoniert. Vielleicht ist das meine Chance; ich beschließe spontan, die Gelegenheit beim Schopf zu packen!

»Bleibt hier und frühstückt in aller Ruhe«, rufe ich auf den Balkon. »Ich muss kurz weg und bin in einer Stunde zurück.«

Ohne eine Antwort abzuwarten, schlüpfe ich in Schuhe und Jacke und mache mich auf den Weg.

Als ich kurze Zeit später vor dem Anwesen der Bergers parke, sieht alles aus, wie bei meinem letzten Besuch, nur die Nachbarin von gegenüber ist heute nicht in ihrem Vorgarten. Weit und breit ist kein Mensch zu sehen.

Ich steige aus, gehe zur Haustür und drücke den Klingelknopf. Keine Reaktion. Nach dem zweiten und dritten Mal ebenfalls nicht. Mit meinem Handy rufe ich die Festnetznummer der Bergers an. Besetzt! Als ich im Briefkasten eine Werbebroschüre vom Vortag entdecke, schwant mir, dass hier irgendetwas nicht stimmt.

Die Fenster sind geschlossen. Alle. Die Läden sind geöffnet. Ich schaue mich um; niemand zu sehen. Es kann nicht schaden, wenn ich mich hinter dem Haus umschaue. Eine Minute später stehe ich am Aufgang zu der mit Mosaik bepflasterten Veranda. Stilvolle Gartenmöbel. Eine Palme im Pflanzkübel versperrt den Zutritt. Erst beim näheren Hinschauen entdecke ich die Plastiknaht am künstlichen Baumstamm. Ich biege die Wedel zur Seite und verschaffe mir Zugang zur dreiflügeligen Verandatür, die aus zwei kleineren und einem großen Glaselement besteht.

Der rechte Flügel ist leicht geöffnet, nicht weiter als einen Spalt von einem halben Zentimeter Breite, kaum zu sehen. Offensichtlich wurde die Tür zugezogen und nicht verriegelt.

Ich nehme die Einladung an und drücke die Tür ein Stück weit auf, jedoch nur so weit, dass ich den Kopf durch die Öffnung stecken kann.

»Hallo!«, rufe ich in dezenter Lautstärke, weil ich niemanden zu Tode erschrecken will. Ich lausche in die Wohnung und höre Stille.

»Hallo!«, versuche ich es erneut, jetzt deutlich lauter. »Herr Berger, Frau Berger! Ist jemand zu Hause?«

Die Stille bleibt.

Vorsichtig betrete ich das Wohnzimmer und rufe mehrfach in die Wohnung. Nichts! Hier ist niemand – jedenfalls niemand, der in der Lage wäre, mir zu antworten, es sei denn er versteckt sich.

Ohne Dienstwaffe fühle ich mich zwar nicht nackt, aber wenn ich sie dabei hätte, wäre mir wohler. Mein Herz schlägt schneller, ich spüre meinen Puls am Hals. Josch, du bist aus der Übung! Bleib cool!

Die Wohnung ist mir vom letzten Besuch vertraut, ich finde mich zurecht, aber wo das Telefon steht, weiß ich nicht. In der Diele? Fehlanzeige! Im Wohnzimmer, Esszimmer und in der Küche - nichts. Von einem Einbruch keine Spur. Ich rufe weiter, während ich die Wohnung durchstreife und hinter jede Tür schaue. Die Lady-Suite, Tanja Bergers Reich!

Hier entdecke ich das Telefon; links auf dem Sideboard. Ein altes Modell, beige-grau, mit Hörer und Schale, aber der Hörer liegt schräg auf der Unterlage. Das erklärt das Besetztzeichen! Hier ist niemand außer einem Telefon, dessen Einzelteile nicht richtig aufeinanderliegen. Mist!

Ich kann mich vom ersten Besuch nicht an dieses Gerät erinnern, aber das hat nichts zu bedeuten; gewöhnliche Dinge übersieht man bisweilen. Da ich mich mit solchen Geräten schwer tue, dauert es eine Weile, bis ich über die richtige Tastenkombination den letzten Anruf ermittelt habe. Eine Nummer mit St. Ingberter Vorwahl, die mir bekannt vorkommt – ach ja, ich habe sie vor Kurzem erst gewählt – der Anschluss von Tanja Bergers Büro. Wann der Anruf getätigt wurde, kann ich nicht rausfinden.

Ich schaue mich um und entdecke, dass eine Schublade des Schreibtisches ein Stück weit geöffnet ist. Ich ziehe sie weiter heraus und bin mir schnell sicher, dass neben den anderen Unterlagen hier den Prospekt von APC – spontan fällt mir der Firmenname ein – Antoine Petits Autohaus liegen müsste. Die auffällige Hochglanzbroschüre fehlt. Weg!

Jeder andere hätte das vielleicht als Zufall abgetan, oder den Telefonhörer der Schusseligkeit des Benutzers zugeschrieben, aber mir sind das zu viele übereinstimmende Details. Mein Bauchgefühl meldet sich und sagt mir, dass das alles andere als Zufall ist.

Das Telefon wurde absichtlich dorthin platziert! Es geht nicht nur um die Vortäuschung, dass jemand zu Hause ist, es kann auch niemand anrufen und eine Nachricht hinterlassen, die für andere Ohren nicht vorgesehen ist. Und ausgerechnet der Prospekt von APC fehlt! Ein Beweis, dass hier irgendeine Sauerei im Gange ist; fragt sich: welche?

Offensichtlich soll der Kontakt zwischen Petit und den Bergers verheimlicht werden. Berger weiß, da ich von dem Kontakt Kenntnis habe, er hat ihn mir selbst erklärt und war dabei, als ich die Broschüre im Schreibtisch entdeckt hatte. Bleibt Petit selbst, denn der weiß das nicht und hatte den Kontakt geleugnet.

Das würde die offene Verandatür erklären, aber dann müsste er auf einem anderen Weg reingekommen sein, denn diese

Tür wies keine Einbruchspuren auf. Ich werde das überprüfen! Durch den Haupteingang ist er nicht gekommen, denn logischerweise hätte er nicht durch die Hintertür verschwinden müssen. Die Putzfrau war nicht hier, denn die Post von gestern ist im Kasten und vorgestern war Sonntag.
Ich werde vorsichtig nachschauen, damit ich keine Spuren verwische und so wenig wie möglich eigene hinterlasse. Beim Durchstöbern des Hauses nach Einbruchspuren werde ich in der Garage fündig. Von dort führt aus einem abgetrennten Raum eine Verbindungstür zur Diele; das Fenster zum Garten hin ist aufgehebelt. Offenkundig, dass der ungebetene Besucher hier eingestiegen ist. Die Wohnung ist intakt, nichts ist zerstört oder aufgebrochen, es scheint nichts zu fehlen außer diesem einen Prospekt. Ich habe einen einzigen Verdächtigen: Antoine Petit!
Warum will dieser Mann seinen Kontakt zu den Bergers verbergen? Und vor wem? Ahnt er vielleicht, dass Ermittlungen ins Haus stehen könnten? Dann muss er den Grund dafür kennen und mit hoher Wahrscheinlichkeit ist er selbst darin verstrickt. Aber um was geht es? Um das Verschwinden von Tanja Berger? Eine Entführung? Mord? Oder um die alten Finanzgeschichten von damals? Oder hängt alles zusammen? Wahrscheinlich ist das, aber ich kann die Zusammenhänge logischerweise nicht erkennen, solange ich nicht weiß, was da vor Jahren gelaufen ist.
»Ja leck mich doch am Arsch!«, entfährt es mir unkontrolliert.
Was mach ich jetzt?
Dass ich hier unberechtigterweise eingedrungen bin, wird die Kollegen, äh ehemaligen Kollegen, vom LKA nicht sonderlich erfreuen, aber das stört mich wenig. Allerdings muss ich sie dringend von meiner Entdeckung unterrichten, damit der Fokus auf Antoine Petit gerichtet wird. Dem Kerl erneut und alleine einen Besuch abzustatten, ist mir zu heiß, außerdem bringt das nichts. Mir gegenüber kann er lügen, bis die Schwar-

te kracht, das ist sein gutes Recht; bei einer offiziellen Befragung sieht das anders aus.
Das Problem ist, dass es keine offizielle Befragung geben kann, solange nicht offiziell ermittelt wird, und das ist ein Knackpunkt, von dem ich nicht weiß, wie ich ihn lösen soll.
Wie bekomme ich die Ermittlungen ins Laufen? Alleine die Tatsache, dass bei einem Einbruch nichts anderes als ein Firmenprospekt geklaut worden ist, bietet keinen Anlass; genau wie alles andere, was bisher auf dem Tisch liegt. Himmeldonnerwetter, dabei schlägt mein Bauchgefühl Alarm! Ich bin sicher, dass irgendwo eine böse Überraschung auf uns wartet, aber in diesem Falle ist es wahrscheinlich bereits zu spät!
Ich brauche einen Katalysator! Etwas, was die Staatsanwaltschaft dazu zwingt, die Ermittlungen offiziell in die Wege zu leiten! Auf dem gleichen Weg, auf dem ich gekommen bin, verlasse ich das Anwesen, setze mich ins Auto und überlege, was ich tun könnte.
Ein Ausspruch unserer Nachbarin Dagmar kommt mir in den Sinn.
»Gibt's was Neues oder muss ich etwas erfinden! Sag mal selbst, oder?«, lautet bisweilen ihr Motto, wenn sich in der Siedlung das Sommerloch breitmacht und mehrere Tage nix Erwähnenswertes passiert ist. Die Grundidee ist nicht übel, wenngleich mir die dauernde Jagd nach Highlights im Grunde zuwider ist. Manchmal rechtfertigt allerdings der Zweck die Mittel, wenn es wie im vorliegenden Fall an allen Ecken klemmt; das rede ich mir jedenfalls gerade zur eigenen Gewissensberuhigung ein. Nichts hält sich nachhaltiger als ein falsches Gerücht, das ist altbekannt. Man muss allerdings aufpassen, dass man damit niemandem dauerhaft schadet, schränke ich ein. Ein Gerücht! Hm! Eine unübersehbare Spur legen! Hm! Keine schlechte Idee! Aber wie? Hm!
Ich steige aus dem Wagen und klingele bei der Nachbarin gegenüber. Die Vorgartentante vom letzten Mal öffnet die Tür.

Der Kleidung nach zu urteilen ist sie mit der Zubereitung des Mittagessens beschäftigt, die Düfte, die der Wohnung entweichen, erhärten meine Vermutung. Ich tippe auf Rotkohl.
»Guten Tag! Rinderrouladen mit Rotkohl schätze ich. Riecht wunderbar!«, versuche ich, mich bei der Köchin einzuschleimen.
»Fast richtig! Rollbraten und Schneebällchen. Rotkraut stimmt!«
»Da läuft mir das Wasser im Munde zusammen!«
»Sie sind wahrscheinlich nicht hergekommen, um sich ein Mittagessen zu schnorren! Außerdem sehen Sie nicht aus, als seien Sie unterernährt.«
Das sitzt! Josch, jetzt keine falsche Eitelkeit! Ruhig bleiben!
»Sie sind doch der Mann, der sich kürzlich nach Sascha erkundigt hat.«
»Genau! Er ist nicht wieder aufgetaucht. Im Büro gibt es eine Menge Ärger, weil Pläne und Akten fehlen, ohne die eine Baustelle nicht weiterlaufen kann. Nun macht der Bauherr Rabatz und droht mit Schadenersatz. Möglicherweise hat Sascha die Pläne mit nach Hause genommen und jetzt liegen sie irgendwo in der Wohnung und wir kommen nicht ran. Haben Sie eine Idee, wie wir in die Wohnung kommen könnten?«
»Hat denn niemand einen Hausschlüssel?«
»Nein! Die Putzfrau vielleicht?«
»Die kommt donnerstags.«
»Haben Sie eine Adresse von der Frau oder einen Namen?«
»Nein, weder noch.«
»Sie haben keinen Schlüssel? Oder ein anderer Nachbar?«
»Die Bergers gehören nicht zu den Leuten, die ihren Hausschlüssel rausgeben, falls Sie wissen, was ich meine.«
»Verstehe! Sie werden ihn nicht unter der Fußmatte oder im Blumenkübel versteckt haben.«
»Nein, kann ich mir nicht vorstellen.«
»Könnten Sie mir trotzdem einen Gefallen tun und hinterm

Haus nachschauen, ob dort etwas deponiert ist?«
»Ich gehe nicht in anderer Leute Garten! Da mache ich mich strafbar!«
»Nein, nein! Sie sollen nicht in die Wohnung gehen! Lediglich hinter dem Haus nachschauen, ob da etwas deponiert ist. Der Azubi hat sich erinnert, dass der Chef etwas in diese Richtung gesagt hat, ist sich aber seiner Sache nicht sicher. Das ist ein Notfall.«
»Ja die jungen Leute! Ich kenne das von meinem Sohn, der hört nur die halbe Zeit zu! Immer im Stress, immer in Eile. Trotzdem: Ich weiß nicht, ob ich das machen soll, da könnte jeder kommen! Außerdem bin ich gerade am Kochen!«
»Das dauert eine Minute! Ich schreibe Ihnen meinen Namen und die Adresse auf. Außerdem können Sie sich meine Autonummer notieren. Wenn ich in böser Absicht käme, würde ich nicht vorher bei Ihnen klingeln!«
»Auch wieder wahr! Moment, ich stelle die Herdplatte auf eins und zieh mir was an die Füße.«
Laut Klingelschild ist die Frau Hannelore Pulvermüller und es dauert tatsächlich nur eine Minute, bis sie wieder auftaucht.
»Was soll ich jetzt Ihrer Meinung nach tun?«, fragt sie.
»Hinters Haus gehen und nachschauen, ob dort ein Paket liegt, oder ein Ordner. Und kurz schauen, ob alles in Ordnung ist.«
»Ehrlich gesagt komme ich mir ziemlich blöd vor. Warum machen Sie das nicht selbst?«
»Ach unter Nachbarn ist das etwas anderes, als unter wildfremden Leuten.«
»Ich dachte sie sind ein Bekannter.«
»Ja schon, aber nicht viel mehr als das, Frau Pulvermüller!«
»Sie haben auf alles eine Antwort! Na, meinetwegen!«
Puh, die Dame ist zäh! Aber clever, das muss ich ihr lassen!
Letzten Endes scheint jedoch die Neugier gesiegt zu haben.
Forschen Schrittes stapft Frau Pulvermüller davon und verschwindet wenig später um die Ecke in den Garten der Bergers.

Ungeduldig warte ich und hoffe, dass meine Rechnung aufgeht. Es vergehen keine drei Minuten, bis die Frau zurück ist. Wild mit den Armen fuchtelnd kommt sie über die Straße gerannt und stolpert mir in die Arme.
»Da wurde eingebrochen!«, keucht sie. »Die Tür … ist aufgehebelt und … ein Fenster … oje … eingeschlagen.«
»Um Gottes willen!«, spiele ich Oskar reif den Entrüsteten. »Konnten Sie sehen, ob den Bergers etwas passiert ist?«
»Nein, nein … oh Gott Sie meinen, dass die vielleicht in der Wohnung?«
»Muss nicht, kann aber! Das wäre schrecklich, wenn die gefesselt oder ohnmächtig dort rumliegen würden«, dramatisiere ich.
»Wir müssen die Polizei rufen! Schnell!«
»Ja, rufen Sie die Polizei! Ich gehe sofort rüber und schaue nach, ob wir einen Rettungswagen brauchen!«
»Sie wollen in die Wohnung?«
»Wir haben keine Wahl! Vielleicht zählt jede Minute!«
»Und wenn die Einbrecher noch da sind?«
»Das glaube ich nicht! Aber ich werde vorsichtig sein! Los rufen Sie an!«
Frau Pulvermüller eilt in ihre Wohnung und ich mache mich mit einem innerlichen Grinsen auf den Weg, weil ich froh bin, dass mein Plan aufgegangen ist.
Zum einen wird die Polizei jetzt offiziell eingeschaltet, zum anderen werde ich später nicht erklären müssen, wie meine Spuren in die Wohnung gekommen sind.
Der Form halber drücke ich die Verandatür etwas weiter auf und verweile eine Zeit lang hinter dem Haus der Bergers, danach gehe ich zurück zu Frau Pulvermüller, die mich fragend anschaut.
»Und?«
»Gott sei Dank, die Wohnung ist leer.«
»Puh, wenigstens das!«
»Hoffentlich sind sie nicht entführt worden!«, setze ich eins

drauf.
»Malen Sie den Teufel nicht an die Wand! Glauben Sie wirklich?«
»Keine Ahnung, aber man kann nichts ausschließen!«
»Wo bleibt denn die Polizei bloß?«
»Haben die am Telefon gesagt, wie lange es dauert?«
»Der Beamte hat gesagt, dass er gleich jemanden schicken wird; wir sollen warten. Meine Güte ist das alles aufregend!«
»Ja, da bekommt man vor lauter Adrenalin einen richtigen Bärenhunger!«
»Wissen Sie was? Ich mach den Herd an und Sie bleiben zum Essen!«
»Oh, ich möchte Ihrem Mann aber nicht seine Portion wegfuttern.«
»Keine Sorge, Franz-Josef isst bereits seit 8 Jahren nichts mehr, so lange ist er nämlich schon tot. Eine Portion ist für meinen Sohn, aber der kommt erst heute Abend nach der Schicht. Für uns beide wird's aber reichen.«
Die Kollegen lassen sich Zeit; viel Zeit! Als endlich nach einer Dreiviertelstunde ein Streifenwagen vor dem Haus der Bergers hält, sitze ich gerade vor einem gut gefüllten Teller mit Schneebällchen, einer dicken Scheibe Rollbraten und einer leckeren dunklen Soße. Köstlich!
Den drei ebenso jungen wie unfreundlichen Beamten mache ich unmissverständlich klar, dass nichts auf der Welt mich daran hindern kann, mein Mahl zu beenden, bevor ich ihnen Rede und Antwort stehe.
»Das schmeckt Ihnen zwar nicht«, erkläre ich, »aber dafür mir umso mehr. Warten macht hungrig, beschweren Sie sich nicht!«
Tun sie nicht, schauen aber missmutig aus der Wäsche.
Während ich esse, gibt Frau Pulvermüller ausführlich Auskunft und vergisst nicht, ganz in meinem Sinne, eine mögliche Entführung zu erwähnen.

21

Da ich den Eindruck habe, dass den jungen Beamten der Einbruch bei den Bergers am verlängerten Rückgrat vorbei geht, schmücke ich meine Aussage aus und betone vor allem, dass das Ehepaar seit Tagen spurlos verschwunden ist, und dass sich zahlreiche Personen ernsthafte Sorgen über ihren Verbleib machen. Das sei bedenklich und jetzt der Einbruch, da müsse wenigstens nachgeforscht werden! Notfalls über die Presse!
Die jungen Kollegen halten mich für einen geschwätzigen Alten, der sich um seine Bekannten sorgt; dass ich bis vor Kurzem selbst Polizist war, verschweige ich. Damit die Beamten mich ernst nehmen, dramatisiere ich und gebe Dinge zu Protokoll, die ich mir aus den Fingern sauge.
»Ich weiß, dass Herr Berger Angst um seine Frau hatte«, gebe ich zu Protokoll.
»Woher wollen Sie das wissen?«
»Das hat er einige Male erzählt. Er fürchtete, dass seine Frau entführt werden könnte.«
»Aha! Entführt! Und weshalb?«
»Schalten Sie Ihre Fantasie ein, Herr Hauptmeister! Weshalb wird jemand entführt? Erpressung! Geld!«
»Sie scheinen sich gut auszukennen«, murrt der Beamte.
»Sie anscheinend nicht! Einmal hat Sascha … Herr Berger … einen konkreten Verdacht geäußert. Ein gewisser Antoine Petit sei hinter seiner Frau her. Ich weiß allerdings nicht, ob da tatsächlich etwas dahintersteckt.«
»Kennen Sie den Mann?«
»Nein, nicht persönlich. Angeblich ein Autohändler aus Saarbrücken.«

»Können Sie mir Kontaktpersonen der Bergers nennen? Verwandte, Bekannte, Freunde?«
»Ich gebe Ihnen gleich die Kontaktdaten der beiden Büros von Herrn und Frau Berger. Außerdem gibt's den Tennisverein und den Golfklub, wo beide Mitglied sind.
»Sie sind bestens informiert«, stellt der Beamte fest.
»Stimmt! Wenn die Polizei auf dem gleichen Informationsstand wäre, würde sie zu dem Schluss kommen, dass da etwas nicht stimmt.«
»Anscheinend sind Sie nicht gut auf die Polizei zu sprechen, aber das ist ihr Problem. Wir tun, was wir können und werden der Sache nachgehen. Geben Sie mir bitte Ihre Kontaktdaten!«
Nachdem ich ihm alle Daten der Bergers und meiner Person gegeben habe, versuche ich eine Richtigstellung.
»Junger Freund, ich weiß Eure Arbeit sehr zu schätzen, das werdet Ihr irgendwann merken, aber wenn Ihr weiterhin lustlos und unfreundlich durch die Gegend trabt, müsst Ihr Euch nicht wundern, wenn Euch die Schicht unendlich lange vorkommt. Seid ein bisschen positiv, Ihr habt Euch diesen Job schließlich ausgesucht; macht was draus!«
»Sie müssen's wissen!«
»Ja, weiß ich! Ich … schönen Tag noch!«
Lustlos, wie sie gekommen war, verschwindet die Truppe wieder, und ich bin zufrieden, meinen Groll einigermaßen im Zaum gehalten zu haben.
»Dem haben Sie's aber gegeben«, meint Frau Pulvermüller, als die Beamtenschar das Haus verlassen hat.
»Naja, ist doch wahr. Das Beste an diesem Tag war bisher Ihr Essen, Frau Pulvermüller. Vielen Dank! Ich bin gespannt, was sich jetzt ergibt und ob die Bergers irgendwann auftauchen. Ich schreibe mir Ihre Nummer auf, wir bleiben im Kontakt.«
»Gerne! Sie melden sich aber auch, wenn es etwas Neues gibt!«
Mit dieser Vereinbarung trennen wir uns und ich fahre zurück nach Spiesen.

Dort sitzen meine beiden Helfershelfer weiterhin auf dem Balkon und lassen sich die Sonne auf die Bäuche scheinen.
»Wie viele Minuten hat bei dir eigentlich eine Stunde?«, fragt Wolfgang vorwurfsvoll.
»Wir hatten befürchtet, du hättest eine Autopanne«, ergänzt Arvind.
»Ich habe unterwegs jemanden getroffen und wurde aufgehalten«, versuche ich eine Rechtfertigung. »Und jetzt muss ich gleich telefonieren!«
»Seitdem du in Rente bist, hast du mehr Stress als vorher«, stellt Wolfgang lapidar fest. »Irgendwas machst du falsch!«
»Ich kann nix dafür, manchmal läuft es blöd«, antworte ich und weiß, dass das nur die halbe Wahrheit ist.
Die beiden bleiben ungerührt in der Sonne sitzen und genießen im Gegensatz zu mir den Ruhestand, aber sie sind auch nicht mit solch einem gravierenden Problem konfrontiert wie ich. Es treibt mich zum Telefon, denn ich bin es den Kollegen im LKA schuldig, sie nicht ins Leere laufen zu lassen. Zunächst bin ich unentschlossen, wen ich anrufen soll, aber dann entscheide ich mich für die Staatsanwältin, weil uns eine lange vertraute Zusammenarbeit verbindet.
Glücklicherweise bekomme ich sie gleich beim ersten Versuch an die Strippe. Ich schildere ausführlich von den Ereignissen des Vormittags, tue meinen Besuch bei Frau Pulvermüller allerdings als mehr oder weniger zufällig ab. Auch dass ich der Initiator der ganzen Aktion war, verschweige ich.
»Weißt du Josch, ich glaube dir alles, nur nicht, dass dein Besuch bei Frau Pulvermüller ein Zufall war. Ich weiß nicht, was du dir gedacht hast, ich will es auch nicht wissen, aber irgendwie habe ich das Gefühl, dass das alles von langer Hand geplant war. Jetzt hast du, was du wolltest: offizielle Ermittlungen! Glückwunsch! Wie du selbst weißt, werden die nicht sofort auf meinem Tisch landen, vielleicht nie. Wir sind vorerst raus aus der Sache, denn das ist eine Angelegenheit der Abteilung

Einbruch, und parallele Ermittlungen kann ich nicht anstellen. Das war's für uns! Du musst nicht mehr anrufen!«

»Das kannst du nicht machen, Daniela!«

»Im Gegenteil! Ich muss! Sonst gibt es Ärger und den kann ich beileibe nicht gebrauchen!«

»Verstehe! Ich sehe es sogar ein. Aber was Ihr angefangen habt, bringt Ihr hoffentlich zu Ende!«

»Inwiefern?«

»Die finanziellen Ungereimtheiten der Vereine und Bergers Rolle bei dem Schmu!«

»Was Katja herausfindet, wird ausgewertet und weitergeleitet. Das war's!«

»Hat sie schon was?«

»Weiß ich nicht. So schnell geht's nicht! Geh in deinen Keller und räum auf, wenn es was Neues gibt, wird sie sich schon melden.«

»Kannst du nicht …«

»Nein, kann ich nicht! Ende!«

Aufgelegt! Es ist eine Schande, wie heutzutage mit Rentnern umgesprungen wird! Frechheit! Einigermaßen niedergeschlagen setze ich mich zu meinen Freunden auf den Balkon.

»Ich muss nach Hause, meins kommt gleich«, erklärt Wolfgang und geht; Arvind folgt ihm im Schlepptau.

Nun sitze ich einsam in der Sonne und beschließe, ein wenig zu entspannen. Die Liege ist schnell aufgebaut. Nach und nach beruhige ich mich und kann schließlich das Dösen in der Sonne sogar richtig genießen. Als ich wach werde, ist es bereits drei Uhr; das bedeutet, dass der Tag, was meinen Keller in Bexbach betrifft, bereits gelaufen ist.

Siedend heiß fällt mir ein, dass ich hinsichtlich Marions Geburtstag nichts in die Wege geleitet habe, jetzt habe ich die Gelegenheit dazu. Beim Getränkehändler bestelle ich telefonisch die flüssigen Nahrungsmittel für das Fest, einschließlich eines Kühlaggregats, Bänken und Tischen. Dem Metzger gebe ich

die Order für das Essen durch, Grillgut aller Art und eine Gulaschsuppe als Vorspeise. Liefertermin Samstag 18 Uhr. Als ich zusammenzähle, was mich der Spaß kostet, komme ich zu dem Schluss, dass ich kein zusätzliches Geschenk mehr brauche.
Mein Telefon! Aha, Katja Reinert mit ersten Ergebnissen! Jetzt bin ich aber gespannt!
Es ist Marion!
»Wo bist du? Was treibst du?«, fragt sie.
»Ich sitze auf deinem Balkon und genieße den Sommer.«
»Fantastisch! Sitzt du den ganzen Tag schon faul rum?«
»Bis vor Kurzem haben mir Arvind und Wolfgang geholfen.«
»Wie schön! Ich komme heute Abend erst spät nach Hause.«
Sie erzählt, dass im Stadtrat von St. Ingbert einmal mehr kurzfristig eine Krisensitzung anberaumt werden musste, weil die Ratsmitglieder es nicht geschafft haben, fristgerecht die einvernehmliche Lösung eines Problems auf die Reihe zu bekommen. Marion erzählt, um was es geht, aber ich höre nicht zu, weil es mittlerweile an der Tagesordnung ist, dass sich dort die politischen Parteien zerfleischen, egal zu welchem Thema.
»Vor zehn Uhr werde ich nicht daheim sein«, endet sie. »Mach dir was zum Essen, der Kühlschrank ist voll. Du musst nicht auf mich warten!«
»Ach, wenn ich das gewusst hätte, wäre ich nach Bexbach gefahren und hätte weiter aufgeräumt.«
»So ein Faulenzertag ist schön. Bexbach läuft dir nicht weg!«
»Vielleicht bin ich noch wach!«
»Unwahrscheinlich. Ich kenne meinen Schlafbär. Macht nix, ich kuschele mich an dich. Bis heute Abend!«

***

Marion sollte recht behalten, obwohl ich es anders geplant hatte.
Da das Fernsehprogramm wenig Unterhaltung versprach, war ich mit einem Buch bewaffnet zeitig ins Bett gegangen. Ich und ein Buch! Vor ein paar Monaten eine völlig abstruse Vor-

stellung! Aber dann hatten mir gute Freunde neulich ein Buch geschenkt und bemerkt, das sei eine tolle Lektüre. Der Boxer – die Geschichte eines Jungen aus dem Warschauer Getto. Und tatsächlich gefällt mir dieser spannende Roman so gut, dass ich vier bis fünf Seiten am Tag schaffe. Für meine Verhältnisse ist das viel, auch wenn ich letztendlich mehr als ein halbes Jahr brauchen werde, bis ich auf der letzten Seite ankomme und dann nicht mehr weiß, wie die Geschichte angefangen hat.
Aber das ist nun mal so: Nach einer halben Stunde im Bett fallen mir die Augen zu, da kann die Geschichte spannend sein, wie sie will.

22

Mittwoch, 15. August 2018

Obwohl ich gut und gerne noch zwei Stunden hätte schlafen können, stehe ich mit Marion auf, um mit ihr zusammen frühstücken zu können, bevor sie zur Arbeit geht.
Wir reden über unsere Tagespläne, dabei stellt sich heraus, dass sie nichts Besonderes auf dem Zettel hat, außer sich über die Musik Gedanken zu machen, die an ihrem Geburtstagsfest als Hintergrundbegleitung aus den Lautsprechern ertönen soll. Mir darüber den Kopf zu zerbrechen, habe ich mir längst abgewöhnt, da ich sowieso den falschen Geschmack treffe.
Als ich erzähle, dass ich alle Bestellungen getätigt habe, ist sie zwar sehr glücklich, meint aber, dass ich alles noch mal mit Dagmar abstimmen solle, damit kein Salat doppelt und kein Kuchen zu wenig organisiert werde.
»Schatz, du musst dich nicht sorgen, es ist alles organisiert. Du musst zu deinem Geburtstag nur anwesend sein, den Rest macht die Truppe«, entgegne ich.
»Ja, aber kann ich mich drauf verlassen, dass alles pünktlich geliefert wird?«
»Kannst du! Ich übernehme alle Kosten! Mein Geschenk! Ist das Okay für dich?«
»Natürlich! Da hast du dich bestimmt in Unkosten gestürzt?«
»Billig wird's nicht, aber egal! Dagmar kümmert sich um die Details und die Gästeliste. Eigentlich dürfte nichts schiefgehen!«
»Prima! Über die Musik mache ich mir trotzdem noch mal Gedanken. Ich muss jetzt los!«

»Wie war es gestern eigentlich in der Sitzung?«
»Frag mich nicht! Mit normalen Maßstäben kann man das nicht mehr messen. Und ernst nehmen kann man die Damen und Herren ohnehin nicht mehr!«
»Ich fahre nachher nach Bexbach. Bist du heute Abend zu Hause?«
»Ja!«
»Okay, ich komme zwischen 18 und 19 Uhr.«
»Gut! Lust auf Spaghetti?«
»Auf deine immer! Tschüss!«
Ich räume den Tisch ab und verstaue das Geschirr in der Spülmaschine. Anschließend gehe ich ins Bad und mache mich bald auf den Weg zu meiner Wohnung.
Für heute habe ich mir vorgenommen, den Heizungskeller zu entrümpeln, aber als ich das Durcheinander von Fittings, Stahl- und Kupferrohren, Bogen, Blechen und anderen Eisenteilen durchforste, beschließe ich, das Terrain dem Altmetallhändler zu überlassen. Wenn der in der Siedlung unterwegs ist, soll er sich nehmen, was er braucht, das erspart mir wenigstens die Schlepperei und das Sortieren.
Als alternativen Entrümpelungsort nehme ich mir den Dachboden vor. Dort sieht es keinesfalls besser aus. Weiß der Teufel, warum ich seinerzeit auf die Idee gekommen bin, die Reststücke von Dachlatten, Bohlen und Holzpaneelen hier oben zu lagern; völliger Schwachsinn! Dass ich zudem rund ein Dutzend teils gesprungener Glasscheiben aufgehoben habe, muss ebenfalls das Ergebnis geistiger Umnachtung gewesen sein. Was mach ich jetzt mit dem Schrott? Mit dem Anhänger in die Müllverbrennung? Da fahre ich mindestens zehnmal hin und her und bezahle eine Menge an Gebühren. Nehmen die überhaupt Glas an? Und die zahlreichen Farbtöpfe, deren Inhalt längst eingetrocknet ist; und einige Eternitplatten. Woher stammt eigentlich der Fensterrahmen aus Alu ohne Glas und Griffe? Unglaublich, was sich alles angesammelt hat.

Im Radio kündigen sich bereits die Elf-Uhr-Nachrichten an und ich habe nicht einmal ernsthaft angefangen!
Ich brauche einen Container! Einen Kleinen, der passt in die Einfahrt. Bauschutt, da kommt alles rein! Vom Giebelfenster aus kann ich alles runterwerfen. Das wird zwar einen Höllenlärm machen, aber wenn ich den Nachbarn vorwarne, kann der einen halben Tag spazieren gehen, wenn es ihm zu laut wird. Die alten Dachziegel und die Platten werden einen gewaltigen Lärm machen, aber ...
... wurde am Morgen die Leiche des Firmeninhabers in Saarbrücken aufgefunden. Die Polizei geht von einem Tötungsdelikt aus. Ob ein terroristischer oder fremdenfeindlicher Hintergrund anzunehmen ist, kommentiert die Polizei bisher nicht. Dem aus Frankreich stammenden Autohändler waren vor Jahren Kontakte zum organisierten Verbrechen nachgesagt worden, ohne dass das je bestätigt oder Anklage erhoben wurde. Die Polizei ermittelt nach eigenen Angaben in alle Richtungen. Neunkirchen. Die Uraufführung des Musicals ...
Moment mal!
Autohändler! Franzose! Saarbrücken!
Dazu fällt mir ein Name ein: Antoine Petit!
Auf dem Weg zum Flur, wo das Telefon am Ladegerät hängt, stürze ich beinahe die Klapptreppe hinunter und kann mich im letzten Augenblick am Rand der Luke festklammern. Das hätte gerade noch gefehlt, puh war das knapp! Mit zittrigen Beinen erreiche ich das Telefon und rufe beim LKA an. Staatsanwältin Sommer hebt nicht ab; auch bei Katja Reinert geht niemand ran. Gleiches Ergebnis bei Ken Arndt und Marius Sorg. Verdammt! Wo stecken die? Sie werden nicht alle gleichzeitig am Fundort der Leiche sein. Inge! Inge Manderscheid! Endlich meldet sich jemand!
»Hallo Josch, schön etwas von dir zu hören. Wie geht's? Was treibst du den ganzen Tag? Wohnst du noch in Bexbach oder bist du mittlerweile nach Spiesen gezogen?«

»Ach Inge, danke für das Interesse. Du hast eine Menge Fragen, aber eins nach dem anderen. Es geht mir gut und ich wohne in Bexbach. Bei dir? Alles okay?«
Ich frage aus Höflichkeit, weil Inge ein unglaublich lieber und netter Mensch ist, aber es brennt mir unter den Nägeln.
»Mir geht es gut Josch, aber seit du weg bist, ist es nicht mehr wie früher. Mir fehlt dein Humor und die Neuen sind irgendwie nicht locker. Komm vorbei; wir trinken eine Tasse Kaffee und plaudern über die alten Zeiten!«
»Ich war vor Kurzem bei euch, aber da warst du nicht am Platz. Ich verspreche dir, dass ich in den nächsten Tagen exklusiv bei dir vorbeischaue. Sag mal: Weißt du, wo die Anderen stecken?«
»Unterwegs! Heute Morgen wurde nicht weit von hier eine Leiche gefunden. In einem Autohaus. Sieht nach Mord aus oder so. Nix Genaues weiß ich nicht!«
»Wie das Opfer heißt oder den Namen des Autohauses weißt du nicht?«
»Nein, mir sagt ja keiner was!«
»Wer ist vor Ort?«
»Katja, Marius und die Staatsanwältin.«
»Wo ist Ken?«
»Irgendwo im Hause unterwegs. Keine Ahnung!«
»Saustall! Das hätte es bei mir nicht gegeben, dass keiner erreichbar ist! Sind die schon lange weg?«
»Zwei Stunden; mindestens.«
»Danke, Inge. Ich schaue in den Tagen bei euch vorbei; versprochen! Bis dann!«
In der Nähe vom LKA! Das passt! Es würde mich sehr wundern, wenn es sich nicht um die Firma APC und ihren Besitzer Antoine Petit handelt. Es hilft alles nichts, ich muss dorthin! Wenn ich hier bleibe und auf Neuigkeiten warte, werde ich wahnsinnig. Los!
Weil die Ortsdurchfahrt von Wellesweiler wegen Renovierungsarbeiten gesperrt ist, nehme ich den Umweg über Klein-

ottweiler zur A8. Ich bin ziemlich flott unterwegs, bis mich kurz hinter St. Ingbert in Höhe der Bischmisheimer Brücke ein Stau stoppt. Das hat man davon, wenn man zu blöd ist, das Autoradio einzuschalten, so was Doofes! In diesem winzigen Bundesland ist es anscheinend nicht möglich, mehr als 20 Kilometer hinter sich zu bringen, ohne in einen Verkehrsstau zu geraten, irgendwas läuft hier schief! Ich stehe fast eine halbe Stunde, sodass es weit nach 13 Uhr ist, als ich vor Antoine Petits Autohaus ankomme.

Die Tatortroutinen sind mir bestens vertraut, ich weiß, was jetzt am Fundort der Leiche abläuft. Allerdings kenne ich keinen der Beamten, die an den Absperrungen Sicherungsdienst leisten und von den Mitarbeitern des LKA ist weit und breit niemand zu sehen.

»Guten Tag«, spreche ich einen der jungen Beamten an. »Mein Name ist Schaum, Hauptkommissar a.D., bis vor Kurzem war ich beim LKA, Dezernat 3; jetzt bin ich Rentner.«

»Glückwunsch«, grinst der Schnösel frech. »Dann haben Sie's geschafft! Ich muss noch gefühlte 100 Jahre treten.«

»Die gehen schneller rum, als Ihnen lieb ist; Sie werden sehen. Ist jemand vom LKA vor Ort?«

»Die Spurenermittlung ist da, die anderen sind schon weg.«

»Staatsanwaltschaft?«

»Auch weg, glaube ich. Ist die Staatsanwältin 'ne Füllige?«

»Ja, aber das würde ich an Ihrer Stelle nicht laut sagen, wenn sie in der Nähe ist. Kann ich rein?«

»Nein! Das wissen Sie aber als Ehemaliger!«

»Einen Versuch war's wert! Was ist eigentlich passiert?«

»Kein Kommentar!«

»Ich kann Ihre Zurückhaltung nachvollziehen, aber einem Ehemaligen gegenüber …«

»Erstens kenne ich Sie nicht, Sie können mir viel erzählen, und zweitens weiß ich selbst nicht genau, was geschehen ist. Ein Toter; angeblich ist es der Besitzer des Ladens. Eine Mitarbeiterin hat die Polizei gerufen. Das ist alles, was ich Ihnen sagen kann.«

»Hm. Danke Kollege.«

»Nix zu tun im Ruhestand?«, fragt der Polizist provokativ.

»Das ist zu kompliziert, um Ihnen das zu erklären. Der Hof ist kameraüberwacht.«

»Wie bitte?«

»Es muss Bildaufzeichnungen geben.«

»Woher wollen Sie das wissen?«

»Ich war am Samstag hier und habe die Kameras gesehen. Das ist normal bei all diesen Luxuskarossen.«

»Wenn welche da sind, werden die Kollegen sie entdeckt haben.«

»Hoffentlich! Manchmal wird allerdings etwas übersehen.«

»Sprechen Sie aus Erfahrung?«

»Nur eine allgemeine Feststellung. Könnten Sie vielleicht nachhören, ob daran gedacht wurde?«

»Bei aller Liebe, guter Mann! Lassen Sie die Kollegen einfach ihre Arbeit machen! Glauben Sie etwa, ich pfusche denen ins Gehege? Am Ende fragen die, ob ich alle Tassen im Schrank habe.«

»Oder Sie werden zum Helden der Truppe! No risk, no fun.«

Der Polizeiobermeister stutzt. Ich sehe ihm an, wie sein Gehirn Chancen und Risiken abwägt. Bis der fertig ist, wird die Leiche in die Verwesung übergegangen sein. Meine Güte!

»Lassen Sie mal, ich habe eine andere Idee. Wann sind die LKA-Kollegen weg?«

»Ich schätze, vor einer halben Stunde.«

»Dann werden sie jetzt im Präsidium sein. Ich kläre das, danke Kollege.«

Der Polizist schüttelt den Kopf und schaut teilnahmslos in die Ferne.

Ich gehe zum Wagen und rufe zunächst bei Staatsanwältin Sommer an, aber die meldet sich nicht; wahrscheinlich ist sie zu Tisch. Bei Katja Reinert habe ich mehr Glück, sie geht gleich beim ersten Mal ran. Als sie hört, wer am Apparat ist,

reagiert sie äußerst freundlich.
»Hallo Josch! Ich vermute, du hast es in den Nachrichten gehört.«
»Genau! Ich …«
»Inge hat mir erzählt, dass du bereits angerufen hast.«
»Genau! Ich …«
»Du wirst dir denken können, dass unser Opfer kein Unbekannter ist.«
»Genau! Ich …«
»Petit wurde erschossen. Von vorne, mitten in die Brust!«
»Jetzt lass mich auch was sagen! Habt ihr die Kameraüberwachung bemerkt?«
»Selbstverständlich! Hältst du uns für blöd?«
»Und? Sieht man etwas?«
»Marius und K4 sind gerade mit der Auswertung beschäftigt.«
»Ist es dir Recht, wenn ich kurz vorbeischaue?«
»Josch, ich kann dir nicht verbieten, alte Kollegen zu besuchen, aber halte dich bitte aus den Ermittlungen raus! Wenn rauskommt, dass du mitmischst, haben wir alle ein Problem.«
»Hör mir bitte genau zu, meine Liebe! Ich habe die Sache ins Rollen gebracht, als ihr die Füße stillhalten musstet. Jetzt dürft ihr endlich und nun soll ich die Füße stillhalten? Das kannst du mit mir nicht machen!«
»Beruhige dich! Von mir aus komm her, aber halte dich zurück! Tu wenigstens so, als wärst du zufällig zu Besuch!«
»Bin schon unterwegs, bis gleich!«
Keine zehn Minuten später schlendere ich durch den Flur meiner alten Wirkungsstätte. Mein ehemaliges Büro ist verwaist, die neue Kollegin Nadine Bauer ist noch auf Fortbildung.
Hauptkommissarin Katja Reinert sitzt am Schreibtisch ihres Büros und schaut kurz auf, als ich eintrete.
»Setz dich! Willst du einen Kaffee?«
»Ich besorge mir später einen bei Inge.«
»Antoine Petit wurde heute Morgen aus geringer Entfernung

durch zwei Schüsse in die Brust getötet. Nach erster Einschätzung muss er auf der Stelle tot gewesen sein. Die Tatzeit dürfte zwischen halb acht und halb neun liegen. Seine Sekretärin hat ihn kurz nach halb neun auf seinem Schreibtischstuhl sitzend aufgefunden. Keine Einbruchs- oder Kampfspuren. Petit saß ruhig an seinem Schreibtisch, als der Täter auf ihn zukam. Einiges spricht dafür, dass er ihn gekannt hat; bei einem Kunden wäre er sicherlich aufgestanden, um ihn zu begrüßen. Soweit unsere bisherigen Erkenntnisse. Tatwaffe Kaliber 9 mm. Die Untersuchungen laufen.«
»Was sagt die Sekretärin?«
»Nicht vernehmungsfähig; liegt mit einem schweren Schock auf dem Winterberg. Wir müssen warten, bis sie soweit ist.«
»Weitere Zeugen?«
»Nicht bekannt!«
»Ist auf den Aufnahmen …«
»Hol dir deinen Kaffee, ich höre nach, wie weit die sind.«
Inges Kaffee macht mir bewusst, dass ich seit dem Frühstück nichts mehr zu mir genommen habe. Glücklicherweise sind Kekse da.
Wir plaudern ein bisschen, aber ich sitze wie auf glühenden Kohlen, weil ich unbedingt wissen will, was auf den Videoaufzeichnungen zu sehen ist.
Nach zehn Minuten streckt Katja den Kopf durch die Türöffnung und bedeutet mir, ich solle mitkommen.
»Komm ins kleine Besprechungszimmer an den Großbildschirm!«
»Da ist etwas an mir vorbeigegangen«, kommentiert Inge und schüttelt den Kopf. »Mir erzählt ja keiner was!«
»Es ist zu frisch Inge«, tröste ich sie. »Du wirst bald wissen, um was es geht. Bis dann und danke für den Kaffee.«
Ken, Marius und Katja sitzen bereits vor der Leinwand, Katja hat die Fernbedienung in der Hand.
»Mach das Licht aus, Josch!«, sagt sie.

Für ausschweifende Begrüßungen ist keine Zeit, deshalb setze ich mich gleich an den Tisch.

Auf der Leinwand erscheint der Verkaufsraum. Schummriges Licht, Notbeleuchtung, kaum etwas zu erkennen, unten rechts sind Datum und Uhrzeit eingeblendet. Der heutige Morgen, 7:10.

»Petit kommt nach Aussage seiner Sekretärin in der Regel vor acht in die Firma. Das ist die einzige Aussage, die wir ihr entlocken konnten. Ich spule vor!«

Im Zeitraffer vergehen auf der Leinwand die Minuten, ohne dass sich etwas tut. Als sich plötzlich die Beleuchtungssituation ändert, hält Katja den Film an und spult zurück, bis es dunkel ist. Von jetzt an geht es im Normalmodus vorwärts.

Die Uhr zeigt 7:47:18. Das Licht geht an. Von unten tritt Antoine Petit ins Bild, durchquert den Raum, geht zum Schreibtisch und legt etwas ab. Danach verschwindet er nach rechts aus dem Bild.

»Er geht in die Kaffeeküche«, kommentiert Katja.

Eine Zeit lang passiert nichts, die Uhr zeigt 7 Uhr 49 Minuten und 15 Sekunden, als Antoine Petit mit einer Tasse in der rechten Hand von oben rechts ins Bild tritt, zum Schreibtisch geht und sich in den Chefsessel setzt. Die Tasse stellt er rechts neben das Telefon. In der nächsten Szene wird klar, was Petit bei seiner Ankunft auf den Schreibtisch gelegt hat: eine Zeitung. Er öffnet sie und liest, sonst tut sich nichts.

Um 8:01:30 hebt Petit den Kopf und schaut in Richtung Eingangstür, die im Bild allerdings nicht zu sehen ist. Er lässt die Zeitung sinken und schaut weiterhin zur Tür. Petit bewegt die Lippen, leider hat die Aufzeichnung keine Tonspur. Mist!

Es hat jemand den Verkaufsraum betreten; Petit erkennt ihn und spricht ihn an.

Jetzt tritt von unten eine Person ins Bild und nähert sich dem Schreibtisch. Das Gesicht des Mannes ist nicht zu erkennen, man sieht nur seinen Rücken.

Petit spricht mit ihm, bleibt aber ruhig in seinem Sessel sitzen. Der Mann greift jetzt unter seine Jacke und hält plötzlich eine Waffe in der Hand. Blitzschnell geht er zwei Schritte vorwärts, hebt den rechten Arm und schießt. Petit scheint derart überrascht, dass er nicht reagiert und in seinem Sessel einfach zusammensackt. Dort hängt er nun, als sei er eingeschlafen.

Der Mann mit der Waffe verharrt einen Moment regungslos vor dem Schreibtisch, dann schießt er erneut auf sein Opfer, dessen Körper daraufhin kurz zuckt, seine Lage aber nicht wesentlich verändert. Vom ersten bis zum letzten Schuss sind fünf Sekunden vergangen. Der Schütze schaut nach rechts und links; er dreht sich um und geht in die Richtung, aus der er gekommen war. Jetzt ist sein Gesicht deutlich zu sehen: Dieser Mann ist Sascha Berger!

»Berger!«, rufe ich. »Leck mich, das ist Sascha Berger!«

»Bist du sicher?«, fragt Ken Arndt.

»Absolut, das ist er! Zweifelsfrei!«

»Ich kenne ihn von älteren Fotos«, erklärt Katja Reinert. »Ja, das kann hinkommen, aber hundertprozentig sicher bin ich nicht.«

»Zeig das Bild seinem Bankberater, der wird es bestätigen. Ich bin absolut sicher; es sei denn, er hat einen Zwillingsbruder.«

»Das ist ein Hammer!«, entfährt es der Hauptkommissarin.

»Stimmt, das kannst du laut sagen!«

»Ken, Marius!«, Katjas Stimme ist entschlossen. »Berger wird zur Fahndung ausgeschrieben, Hausdurchsuchung, das volle Programm! Bereitet das vor, ich informiere die Staatsanwaltschaft und kümmere mich um die Formalitäten.«

»Darf ich einen Vorschlag machen?«, frage ich vorsichtig. »Schaut euch die Aufnahmen vom Außenbereich an. Vielleicht hatte Berger einen Mittäter, der draußen auf ihn gewartet hat.«

»Gute Idee, aber das muss parallel laufen. Berger hat Vorrang und ich muss zur Staatsanwaltschaft.«

»Wenn du einverstanden bist, übernehme ich die Sichtung der

Aufnahmen.«
»Josch, du kannst nicht ... meinetwegen! Weiß ja keiner. Aber mehr ist nicht drin! Keine Telefonate, keine Gespräche, nur Bilder anschauen; hier in diesem Raum. Wenn du etwas findest, meldest du dich bei mir persönlich. Keine Alleingänge! Klar?«
»Völlig klar, Chefin!«
»Hör auf mit dem Scheiß! Denkst du an jemanden Bestimmtes als Mittäter?«
»Seine Frau wäre zumindest eine Kandidatin.«
»Daran glaube ich nicht! Nicht nach der Vorgeschichte. Egal, schau dir die Aufnahmen an, vielleicht ergibt sich was. An die Arbeit, Leute! Wir haben keine Zeit zu verlieren! Auf geht's!«
Während die anderen unterwegs sind, sondiere ich die Aufnahmen der Kameras im Außengelände. Ich nehme mir zuerst den Eingangsbereich vor, weil ich nicht damit rechne, dass der hintere Hofbereich etwas hergibt.
Nach einigen untauglichen Versuchen beherrsche ich die Technik einigermaßen. Bei Marion zu Hause darf ich die Geräte nicht bedienen, weil ich ständig etwas verstelle. Hier bleibt mir nichts anderes übrig, als das System Versuch und Irrtum anzuwenden. Irgendwie kann ich das Ding dazu überreden, das zu tun, was ich will.
7:45 – Antoine Petit fährt in einer Limousine vor, steigt aus, schließt das Schloss auf, öffnet das zweiflügelige Tor, steigt ein und passiert die Einfahrt. Was danach passiert, wissen wir von der Innenraumkamera.
Eine Weile tut sich auf dem Bildschirm nichts. Der Bildausschnitt endet am Einfahrtstor, was außerhalb des Geländes passiert, ist nicht zu sehen.
7:55 – Sascha Berger erscheint am Eingangstor und schleicht am Rande des linken Torflügels entlang. Er schaut sich ständig um und schlängelt sich durch die Reihen der ausgestellten Autos, bis er schließlich in Richtung des Gebäudes aus dem Bild verschwindet. Der Chronometer zeigt 7:58:15, unmittel-

bar danach wird er die Aufmerksamkeit von Antoine Petit auf sich ziehen.

Aha! Berger kommt alleine zu Fuß. Wahrscheinlich hat er seinen Wagen außerhalb abgestellt, um so wenig Aufmerksamkeit wie möglich zu erregen. Vielleicht wartet draußen ein Chauffeur mit laufendem Motor, denkbar wäre das.

Die Uhr läuft weiter. 7:59. In weniger als drei Minuten wird Antoine Petit tot sein, eine schreckliche Vorstellung, wenn man weiß, was gleich im Gebäude passiert. Berger muss bald auftauchen. Geduldig schaue ich auf den Bildschirm. Für einen Wartenden sind drei Minuten eine lange Zeit. Petit hätte bestimmt gerne Millionen Zeiteinheiten länger gewartet.

Endlich! 8:03:45! Sascha Berger kommt ins Bild. Mehr als zwei Minuten nach der Tat! Was hat er dort drinnen so lange gemacht?

Berger geht auf einen dunkeln Ausstellungswagen zu; es könnte ein Jaguar sein, aber sicher bin ich nicht. Er hält einen Gegenstand hoch, wahrscheinlich den Schlüssel mit Fernbedienung. Es tut sich nichts, kein blinkendes Licht, Bergers Bewegungen wirken hektisch. Er macht sich an der Wagentür zu schaffen. Ohne Erfolg. Ich kann seine Wut förmlich spüren, als er den Schlüssel wegwirft und im Laufschritt das Gelände verlässt.

Stopptaste! Ich habe gesehen, was ich sehen wollte. Jetzt muss ich es deuten. Eine Tasse Kaffee aus der Thermoskanne wird mir helfen.

Hm! Offenbar hat Berger unmittelbar nach dem Mord im Verkaufsraum einen Autoschlüssel entwendet, in der Absicht, mit dem gestohlenen Wagen, die Flucht zu ergreifen. Aus irgendwelchen Gründen hat das allerdings nicht funktioniert. Die Kollegen werden es rausfinden, der Schlüssel muss irgendwo auf dem Gelände liegen.

Warum wollte Berger eigentlich mit diesem Wagen flüchten? Entweder war ihm sein eigener Wagen zu heiß oder hatte keinen dabei. Den eigenen in unmittelbarer Nähe des Tatorts stehen zu lassen, würde keinen Sinn machen, denn wir würden ihn finden und sofort einen Tatbezug vermuten. So blöd ist Berger nicht, zumal die Tat offensichtlich geplant war.

Wenn Berger jetzt zu Fuß unterwegs ist, schränkt das seinen Bewegungskreis erheblich ein. Falls er sich einen Leihwagen besorgt, hinterlässt er Spuren, das gleiche gilt für öffentliche Verkehrsmittel. Egal wie, ich bin sicher, dass seine Flucht bald vorbei sein wird.

Bergers Verhalten sagt mir noch etwas: Entweder hat er nicht damit gerechnet, es übersehen oder in der Aufregung vergessen, dass es eine Kameraüberwachung gibt. Andernfalls wäre es völlig unsinnig gewesen, mit einem gestohlenen Wagen, die Flucht anzutreten, weil er wissen musste, dass wir den Diebstahl sehen und das Fluchtauto identifizieren. Auch dass er Petit vor laufender Kamera umgebracht hat, spricht für diese Unbedachtheit. Er hätte ihn leicht an einer anderen Stelle töten können, wo es keine Zeugen gegeben hätte.

Die Tat war einerseits geplant und dennoch spontan. Oberflächlich betrachtet ist das ein Widerspruch in sich, aber ich habe erlebt, dass Täter einen in ihrer Fantasie lange gehegten Plan plötzlich und ohne detaillierte Vorbereitung ausgeführt haben, weil eine Situation eskalierte oder plötzlich und unkontrolliert ein Ventil aufgegangen war. Alle diese Täter hatten eines gemeinsam: Sie waren keine Killer! Sie waren zu Tätern gewordene Opfer, weil sie sich nicht mehr zu helfen gewusst hatten, hilflos ihren Gefühlen ausgesetzt, Marionetten ihres Hasses oder der Verzweiflung.

Das unterstelle ich auch Sascha Berger, was die Tat weder rechtfertigt noch weniger schrecklich macht. Ich habe Berger kennengelernt; nein der Mann ist nicht der geborene eiskalte Mörder! Irgendetwas hat ihn zu dieser Tat getrieben, zu einer Kurzschlusshandlung, an deren Ende ein Mensch gestorben ist. Damit sind wir beim Motiv! Wer oder was hat Sascha Berger dazu veranlasst, zum Mörder zu werden?

23

Ich muss einige Zeit warten, bis ich Katja meine Entdeckungen und Überlegungen mitteilen kann, weil ihre Gespräche mit der Hausspitze endlos lange dauern. Wenn der Polizeipräsident sich einschaltet, will er für gewöhnlich bis ins Detail informiert werden und außerdem ist da noch die Pressestelle, die wissen will, was sie veröffentlichen soll und was nicht. Diese ätzenden Gespräche habe ich stets als verlorene Lebenszeit empfunden, aber das kann mir jetzt egal sein.

Während ich mit Inge plaudere, futtere ich ihre letzten Kekse und überlege gerade, ob ich in der Kantine für Nachschub sorgen soll, als Katja Reinert und Staatsanwältin Sommer auftauchen.

»Ach, da ist unser Aktiv-Rentner«, flötet Daniela. »Sind welche von den leckeren Keksen übrig?«

»Nee, die hat Josch alle niedergemacht«, antwortet Inge wahrheitsgemäß.

»Gibt's zu Hause nix zum Futtern? Müssen wir jetzt die pensionierten Kollegen durchfüttern? So mies ist das Beamtenruhegehalt auch wieder nicht!«

»Ich wollte gerade für Nachschub sorgen«, versichere ich.

»Ja, ja! Billige Ausreden.«

»Was zeigt die Kameraüberwachung?«, kommt Katja auf den Punkt.

»Wie, ist der alte Mann etwa in die Ermittlungen involviert? Das darf nicht wahr sein!«

»Keine Sorge«, beschwichtige ich. »Ich war so freundlich, den Täter zu identifizieren. Eine winzige Kleinigkeit und obendrein völlig kostenlos!«

»Wenn ich die leere Keksdose betrachte, kann von kostenlos keine Rede sein«, widerspricht die Staatsanwältin. »Die habe ich aus der Schweiz mitgebracht, weißt du, was die gekostet haben?«
»Sie waren wirklich jedes Fränkli wert! Ja, ich habe Neuigkeiten, aber die sind in zwei Sätzen nicht erklärt.«
»Okay, erzähl es uns in meinem Büro!«
Inge zuckt mit den Schultern und winkt mir nach, als wir ihr Büro verlassen.
In Danielas Dienstzimmer lassen wir unsere gegenseitigen Neckereien und konzentrieren uns auf das Wesentliche. Die Staatsanwältin hört aufmerksam zu, als ich von den Kameraaufzeichnungen berichte, und hinterfragt Details. Katja Reinert macht Notizen und verlässt wortlos das Büro, nachdem ich geendet habe.
»Sie weiß, was zu tun ist«, erklärt Daniela. »Ich bin wirklich sehr froh, dass wir mit ihr eine sehr gute Ermittlerin an Land gezogen haben. Wir lassen sie und das Team jetzt erstmal ihre Arbeit machen und warten ab, was rauskommt.«
»Ich fürchte, die Truppe ist überfordert. Die Fahndung nach Sascha Berger, die Suchaktion nach seiner Frau! Die Wohnung der Bergers ist zu durchsuchen, ebenso das Büro von Berger und die Räumlichkeiten von Tanjas Immobilienfirma …«
»Dafür gibt's keinen Beschluss. Für eine Durchsuchung liegen keine hinreichenden Gründe vor.«
»Moment mal! Entweder ist sie Opfer oder Mittäterin!«
»Oder einfach sauer auf ihren Alten und hat die Fliege gemacht!«
»Okay, oder das! Auszuschließen ist das nicht, aber ich halte das für unwahrscheinlich.«
»Auf die Wahrscheinlichkeitsrechnung kann ich mich allerdings nicht berufen.«
»Akzeptiert! Aber nebenbei ist Petits Firma auf den Kopf zu stellen und dessen Wohnung! Ermittlungen in seinem Be-

kanntenkreis, bei seinen Kunden und deren Umfeld. Hinzu kommen Bergers Sportkameraden im Tennisverein und im Golfklub. Seine Konten sind zu durchforsten und vieles mehr. Wie sollen die das zu dritt leisten?«

»Dass Nadine ausgerechnet jetzt auf Fortbildung weilt, ist sicherlich suboptimal, aber ich kann sie da nicht wegrufen lassen. Nächste Woche kommt sie zurück. Außerdem ist das ohnehin nicht meine Zuständigkeit. Erinnere dich an deine Zeit, Josch! War es da anders? Wie oft hatten wir zwei oder drei Morde parallel aufzuklären! Irgendwie ging es immer. Katja ist keine Anfängerin; das ist ihr erstes großes Ding im Saarland, jetzt kann sie beweisen, was sie drauf hat. Ken und Marius sind durch deine Schule gegangen, und das lässt vermuten, dass sie wissen, was zu tun ist.«

»Darf ich das als nachträgliches Kompliment für mich verbuchen?«

»Wieso? Hab ich was gesagt?«

»Hätte mich gewundert! Trotzdem, wenn ihr Unterstützung braucht …«

»Bist du der Erste, der sich freiwillig meldet. Das ist keinem von uns entgangen, aber du weißt, dass das nicht funktioniert.«

»Soll ich vielleicht mit dem Polizeipräsidenten reden?«

»Untersteh dich! Willst du Katjas Autorität untergraben oder gar ihre Kompetenz infrage stellen? Wenn du dich mit diesen Argumenten beim Polizeipräsidenten einschleimst, brauchst du dich hier nicht mehr blicken zu lassen, das kann ich dir sagen!«

»Nein, so war das nicht gemeint!«

»Dann lass es!«

»Als Berater vielleicht? Oder im Innendienst zur Informationsauswertung?«

»Oder als V-Mann, verdeckter Ermittler, inoffizieller Mitarbeiter oder wie willst du das nennen?«

»Es wäre mir egal, wie man das bezeichnet!«

»Aber es ist nicht egal, was du tust! Du weißt genau, dass Er-

mittlungsergebnisse vor Gericht nichts wert sind, wenn sich herausstellt, dass nicht autorisierte Personen in die Ermittlungen involviert waren. Jeder Winkeladvokat kann uns das Verfahren um die Ohren hauen und dann ist alles, wofür wir mit Hochdruck gearbeitet haben, für die Katz! Die Presse fällt über uns her und dann rollen Köpfe. Glaub mir: Ohne dieses Körperteil geben sowohl Katja als auch ich ein höchst unvorteilhaftes Bild ab.«
»Ach! Seit wann so eitel?«
»Bei dir wäre das was anderes, aber du bist sowieso in Rente! Dir kann nix passieren!«
»Okay, ich kapituliere!«
»Das glaube ich dir nicht. Wenn du an etwas dran bleiben willst, bist du schlimmer als eine Klette. Ich kenne dich zu lange, um mich von dir einlullen zu lassen!«
»Was willst du dagegen tun? Mich in Beugehaft nehmen?«
»Besser wäre es, dich auf den Mond zu schießen, dann hätten wir wenigstens dauerhaft unsere Ruhe!«
»Staatsanwältin, jetzt wirst du komisch! Das ist ehrabschneidend.«
»Du weißt, dass das nicht so gemeint ist! Was soll ich machen? Selbstverständlich käme uns deine Erfahrung sehr zugute, aber ich bekomme dich nicht ins Team; jedenfalls nicht auf legale Art und Weise.«
»Als Ruhestandsbeamter kann ich bis zu einer gewissen Höhe Zusatzverdienste annehmen; wo ist da der Unterschied?«
»Du wirst nicht etwa annehmen, dass man dir einen zeitlich befristeten Teilzeitvertrag oder was Ähnliches anbietet?«
»Wahrscheinlich nicht und falls doch, ist Berger wahrscheinlich längst an Altersschwäche gestorben, bis das durch ist.«
»So ist es!«
»Ich könnte mich als Privatermittler ...«
»Vergiss es Josch! Dazu bräuchtest du eine Zulassung und selbst dann bekommst du allenfalls bedingte Akteneinsicht!

Selbst das würdest du nicht mehr erleben; nicht in deinem Alter!«
»Du willst nicht!«
»Ich kann nicht! So leid es mir tut. Kapier das endlich! Wenn du dienstunfähig vorzeitig in den Ruhestand geschickt worden wärest, könnte man dich unter bestimmten Umständen sogar gegen deinen Willen reaktivieren; aber in deinem Fall geht es nicht.«
»Ja, ich weiß, bürokratischer Schwachsinn, wohin man schaut.«
»Entspann dich! Fahr nach Hause und kümmere dich um Marions Geburtstag. Lass den Herrgott einen guten Mann sein und genieß das Leben. Wir schaffen das schon. Falls wir deinen Rat brauchen, melden wir uns. Setz dich bitte aber nicht vors Telefon und warte, bis es klingelt. Okay? Ich muss jetzt weitermachen. Man sieht sich. Bis Samstag, Gruß an Marion. Oder besser nicht, die weiß wahrscheinlich nicht, dass du hier bist. Ist auch besser so!«
Eine Minute später stehe ich im Flur und komme mir vor wie der letzte Arsch und ich spüre deutlicher denn je, dass es damals ein Fehler war, das Angebot einer Dienstzeitverlängerung in den Wind zu schlagen.
15 Uhr 30! Und? Was habe ich heute erreicht? Nichts! Zu Hause nicht weiter gekommen und hier auch nicht. Sinnlose Zeitverschwendung. Ich fühle mich saublöd und komme mir vor, als ob ich …
Katja Reinert kommt um die Ecke geschossen und rennt mich beinahe über den Haufen.
»Hoppla«, rufe ich und kann gerade noch ausweichen.
»Huch! Sorry! Ich hab's eilig, komm mit!«
»Wohin?«
»Zunächst in mein Büro! Hast du Zeit?«
»Soviel du willst!«
»Dann komm!«
In ihrem Büro bringt mich Katja auf den neuesten Stand.

»Der Polizeipräsident hat angeordnet, dass der Fall Petit oberste Priorität haben muss. Unser Opfer hatte eine Menge prominenter Kunden. Das Interesse an einer schnellen Aufklärung ist groß; ich habe alle Freiheiten, es muss allerdings unbedingt vermieden werden, dass für gewisse Leute eventuell unangenehme Einzelheiten an die Öffentlichkeit gelangen.«
»Soll heißen?«
»Zum Beispiel, dass Petits Kundenliste unter Verschluss bleibt.«
»Ah, verstehe! Gewisse Kreise denken offenbar schon weiter.«
»So sieht's aus!«
»Hochpreisige Luxuskarossen mit Schwarzgeld bezahlt, da kann manch einer nervös werden.«
»Ich gehe davon aus, dass du nicht auf der Liste stehst.«
»Lass dich überraschen.«
»Wir müssen los!«
»Wir? Wohin?«
»Zur Wohnung der Bergers. Wir haben eine neue Situation, ich habe einen Durchsuchungsbeschluss. Und für Bergers Büro ebenso.«
»Und wieso darf ich plötzlich mit? Woher der Sinneswandel?«
»Weil du die Wohnung kennst. K4 ist bei Petit, sowohl im Autohaus als auch in seiner Wohnung.«
»Wo wohnt der eigentlich?«
»In Saarlouis.«
»Dann seid ihr quasi Nachbarn.«
»Ha, ha, ha. Ken befragt die Angestellten von Tanja Berger und Marius kümmert sich um die Vereine. Die Presse übernimmt Daniela; sie hält zudem den Kontakt zur Hausspitze und koordiniert die Fahndung. Der Polizeipräsident und der Oberstaatsanwalt haben das festgelegt.«
»Tanja Berger ist nicht zur Fahndung ausgeschrieben?«
»Nein, damit tun sie sich schwer. Sie wollen die Ergebnisse der nächsten 24 Stunden abwarten. Bist du soweit?«

»Bin ich, aber Daniela hat mich gerade sehr deutlich aufs Abstellgleis gestellt!«
»Sie war nicht bis zum Schluss in der Besprechung dabei. Der Oberstaatsanwalt wird sie informieren. Ich habe freie Hand, also kommst du mit, das ist jetzt von oben gedeckelt, natürlich nur, wenn du willst.«
»Die wissen, dass ich dabei bin?«, frage ich erstaunt.
»Nicht expressis verbis, aber freie Hand ist freie Hand. Die Ermittlungen leite ich. Ich! Entscheide dich!«
»Einverstanden, unter einer Bedingung!«
»Die da wäre?«
»Behandle mich nicht wie einen Depp oder Anfänger!«
»Über den Anfänger können wir reden.«
»Du bist unmöglich!«
»Daher bin ich hier. Gehen wir! Die Kollegen von der Polizeiinspektion Neunkirchen warten vor Bergers Haus auf uns.«
Katja fährt mit einem Dienstfahrzeug, ich jage mit meinem Wagen hinterher. In Rekordzeit von zwanzig Minuten schaffen wir es nach Wiebelskichen und parken schließlich vor dem Haus der Bergers.
Im Gegensatz zu meinem gestrigen Besuch gleicht die Siedlung einem Hexenkessel. Vier Autos, geschätzte zehn Polizeibeamte, neugierige Anlieger auf der Straße, Hundegebell, mitten drin Frau Pulvermüller, die einen Pulk von Menschen um sich gruppiert hat und gestenreich erzählt. Als sie mich erkennt, zeigt sie auf mich und redet weiter.
»Hallo, Frau Pulvermüller«, rufe ich ihr zu. »Falls was von dem leckeren Braten übrig ist, komme ich später gerne rüber.«
»Sie schon wieder! Was ist denn eigentlich los?«
»Ich komme nachher zu Ihnen, Frau Pulvermüller. Bis gleich!«
Zwei der Beamten, die das Anwesen absichern, kenne ich; sie gehörten zu der freundlichen Truppe vom letzten Besuch.
»Sie?«, raunt der junge Beamte, dem ich in Frau Pulvermüllers Wohnung die Meinung gegeigt hatte. »Was wollen Sie denn

hier?«

»Alles gut, Kollege«, springt mir Katja Reinert zur Seite. »Hauptkommissar Schaum gehört zur Truppe.«

Ich bin dankbar und überrascht zugleich, dass sie das a.D. weggelassen hat. Dem Polizisten steht die Verlegenheit ins Gesicht geschrieben.

»Das hätten Sie gleich sagen können«, stammelt er.

»Ich bin nicht nachtragend«, antworte ich. »Warum seid ihr mit so vielen Leuten hier?«

»Tja, ich weiß nicht. Da kam die Meldung, dass wir …«

»Katja, wie viele Einsatzkräfte brauchen wir?«

»Vier bis sechs, schätze ich.«

»Du hast es gehört, Kollege. Such dir 4 Kollegen aus, der Rest kann abrücken.«

Mürrisch und sauer, weil er zu den Auserwählten gehört, bespricht sich der junge Polizist mit seinen Kollegen.

»Zwei Mann sichern den Eingang und halten uns die Schaulustigen vom Hals, der Rest kommt mit uns! Vergesst die Kisten für das Beweismaterial nicht!«, ordnet Katja an und bittet mich, vorauszugehen, weil ich die Örtlichkeit kenne.

»Kommt niemand vom K4 dazu?«, frage ich. »Oder kommen die noch?«

»Die sind alle blockiert; bei Petit und in Bergers Büro. Wir machen das selbst«, antwortet sie und zeigt auf den Koffer in ihrer Linken.

Auf der Veranda legen wir einen Stopp ein; ich zeige auf die beschädigte Fensterscheibe und die angelehnte Verandatür. Seit gestern Mittag wurden keine Ermittlungen eingeleitet, weil der Hausherr keine Anzeige erstattet hat. Wie denn auch, wenn er nicht da ist? Auf die Idee, selbstständig zu ermitteln, ist niemand gekommen.

»Katja, ich muss dich was fragen«, nutze ich die Zeit, in der wir auf die Polizeibeamten warten.

»Ja bitte?«

»Du hast das über Danielas Kopf hinweg entschieden; alle Achtung, das hätte ich mich nicht getraut. Hast du keine Befürchtungen, dass sie dir das übel nehmen könnte?«
»Nein, und selbst wenn, kann ich das nicht ändern. Ich mache meinen Job, sie den ihren. Wenn mein Chef und ihr Oberstaatsanwalt sich einig sind und entschieden haben, ist das für mich die Eintrittskarte. Ich habe freie Hand und ich wäre bescheuert, wenn ich das nicht nutzen würde. Mir ist klar, dass ich jetzt unter Druck stehe, die wollen sehen, ob ich mich bewähre, also tue ich alles, damit ich Erfolg habe. Wenn Daniela das nicht einsieht, ist sie schlecht beraten, denn wenn wir scheitern, scheitert sie auch. So einfach ist das.«
»Ganz schön abgeklärt!«
»Hamburger Schule! Ähnliches wie hier hatten wir dort jede Woche; das prägt.«
»Verstehe.«
»Und noch etwas Josch: Ich habe dich nicht dabei, um dir einen Gefallen zu tun, sondern weil ich hoffe, mit dir schneller ans Ziel zu kommen. Es ist eine rein rationale Entscheidung. Klingt selbstherrlich, aber in unserem Job zählen die Ergebnisse.«
»Klingt eher nach Missbrauch!«
»Du machst die Beine freiwillig breit«, lacht Katja. »Das Opfer bin ich! Du nötigst mich, dich zu vergewaltigen.«
Mittlerweile sind die Kollegen eingetroffen und werden auf Abruf im Wohnzimmer postiert. Einer fotografiert die Einbruchsstelle, die Garage und den Vorraum. Katja und ich inspizieren die Wohnung. Sascha Bergers Arbeitszimmer betrete ich zum ersten Mal. Es ist fast ein Spiegelbild der Lady-Suite in wesentlich kräftigeren Farben und Konturen.
»Ich fürchte, da ist nicht mehr viel zu holen«, meint Katja und zeigt auf das Wandregal voller Aktenordner, in deren Reihen es einige Lücken gibt. »Da hat bereits jemand aussortiert.«
»In diesem Zimmer war ich gestern nicht. Mist, das war ein

Fehler.«

»Offiziell warst du überhaupt nicht hier! Ich nehme mir die Schubladen vor, geh du in die anderen Zimmer.«

Auf dem Weg zur Lady Suite werfe ich einen Blick ins Schlafzimmer der Bergers, in dessen Mitte ein riesiges, nach allen Seiten offenes Wasserbett steht. Meine Güte- ein halber Ozean! Ich frage mich, ob man nicht seekrank wird, und stelle mir vor, wie das sein muss, wenn die Akteure bei Wellenschlag den Rhythmus halten müssen. Naja, nicht mein Problem!

Im begehbaren Kleiderschrank ist Platz für die halbe Kollektion eines Kaufhauses, wobei die Herrenabteilung den geringsten Teil einnimmt. Mit dem Anteil der Damengarderobe könnte man bequem eine Boutique ausstatten. Was muss das für eine Qual sein, wenn man morgens entscheiden muss, was man anziehen soll. Bei mir ist das wesentlich einfacher. Weil die Auswahl um das reduziert ist, was im Wäschekorb liegt, bleibt meistens nur eine Kombination übrig.

In den Schubladen und Fächern zeigt sich nichts von Interesse. Tanja Bergers Unterwäsche soll Katja durchstöbern, sonst heißt es hinterher womöglich, ich sei ein Fetischist.

»Und? Fündig geworden?«, fragt Katja, als sie den Raum betritt.

»Bisher nicht. Die Dessous überlasse ich dir.«

»Wow, ein Traum von einem Bett!«, schwärmt sie.

»Kannst du mir sagen, wie man in diesem Teil leidenschaftlichen Sex haben kann, ohne seekrank zu werden?«

»Dir fehlt es an Fantasie. Ich stelle mir das prickelnd vor.«

»Prickelnd? Mir würde die Schaukelei auf den Geist gehen.«

»Alles eine Frage der Technik!«

»Au ja! Der Wellenbrecher oder Ebbe und Flut. Oder besser: Tsunami!«

»Ich glaube, jetzt geht deine Fantasie mit dir durch!«

»Schau in den Kleiderschrank, da wirst du blass! Aber verlauf dich nicht!«

»Meine Güte, da hängt ein Vermögen.«
»Passt irgendwie nicht zu der Aussage, dass Berger stets knapp an der Pleite vorbeischrammt.«
»Nein, ganz und gar nicht. Entweder verdient sie das Geld oder da läuft was anderes.«
»Deckt sich mit dem, was der Banker gesagt hat.«
»Ich mache mir wirklich ernsthafte Sorgen um Tanja Berger. Keine Frau lässt so etwas freiwillig zurück. Den Mann schon eher, aber diese Klamotten – never!«
»Was soll denn das heißen?«
»Männer gibt's wie Sand am Meer, das hier sind Unikate.«
»Du redest schon wie die Staatsanwältin.«
»Weil es so ist!«
»Unglaublich! Und immer das letzte Wort. Schau du in die Unterwäsche, ich gehe jetzt in die Lady Suite.«
Unfassbar! Es ist wahrscheinlich doch besser, dass ich in Rente gegangen bin; zwei solcher Kaliber wie Katja und Daniela den ganzen Tag um mich rum, das würde ich nicht lange aushalten.
Tanja Bergers Arbeitszimmer liegt genauso da, wie ich es gestern verlassen habe. Einige Ordner werden wir mitnehmen und im Präsidium durchforsten; den Inhalt der Schubladen und … wo ist der Laptop? Verdammt!
Klar: Als ich das erste Mal in diesem Raum war, stand der Computer inklusive externer Tastatur auf dem Schreibtisch. Ich erinnere mich genau an das Gespräch mit Sascha Berger. Aber wie war das gestern? War er da oder nicht?
Ich war durch das Telefon und die offen stehende Schublade derart abgelenkt, dass ich nicht explizit darauf geachtet habe. Mist! Aber nein, das Fehlen wäre mir aufgefallen; vor der Schublade und dem Telefon! Wer solche Kleinigkeiten entdeckt, übersieht nicht eine leere Schreibtischplatte!
Ich rufe Katja herbei und informiere sie über meine Entdeckung und Vermutung, dass der Computer nach meinem gestrigen Besuch entwendet worden ist.

»Hm; es gibt zwei Möglichkeiten«, meint Katja. »Entweder du irrst dich, dann wurde er womöglich zusammen mit dem Prospekt entwendet oder du hast recht, demzufolge hätten wir es mit zwei Personen zu tun. Eine war vor deinem letzten Besuch hier – da spekulierst du auf Antoine Petit. Bei der zweiten Person, die müsste nach gestern Mittag hier gewesen sein, fällt mir Sascha Berger selbst ein. Das Haus war zwar über die offene Verandatür zugänglich, aber ein professioneller Einbrecher hätte alles durchwühlt und andere Dinge mitgenommen. Nein, eher Sascha Berger!«
»Oder seine Frau«, gebe ich zu bedenken.
»Das glaube ich nicht, denk an die Garderobe! Ihr Wagen ist auch nicht aufgetaucht.«
»Wir müssen damit rechnen, dass sie ein Opfer von Sascha Berger geworden ist.«
»Ich will es anders formulieren: Wir können es nicht ausschließen!«
»Oder so!«
»Wir nehmen Fingerabdrücke vom Schreibtisch oder besser von beiden Schreibtischen; damit dürfte eine Zuordnung zu Tanja und Sascha möglich sein. Petits Vergleichsabdrücke haben wir ohnehin. Mal sehen, ob sich daraus etwas ergibt.«
Alles in allem dauert unsere Arbeit eine gute Stunde. Die Beamten packen diverse Akten in die Kisten, wir fotografieren alles, sichern die Fingerabdrücke, dokumentieren die Entnahmestellen und etikettieren die Asservatenbeutel. Kurz vor 18 Uhr verlassen wir das Anwesen.
Oh Gott, ich bin spät dran! Wenn ich heute Abend zu spät komme, wird Marion vermutlich nie wieder für mich kochen und das wäre bei der Qualität ihrer Spaghetti Bolognese ein herber Verlust.
»Tut mir leid, ich muss los«, will ich mich von Katja verabschieden. »Marion wartet mit dem Essen.«
»Du Glücklicher, ich habe den ganzen Tag nichts gegessen.«

»Dann komm mit, Marion wird nichts dagegen haben.«
»Ich habe auf absehbare Zeit keinen Feierabend.«
»Das denke ich mir, aber wenn du nichts isst, kommt der Feierabend schneller, als dir lieb ist.«
»Ich weiß nicht.«
»Stell dich nicht so an!«
»Gut, auf deine Verantwortung.«
Als ich in mein Auto steigen will, erscheint Frau Pulvermüller vor ihrem Anwesen.
»Was ist jetzt? Soll ich eine Portion aufwärmen?«
»Ich würde gerne, aber das klappt heute nicht. Wir müssen dringend weiter. Danke, vielleicht ein anderes Mal.«
Der Abend verläuft harmonisch, Marion hat nichts dagegen, dass Katja mit uns isst, wohl aber, dass ich als Ermittler unterwegs bin. Während des Essens wird heftig diskutiert, aber zu Marions Überraschung bin nicht ich es, der mein Engagement verteidigt, sondern Katja. Sie erklärt, dass ich unbedingt gebraucht werde, das sei eine Ausnahmesituation und bittet Marion um Verständnis.
»Ich würde ihn lieber bei dir zu Hause sehen, aber wir müssen uns zurzeit an jeden Strohhalm klammern. Ich will ihn dir mit Sicherheit nur für kurze Zeit entführen.«
»Immerhin besser, als verführen«, lächelt Marion, aber ich weiß, dass es ihr völlig ernst ist. »Wie ist das eigentlich bei dir, Katja? Hast du überhaupt Zeit für eine Beziehung?«
»Nein, habe ich nicht und ehrlich gesagt, vermisse ich es nicht; jedenfalls nicht im Augenblick.«
»Übrigens«, schalte ich mich ein. »Die Bergers haben ein Wasserbett, da kannst du die Queen Mary zu Wasser lassen.«
»Josch übertreibt maßlos, aber das Teil ist wirklich riesengroß. Er hat sich die Frage gestellt, wie man auf so einem Teil Sex haben kann.«
»Ach ja? Hat er das?«, fragt Marion schelmisch und ich weiß schlagartig genau, was heute Abend auf mich zukommen wird.

Nachdem Katja heißhungrig die zweite Portion Spaghetti vertilgt hat, macht sie sich sofort auf den Weg ins Präsidium. Als ich um einen Nachschlag bitte, erhalte ich eine Absage.
»Das wäre nicht gut für dich, mein Schatz«, urteilt Marion. »Du hast eine Frage gestellt, die ich dir gleich beantworten werde. Wir üben das erstmal ohne Wasserbett, aber im Prinzip ist es dasselbe.«
Sie sollte recht behalten; zwei Stunden später habe ich meine Frage vergessen und meine Neugier ist gestillt.

24

Donnerstag, 16. August 2018

Dass ich ihren Wecker am Abend ausgeschaltet habe, hat Marion nicht mitbekommen. Meinen dezenten Handy-Weckton hört sie nie, weshalb ich genügend Zeit habe, in Ruhe den Frühstückstisch zu decken. Als der Kaffee durchgelaufen ist und die Eier gekocht sind, wecke ich Marion mit einem dezenten Kuss.
»Guten Morgen, herzlichen Glückwunsch zum Geburtstag!«
Sie freut sich, dass ich daran gedacht habe, erst recht, als ich mitteile, dass das Frühstück bereits wartet. Als sie bemerkt, wie spät es ist, schlägt ihre Stimmung in Panik um.
»Du Schuft hast meinen Wecker manipuliert! Ich komme zu spät zur Arbeit!«
»Na und? Was soll der Geiz? Du hast so viele Überstunden, dass du später anfangen kannst!«
»Ja schon, aber ...«
»Nix aber! Du musst niemandem mehr etwas beweisen!«
»Das sagst ausgerechnet du!«
Wir frühstücken gemütlich und ausgiebig, ohne dass Marion hektisch wird, und beschließen, dass wir heute Abend in ein schickes Restaurant gehen werden, damit Marion nicht kochen muss. Mein Alternativangebot, mich selbst an den Herd zu stellen, lehnt sie dankend ab und verweist auf die Lücken meiner Kochkünste. Ich widerspreche nicht!
»Falls dich dein Fall in Beschlag nehmen sollte, wäre das schade aber nicht tragisch; sag mir bitte rechtzeitig Bescheid, damit ich nicht hier sitze wie bestellt und nicht abgeholt.«

Ich verspreche, dass ich mein Möglichstes tue, und bin mir plötzlich bewusst, wie viel Verständnis diese Frau für mich aufbringt, selbst jetzt, da ich in Rente bin und obwohl ihre angeborene Eifersucht es ihr nicht einfacher macht. Als sie mich zum Abschied küsst und drückt, wird es mir warm ums Herz. Ich muss meine Bedenken, endlich zu ihr zu ziehen über den Haufen werfen! Aber bevor ich diesen endgültigen Schritt vollziehe, werde ich alles erneut und abschließend überdenken.
Es ist 7 Uhr 45! Muss ich zum Polizeipräsidium fahren oder was erwarten die von mir? Dienstzeit nach Vorschrift oder was? Nein, das kann nicht sein! Ich bin schließlich Ruheständler und kann somit tun und lassen, was ich will! Andererseits: Wie soll ich mitbekommen, was da läuft, wenn ich nicht vor Ort bin? Ich muss das klären und deshalb rufe ich an.
Die Einzige, die ich ans Telefon bekomme, ist mal wieder Inge Manderscheid.
»Die Herrschaften sitzen schon seit halb acht im Besprechungsraum und wollen nicht gestört werden«, meint sie.
»Aber mir sagt ja keiner was!«
»Es soll mich jemand zurückrufen, wenn sie fertig sind. Egal wer. Richte es bitte aus, Inge.«
Ich räume auf, bestücke die Spülmaschine, richte die Betten, sauge den Boden, ziehe die Kuckucksuhr auf und gieße die Blumen. Eine Stunde vergeht, bis mein Handy endlich den Steigermarsch spielt. Es ist Katja!
»Ich soll dich zurückrufen«, beginnt sie ohne Gruß.
»Danke! Guten Morgen nebenbei! Ich wollte mich erkundigen, wie es jetzt weitergeht.«
»Guten Morgen Josch. Entschuldige bitte. Ich war nur zwei Stunden im Bett und komme gerade aus einer Besprechung. Kannst du rüberkommen? Am Telefon ist das schwierig. Aber nur, wenn du Zeit hast und es dir nichts ausmacht.«
»Klar, ich kann in einer halben Stunde im Präsidium sein.«
»Sehr gut! Falls ich nicht da sein sollte, geh zu Daniela! Oder

egal, wer gerade verfügbar ist, wir sind jetzt alle auf dem gleichen Stand. Lass dich informieren.«
»Irgendwas Besonderes?«
»Petit war definitiv in der Wohnung der Bergers. Wir haben seine Fingerabdrücke auf beiden Schreibtischen nachweisen können.«
»Also doch!«
»Einzelheiten erfährst du später. Bis dann!«
Katja ist die Anspannung durchs Telefon anzumerken. Ich mache mich sofort auf den Weg und habe Mühe, mich auf den Verkehr zu konzentrieren. Als ich in Katja Reinerts Büro eintrete, sitzt Hauptkommissar Marius Sorg bei ihr vor dem Schreibtisch. Beide begrüßen mich herzlich, als sei ich dauerhafter Bestandteil des Teams und nie weg gewesen. Das tut gut!
»Nimm dir einen Stuhl«, schlägt Katja vor. »Willst du einen Kaffee?«
»Danke, alles gut! Schieß los! Was gibt's Neues?«
»Marius, willst du deinen Ex-Chef in Kenntnis setzen?«
»Ja, klar. Wenn's recht ist, spar ich mir die Details und komme gleich zu den Ergebnissen.«
»Ich bitte darum!«
Marius berichtet, dass die Spurenlage zweifelsfrei ergibt, dass Antoine Petit sich im Haus der Bergers aufgehalten hat.
»Zumindest in beiden Arbeitszimmern, vom Rest der Wohnung haben wir keine Abdrücke genommen, denn angesichts Petits Tod können wir uns das sparen, jedenfalls vorläufig. Wir haben andere Prioritäten.«
In Bergers Firma wurden bisher keine Spuren von Antoine Petit gefunden, auch nicht in den Akten.
»Es ist aber sicher, dass Berger und Petit sich kannten. Berger hat seinen Wagen bei Petit gekauft; vor zwei Jahren.«
»Und der Wagen seiner Frau?«, frage ich dazwischen. »Der ist wesentlich hochpreisiger als der von Berger.«
»Da gibt es keine Unterlagen. Nichts! Wir wissen nicht, woher

Tanja Berger ihren Wagen hat.«
»Kann man das nicht über die Fahrgestellnummer rausfinden?«
»Könnte man, aber dazu müssten wir die erstmal haben. Es ist nichts in den Akten. Über das Bundeskraftfahrtamt werden wir eine Anfrage starten, aber bis wir von dort ein Ergebnis haben, dauert es eine Weile; erfahrungsgemäß mindestens eine Woche. Wir haben bei Berger übrigens keine Unterlagen über seinen Wagen gefunden, aber bei Petit gibt es ein Auslieferungspapier; der einzige Hinweis, allerdings ohne Kaufsumme und Hinweis, woher der Wagen stammt. Merkwürdig, oder?«
»In der Tat! Es ist jetzt sicher, dass Petit und Berger sich kannten. Was haben wir noch?«
»Erstaunlicherweise gibt es keine Beweise dafür, dass Petit und Tanja Berger sich kannten, nur den Prospekt, den außer dir aber niemand gesehen hat.«
»Die müssen sich gekannt haben! Angeblich gab es einen Geschäftskontakt, behauptet jedenfalls eine Mitarbeiterin von Tanja Berger.«
»Korrekt, aber die Dame ist sich mittlerweile nicht mehr sicher, ob es sich um die gleiche Person handelt. Mal ja – mal nein, ein Eindeutiges vielleicht. Es ist nichts dokumentiert, weil Anfragen ohne Geschäftsabschluss nicht aufbewahrt werden. Bei Petit selbst haben wir nichts entdeckt, wir sind allerdings mit der Sichtung der Unterlagen noch nicht durch.«
»Obwohl die Kollegen die ganze Nacht durchgearbeitet haben«, ergänzt Katja Reinert.
»Josch kennt das«, lacht Marius. »Ich weiß nicht, wie oft er hier übernachtet hat.«
»Oh je, wenn ich daran denke! Aber manchmal muss man in den sauren Apfel beißen. Weiter!«
»Mit den Unterlagen, die Licht ins Dunkel der angeblichen Geldgeschäfte von Petit, Berger und den Sportvereinen bringen könnten, beschäftigt sich das Wirtschaftsdezernat. Wir sollten uns nichts vormachen; das kann Wochen und Monate

dauern.«

»Das ist im Übrigen der sensibelste Punkt, über den die in den oberen Etagen detailliert informiert werden wollen. Anscheinend fürchten sich gewisse Kreise vor möglichen Ermittlungsergebnissen. Vorerst haben wir damit nichts am Hut, von dort kann höchstens das Motiv geliefert werden.«

»Es ist erstaunlich, wie sich gewisse Ebenen gegenseitig befruchten«, stöhne ich. »Man könnte meinen, dass unsere Landeshauptstadt Palermo heißt.«

»Sag das unserem neuen Landesvater«, schlägt Marius vor. »Der ist angeblich sehr volksnah.«

»Ich bezweifle, dass er das Volk überhaupt findet, vorausgesetzt, er macht sich die Mühe, es zu suchen«, grolle ich.

»Hallo, da ist jemand politikverdrossen?«, stichelt Katja.

»Was Neues bei der Fahndung?«, komme ich zum Thema zurück.

»Nein, absolut nichts! Keine Meldung, keine Handy-Ortung, keine Kreditkarten-Abbuchung.«

»Was ist mit Petits Mitarbeiterin? Konnte die mittlerweile eine Aussage machen?«

»Erzähl du, Katja«, bestimmt Marius. »Du warst dabei.«

»Ja, das war zwar ein kurzes aber aufschlussreiches Gespräch. Zufälligerweise waren gerade ihre Eltern am Krankenbett. Schwieriges Klientel! Den Namen der Familie willst du nicht wissen; Möchtegern-Promis aus der zweiten Reihe, kann auch die dritte Reihe sein.«

»Wie darf ich das verstehen? Die Geissens?«

»Die Tochter ist eine absolute hohle Nuss, unter uns gesagt. Ein Modepüppchen, von den Eltern verhätschelt, vor allem von der Mama. Nach meiner Einschätzung hat es fürs Studium oder eine adäquate Ausbildung nicht gereicht, aber das würden die Eltern niemals zugeben. Egal! Papa hat seine Tochter bei Petit untergebracht, damit sie nicht allzu viel Unsinn anstellt und etwas zu tun hat. Was die genau bei Petit macht, habe ich nicht rausfinden können, aber ich kann's mir einigermaßen denken.« Katja schiebt den Daumen der rechten Hand zwischen Zeige- und Mittelfinger. »Weitere Angestellte hat Petit angeblich nicht, das deckt sich mit der Aktenlage.«

»Kaum vorstellbar bei einem Autohaus dieser Größe«, entgegne ich.

»Stimmt, aber das soll im Augenblick nicht unser Thema sein«, erklärt Katja leicht angesäuert. »Das ist Sache vom Wirtschaftsdezernat. Wir haben einen Toten, einen flüchtigen Täter und eine Frau, von der wir nicht wissen, welche Rolle sie in diesem Stück spielt. Ohne einen Fahndungserfolg treten wir auf der Stelle.«

»Du sagtest, dass Petit in Saarlouis wohnte. Was wissen wir über sein privates Umfeld?«

»Wenig! Er hatte keine Kontakte zu seinen Nachbarn; höflich grüßend aber distanziert. Keine auffälligen Besuche, keine Partys. Ab und zu eine Edelkarosse vor der Tür, was bei seinem Job nichts Besonderes ist.«

»Videoaufnahmen oder Fotos?«, frage ich.

»Ken und das K4 sind dran, aber wir können nicht hexen!«, murrt Marius.

»Ich frag ja nur!«, stöhne ich. »Sei nicht so mimosenhaft!«

»Wenn du willst, kannst du den Kollegen bei der Sichtung helfen«, schlägt Katja vor.

»Warum nicht!« Ich bin froh, eine konkrete Aufgabe in Aussicht zu haben. »Wo soll ich mich melden? Bei Kriminalrat Krusch a. D.?«

»Der ist ebenfalls in Rente!«

»Ach! Wer ist jetzt dort der Chef?«

»Hubertus Sonne.«

»Nein!«

»Doch!«

Hubertus Sonne ist der beste Spurenermittler, den ich kenne, aber ein Chaot und Unikum, weil er von sich und anderen stets in der dritten Person spricht.

»Keine Sorge«, beschwichtigt Marius. »Mit der Sichtung ist Nora Klein beschäftigt. »Ken soll die Auswertung übernehmen, aber der liegt zu bis über beide Ohren.«

»Okay, ich mache mich sofort auf den Weg«, erkläre ich und stehe auf. »Wer von euch ist meine Anlaufstelle?«

»Egal«, entscheidet Katja. »Wer dir als Erstes über den Weg läuft. Wir verstärken ab sofort die Fahndung nach Sascha Berger, auf geht's!«

Das K4 hat seine Büros im Parterre. Auf dem Weg dorthin komme ich zwangsläufig an der Kantine vorbei. Weil ich weiß, dass Nora Klein eine Naschkatze ist, besorge ich ein Stück Streuselkuchen mit Puddingfüllung.

Nora sitzt an ihrem Schreibtisch und starrt gebannt auf den Bildschirm. Als sie mich erblickt, ist sie freudig überrascht.

»Hallo mein Lieber! Das ist eine Überraschung! Treibt es dich an den Ort deiner Schandtaten zurück? Schön, dich zu sehen. Wie geht's?«

»Alles gut! Grüß dich, Nora, ich habe dir etwas mitgebracht.«

»Hm, lecker; genau mein Ding! Ich mache zwar gerade FdH, aber da kann ich nicht Nein sagen.«

»Ich bin dienstlich hier, sozusagen abkommandiert, um dich zu unterstützen.«

»Haben sie dich reaktiviert? Du bist wieder im Dienst, oder wie?«

Im Schnelldurchgang erkläre ich Nora meine Situation und wie es dazu gekommen ist.

»Wie weit bist du?«, frage ich.

»Ich schaue mir gerade die Videoüberwachung von Petits Wohnhaus an.«

»Der hat privat eine Videoüberwachung?«

»Ja, für die Zufahrt und den Hauseingang.«

»Was entdeckt?«

»Das Gerät speichert die letzten 48 Stunden, ich bin fast durch.

Während der ganzen Zeit scheint Petit nicht zu Hause gewesen zu sein. Kein Kommen, kein Gehen. Am Dienstagabend gegen 21 Uhr passiert dann das; schau's dir an!«

Um die besagte Zeit fährt ein silbermetallic-farbener Mercedes der S-Klasse in die Einfahrt. Der Wagen von Sascha Berger! Berger steigt aus, geht zur Haustür und drückt den Klingelknopf. Mehrfach. Nach einer Weile pocht er mit der Faust gegen die Tür. Er ist wütend und haut gegen die Tür. Dann verschwindet er aus dem Bild, anscheinend geht er ums Haus herum. Kurze Zeit später taucht er auf, setzt sich in sein Auto und fährt weg.

»Bingo!«, ich bin erstaunt. »Berger wollte Petit zu Hause zur Rede stellen. Weil das nicht funktioniert hat, ist er am nächsten Morgen zum Autohaus und hat Petit über den Haufen geschossen! Er hat die Tat somit geplant.«

»Sieht so aus!«

»Petit ist die ganze Zeit nicht aufgetaucht, sagst du?«

»So ist es.«

»Er hat definitiv nicht in der Firma übernachtet und zu Hause auch nicht. Fragt sich, wo er die Nacht verbracht hat.«

»Bei mir jedenfalls nicht«, versichert Nora todernst. »Daran würde ich mich erinnern.«

»Olala Nora! Muss ich mir Sorgen um dein Wohlbefinden machen?«

»Nein, musst du nicht, aber mein Timo ist seit drei Wochen in Reha und es wird Zeit, dass er endlich nach Hause kommt.«

»Reha? Was Schlimmes?«

»Bandscheibenvorfall.«

»Oha! Da kann er aber nicht gleich loslegen, wenn er wieder da ist. Er wird sich eine Zeit lang schonen müssen.«

»Kann er ja! Mann, wo bleibt deine Fantasie?«

»Das hat mich gestern schon jemand gefragt!«

»Dann würde ich schnell drüber nachdenken!«

»Anderes Thema! Gibt es Aufzeichnungen? Fotos, Filme oder

so?«
»Hier ist ein USB-Stick voller Fotodateien. Schau sie dir an, wenn du Lust hast!«
»An welchem Rechner?«
»Tut mir leid, den von Hubertus kann ich dir nicht anbieten. Der läuft Amok, wenn sich jemand an seinen Computer setzt.«
»Kann ich den Stick mitnehmen?«
»Moment, ich mache vorher eine Kopie; man weiß nie!«
Das Kopieren dauert eine Weile, weil es tatsächlich etliche Dateien sind. Das wird eine Menge Arbeit. Ich hasse diese Tätigkeit zwar, aber es ist immerhin besser, als tatenlos rumzusitzen.
Kurze Zeit später frage ich im K3 nach einem freien Computerplatz nach.
»Nimm den von Nadine Bauer«, schlägt Marius vor.
»Ungern, ich …«
»Kannst du ruhig! Wenn du die Dateien auf dem Stick anschauen willst, brauchst du Nadines Passwort nicht und der allgemeine Zugangscode ist der gleiche wie zu deiner Zeit.«
»Wie sich das anhört! Sag doch gleich wie im Mittelalter.«
»Steinzeit!«, grinst Marius. »Kennst du den Code noch?«
»Klar. Äh … Präsident und Zimmernummer.«
»Falsch! Büronummer, Präsident und die Null!«
Ich besorge mir bei Inge einen Kaffee und mache mich an die Arbeit. Da sitze ich an meinem ehemaligen Arbeitsplatz und starre in meinen alten Bildschirm. Alles ist wie früher, aber ich bin hier nur Gast. Auch gut!
Die Dateien sind nach Datum sortiert und enthalten Fotos Nobelkarossen der unterschiedlichsten Marken vor wechselnden Kulissen. Ferraris, Lamborghinis, Mercedes, Jaguar, Porsches und andere Marken, die ich nicht alle kenne; vor Gebäuden, auf Parkplätzen, unter blauem Himmel vor Gebirgspanoramen und andere Motive. Es sind Hunderte von Aufnahmen.
All diese Fahrzeuge kann Petit unmöglich gekauft oder ver-

kauft haben, dafür sind es zu viele. Die Fahrzeuge tragen alle Kennzeichen, diverse Nationalitäten, augenscheinlich aus ganz Europa. Plötzlich wird mir klar, was diese Fotos darstellen! Das ist ein Bestellkatalog oder eine Warenliste einer Autoschieberbande. Da wette ich drum!
Das Problem ist, dass unser LKA keine Kapazitäten hat, jedes einzelne Fahrzeug dahin gehend zu überprüfen, ob es als gestohlen gemeldet wurde, und auch in anderen Ländern wird diese Sisyphusarbeit keine Dienststelle zeitnah leisten können. Der Abgleich mit den Behörden, Versicherungen und anderen Zuständigkeiten würde Monate oder Jahre dauern. Falls ich richtig liege, dürfte es sich um eine europaweit agierende Schieberbande handeln, deren Köpfe irgendwo verdeckt die Fäden ziehen; die zu fassen ist äußerst schwierig, allenfalls erwischt man ein paar kleine Lichter.
Dass Antoine Petit seine Finger im organisierten Verbrechen hatte, überrascht mich nicht wirklich, aber welche Rolle spielt Sascha Berger in diesem üblen Spiel? Spielt er überhaupt eine Rolle? Oder ist einfach etwas schiefgelaufen? Was ist Bergers Motiv? Seine Frau Tanja ist das größte Rätsel von allem. Nein, diese Aufnahmen bringen uns vorerst nicht weiter, sie bestätigen nur, was ich geahnt habe.
Eine Datei enthält Fotos, auf denen keine Fahrzeuge zu sehen sind, sondern Immobilien. Ich schätze, dass es hochpreisige Villen irgendwo in südlichen Gefilden sind; Spanien, Italien, Portugal, Südfrankreich oder so. Die Vegetation im Umfeld lässt mich das vermuten.
Allerdings gibt es ein Foto, das sich von allen anderen unterscheidet. Der Himmel ist grau, Bäume und Sträucher wie bei uns in der Gegend. Auf dem Bild steht Antoine Petit lächelnd neben einem roten Porsche vor einer Villa, die kleiner ist, als die Prachtbauten auf den anderen Fotos. Sie sieht eher aus wie ein zu groß geratenes Wochenendhaus mit Pool. Dahinter sind sanfte Hügel mit Streuobstwiesen zu sehen, weit entfernt ein

Objekt am Himmel; könnte ein Flugzeug sein.

Warum ist dieses Bild in diesem Ordner? Was, wo und wer hat es aufgenommen? Viele Fragen! Mein Bauchgefühl sagt mir, dass ich mich darum kümmern sollte. Während ich mich mit meinem Bauchgefühl unterhalte, kommt Marius ins Büro gestürmt.

»Der Wagen von Sascha Berger. Die Kollegen in Neunkirchen haben ihn entdeckt.«

»Wo?«

»Mantes-la-Ville-Platz.«

»Das ist vor dem Ellenfeld-Stadion, da wo früher das Hallenbad stand.«

»Wenn du es sagst! Ich kenne mich dort nicht aus. Katja und Daniela sind unterwegs dahin.«

»Gut, ich fahre auf dem Heimweg dort vorbei; wie spät ist es?«

»Gleich halb vier!«

»Was, so spät! Über den Fotos habe ich völlig die Zeit vergessen! Ich muss los!«

»Hast du was gefunden?«

»Autos, Autos, Autos. Und ein Bild, von dem ich nicht weiß, was ich davon halten soll. Ich bin jetzt weg!«

Bevor ich mich auf den Weg begebe, mache ich einen Farbausdruck des Fotos mit dem Porsche und gebe Marius den USB-Stick zur Verwahrung. Ich muss mich beeilen, damit ich rechtzeitig zu Hause bin, aber einen kurzen Abstecher zum Fundort des Wagens kann ich mir leisten. Mich interessiert nur, ob es irgendwelche Hinweise gibt, die auf den Aufenthaltsort der Bergers hindeuten könnten.

Als ich ankomme, ist der Bereich um Bergers Auto weitläufig abgesperrt und zahlreiche Polizisten sichern den Fundort. Anwohner aus den angrenzenden Wohnblocks stehen auf der Straße, andere liegen an den Fenstern ihrer Wohnungen und beobachten das Treiben auf dem Parkplatzgelände.

Hinter der Absperrung stehen die Staatsanwältin und Katja

Reinert und diskutieren mit dem Fahrer eines Abschleppunternehmens, dessen Transporter unmittelbar vor dem Flatterband parkt.

Berger hat den Ort geschickt ausgewählt. Hier stehen Dutzende Fahrzeuge, deren Besitzer entweder im Ellenfeldstadion arbeiten, die dortige Kneipe besuchen und die Autos zahlreicher Anwohner. Außerdem wird der Parkplatz gerne von Fahrgemeinschaften als Zusteigeplatz genutzt oder von Menschen, die vom naheliegenden Busbahnhof aus weiterfahren. Ein Fahrzeug mehr oder weniger fällt hier nicht auf, und kaum jemand wird sich daran erinnern können, wer, wann, welches Fahrzeug abgestellt hat.

Ich bleibe hinter der Absperrung stehen und warte, bis Katja Reinert mich entdeckt und zu sich winkt.

»Wenigstens haben wir im Kofferraum keine Leiche gefunden!«, erklärt sie mit sarkastischem Unterton. »Es gibt einige Zeugen, die etwas gesehen haben wollen, aber die können wir alle vergessen; jeder erzählt etwas anderes. Einig sind sich alle, dass der Wagen am Dienstagmorgen nicht hier stand, aber das wissen wir bereits.«

»Habt ihr eine Waffe gefunden?«, frage ich.

»Negativ! Aber einen Computer, vermutlich ist es der von Tanja Berger; sein eigener war nämlich in seinem Büro. Dessen Auswertung läuft und den hier nehmen wir uns nachher als Erstes vor.«

»Das könnte bedeuten, dass Berger den Wagen hier unmittelbar nach der Tat abgestellt hat.«

»Wie kommst du darauf?«

»Berger muss den Laptop zwischen Dienstagnachmittag und Mittwochmorgen aus der Wohnung geholt haben, das steht fest! Wenn er den Wagen Dienstagabend nach 22 Uhr oder in der Nacht zum Mittwoch abgestellt hätte, müsste er sehr früh morgens mit einem anderen Verkehrsmittel nach Saarbrücken gefahren sein, um rechtzeitig am Tatort zu sein. Das macht aber

keinen Sinn, weil es zu umständlich ist. Nein, er war mit dem Wagen in Saarbrücken und hat ihn nach der Tat hier abgestellt.«
»Er könnte den Computer nach der Tat aus der Wohnung geholt haben.«
»Überleg mal! Du fährst nach Saarbrücken, schießt den Petit über den Haufen, fährst danach den langen Weg nach Wiebelskirchen, nimmst den Computer, um ihn mitsamt dem Wagen in Neunkirchen abzustellen. Wo bleibt da die Logik?«
»Berger ist ein Mann, komm mir da nicht mit logischem Denken«, murrt Daniela Sommer. »Aber an deinen Schlussfolgerungen ist ausnahmsweise was dran.«
»Warum stellt er den Wagen ausgerechnet hier ab und fährt nicht weiter weg? Nach Frankreich zum Beispiel oder zu einem Bahnhof oder einem Flughafen? Oder weiter in die Pfalz!«
»Ein Ablenkungsmanöver!«, mutmaßt die Staatsanwältin.
»Kann sein, muss aber nicht«, spekuliere ich. »Berger ist meiner Meinung nach nicht mit dem Flugzeug oder der Bahn unterwegs. Er wollte ursprünglich bei Petit einen Wagen stehlen und damit die Flucht antreten, das heißt, er hatte bis dorthin einen Plan, der allerdings nicht aufging. Hätte er auf die Bahn umgestellt, hätten wir dieses Fahrzeug in Saarbrücken gefunden und nicht hier, wo du mit der Bahn kaum wegkommst; und für einen Flug macht das hier sowieso keinen Sinn. Außerdem hätte er für eine Fernreise Tickets kaufen müssen und das ist zu riskant für ihn; selbst über das Internet, denn Berger muss damit rechnen, dass wir ihn über kurz oder lang auf der Liste haben.«
»Einspruch!«, meldet sich die Staatsanwältin. »Berger hat die Kamera ignoriert, demzufolge ist er nicht so vorsichtig, wie du meinst. Außerdem konnte er nicht wissen, dass wir ihm durch die Aufnahmen schnell auf die Schliche kommen würden.«
»Stimmt!«, gebe ich zu.
»Es muss einen bestimmten Grund haben, weshalb er in der Region geblieben ist«, überlegt Katja.

»Aber welchen?«, fragt Daniela.
»Kollegen!«, ruft die Hauptkommissarin zu den Uniformierten an der Absperrung. »Versucht bitte rauszufinden, wie viel Sprit im Tank ist.«
»Wie sollen wir das denn Bitteschön ohne Zündschlüssel raus finden?«, kommt es von dort zurück. »Bei diesen Modellen geht alles elektronisch, da ist nix mit Bolzenschneider!«
»Okay, das muss bis später warten«, brummt Katja.
»Das sagt uns trotzdem etwas«, überlege ich. »Wenn Berger in der Nähe bleibt, heißt das für mich, dass er sich nicht mit seiner Frau treffen will, denn falls die mit von der Partie ist, würde sie in sicherer Entfernung auf ihn warten und nicht quasi vor der Haustür.«
»Stimmt!«, bestätigt Katja. »Entweder weiß er nicht, wo seine Frau ist und sucht sie weiterhin, oder er weiß, wo sie ist und …«
»Das wiederum bedeutet, dass er seine Frau nicht umgebracht hat, denn sonst würde er abhauen!«, stimme ich zu. »Hätte Petit Tanja umgebracht und Bergers Tat wäre als Racheakt zu verstehen, hätte Berger sich günstigenfalls gestellt oder er hätte das Weite gesucht. Hierzubleiben machte keinen Sinn.«
»Tanja lebt!«, erklärt Katja. »Und Berger weiß das. Entweder er sucht nach ihr oder er hält sie versteckt, und zwar im Umkreis seines Heimatortes oder ihrer Firmen. St. Ingbert liegt …«
»Stopp, Herrschaften!«, geht Daniela Sommer dazwischen. »Bei allem Respekt, aber das geht mir zu weit. Ihr könnt solche Spekulationen nicht einfach anstellen, weil Bergers Fahrzeug hier auf diesem Parkplatz steht! Das kann tausend Gründe haben!«
»Welche zum Beispiel?«, fragt Katja.
»Was weiß ich? Vielleicht ist er doch mit dem Bus weiter.«
»So verrückt kann niemand sein, dass er im Saarland mit dem öffentlichen Nahverkehr abhaut!«, lache ich. »Da bist du mit

dem Rollator schneller. Oder glaubst du, Berger will sich nach Heinitz, Münchwies oder Kohlhof absetzen?«
»Dann sag mir bitte, wie er von hier weggekommen ist?«, fragt die Staatsanwältin.
»Zu Fuß oder mit einem Komplizen oder er ist noch hier in der Gegend.«
»Ich will das nicht glauben! Aber gut, die Fahndung läuft! Wir forcieren das hier im Landkreis noch mal.«
»Dein Freund, der Landrat, wird uns bestimmt gerne helfen«, feixe ich und spiele auf die enge Freundschaft zwischen der Staatsanwältin und Landrat Meng hin. »Immerhin wird jetzt aus einer Ringfahndung eine Kreisfahndung. Neuer Slogan: Wir drehen uns im Kreis! Das kommt bestimmt gut.«
»Boah!«, stöhnt Katja und verdreht die Augen. »War der übel!«
»Wahrscheinlich sind das die Nebenwirkungen der Alzheimer-Tabletten«, vermutet Daniela.
»Macht, was ihr wollt, ich verabschiede mich. Ich führe Marion jetzt zum Essen aus. Wir telefonieren morgen früh. Falls ihr Berger schnappt, sagt ihr mir Bescheid! Bitte!«
Ich kann mich nicht erinnern, dass ich an einem Geburtstag von Marion je so zeitig zu Hause gewesen wäre. Wir entscheiden uns für ein Lokal, das wir auf dem Hinweg fußläufig in einer halben Stunde erreichen konnten, für den Rückweg ist ein Taxi eingeplant. Das Essen im CFK ist wie gewohnt hervorragend, ein Espresso zum Abschluss rundet das köstliche Menü ab.
Bei einem Digestif auf Kosten des Hauses warten wir auf die Rechnung und das Taxi. Als der Ober kommt und ich nach der Geldbörse greife, fällt mir die Kopie des Fotos von Petit neben seinem Porsche in die Finger.
»Kannst du dir zufälligerweise vorstellen, wo dieses Foto gemacht worden ist?«, frage ich und schiebe Marion das Papier über den Tisch.

»Wer ist das?«
»Antoine Petit, das Opfer!«
Mit wenigen Worten fasse ich die Geschehnisse des Tages zusammen. Bereits nach kurzer Betrachtung der Aufnahme hat sich Marion eine Meinung gebildet.
»Das im Hintergrund ist die Ensheimer Höhe, da landet gerade ein Flugzeug. Der Hang links fällt Richtung Saartal ab, demzufolge ist das Bild von Süden aus gemacht; Mandelbachtal oder zumindest die Gegend. Das Dorf rechts im Hintergrund könnte Ormesheim sein oder Ommersheim, die verwechsle ich immer.«
»Wieso weißt du das so genau?«
»Die Streuobstwiesen! Biosphärenreservat Bliesgau! Das halbe Rathaus ist voller Bilder und Prospekte, man könnte meinen, es gäbe sonst kein Thema mehr auf dieser Welt!«
»Meinst du, dass einer deiner Kollegen vielleicht den genauen Standort des Fotografen rausfinden kann?«
»Glaub schon! Gib mir das Foto mit, irgendeiner wird sich bestimmt finden.«
»Du bist ein Schatz!«
»Nur wegen dieses Fotos?«
»Nein, im Allgemeinen natürlich! Und weil du viel Geduld hast mit mir.«
»Die braucht man bei dir auch!«
»Wie soll ich denn das jetzt verstehen?«
»Seit einem halben Jahr bist du am Entrümpeln, um endlich bei mir einzuziehen, und was hast du bisher geschafft? Den halben Keller!«
»Das ist unfair! Auf dem Speicher war ich ebenfalls.«
»Wow, das ist eine grandiose Leistung! Du bist ein hoffnungsloser Fall.«
»Das finde ich auch! Ich meine das mit der Leistung!«
»Bleiben ein halber Keller und vier Zimmer, Küche, Bad!«
»Das kriege ich auch noch hin«, erkläre ich. »Das Taxi ist da!«

25

Freitag, 17. August 2018

Tanja Berger bemerkte sofort nach dem Aufwachen, dass etwas anders war.
Die Luft! Sie stand wie dicke Watte im Raum! Tanja ekelte sich vor ihrem eigenen Geruch nach Schweiß und Pisse. An den faden Geschmack im Mund hatte sie sich mittlerweile gewöhnt. Wie lange hatte sie keine Zähne mehr geputzt und eine Dusche genommen? Tage! Wie viele?
Außerdem war es jetzt deutlich kühler und sie fröstelte. Kalter Schweiß stand ihr auf der Stirn und ihr Mund war ausgetrocknet.
Als Tanja in der Finsternis nach der Wasserflasche tastet und sie endlich zu greifen bekam, stellte sie mit Erschütterung fest, dass das Behältnis leer war.
Tanja zwang sich, nicht in Panik zu verfallen und einen klaren Kopf zu behalten, aber je länger sie darüber nachdachte, umso mehr wuchs in ihr die Erkenntnis, dass ihr Peiniger sie seit einiger Zeit nicht mehr versorgt hatte. Anscheinend war die Belüftung ausgefallen oder abgestellt. Großer Gott!
Tausend Gedanken, ungeordnet und wirr, zogen Tanja durch den Kopf. Hatte der Entführer erreicht, was er wollte? Hatte er das Interesse an ihr verloren und ließ sie nun krepieren? Ohne Verpflegung, ohne Frischluft! Plötzlich kam die Panik in Schüben. Ruhig bleiben! Konzentrieren!
Ohne Nahrung kann ein Mensch zwei oder drei Wochen überleben, aber ohne Flüssigkeit ist nach wenigen Tagen das Ende unausweichlich! Wann hatte sie zum letzten Mal getrunken?

Ihrem Durst nach zu urteilen vor ewiger Zeit!
Das ist das Ende! Der Gedanke krallte sich in ihrem Gehirn fest, die Angst kam in immer heftigeren Schüben. In einem einzigen Schrei, der von den Wänden widerhallte, machte sich diese Angst Platz. Mit dem Schrei wich ihre letzte Kraft aus ihr. Der Wille zum Überleben blieb.
Positiv denken! Die werden mich finden! Wenn er sein Ziel erreicht hat, wird er ihnen das Versteck verraten. Das ist immer so. Entführer müssen das machen, sonst werden sie zu Mördern. Logisch!
Die werden mich hier rausholen. Egal wer. Die Polizei oder Sascha oder … scheißegal wer! Es kann nicht mehr lange dauern. Es muss! Muss, muss, muss!
Wie lange reicht die Atemluft? Was ist schlimmer – ersticken oder verdursten? Oh Gott, nein! Beim Ersticken schläft man einfach ein, heißt es. Ist das so, oder schnappt man im Todeskampf nach Luft wie ein … oh Gott! Hilf mir!
Was habe ich denn verbrochen, dass es so enden muss? Das bisschen Fremdgehen doch nicht, das kann nicht sein!
Sascha! Sascha steckt dahinter! Er hat es rausbekommen und jetzt rächt er sich! Ist der völlig von Sinnen? Der Arsch! Hol dir die ganze Kohle und hau ab! Verschwinde! Behalt das Geld und … nein, das passt nicht zusammen! Sascha hätte mich nicht entführen müssen, um an das Geld zu kommen! Er kennt das Notversteck und mit ein bisschen Kreativität und Überzeugungskraft kommt er höchstwahrscheinlich an das Konto des Immobilienhandels ran. Notfalls muss er seine Beziehungen zum Bankvorstand aufleben lassen; obwohl, von denen wird er nach den Vorfällen vor zwei Jahren nichts zu erwarten haben. Trotzdem! Nein, aus Rache wegen des Seitensprunges würde Sascha nicht ein solches Risiko eingehen. Wegen mir geht der nicht in den Knast, nee, das kann man vergessen!
Bleibt Antoine! Also doch! Aber warum? Wenn er sie hätte mundtot machen wollen, hätte er sie gleich umbringen können.

Wozu erst die Betäubung und dann dieses Martyrium? Er wollte sie leiden sehen! Hier in diesem dunklen Loch? Nee! Oder gab es irgendwo einen venezianischen Spiegel, hinter dem er lauerte und sich ergötzte? Eher nicht; Antoine ist kein Voyeur aus der Ferne; er würde eher persönlich Hand anlegen.
Bresco! Der Typ, von dem sie lediglich den Namen kannte, den sie nie gesehen hatte. Von dem sie wusste, nein ahnte, dass er ein Boss im Dunstkreis des organisierten Verbrechens ist; dass er anscheinend Kontakte bis in höchste Kreise hatte. Ein zufällig mitgehörtes Telefonat als Antoine der Meinung war, sie schlafe tief und fest nach einer orgiastischen Nacht voller Sex und Wollust. Ja, es war ein Fehler gewesen, Antoine damit zu drohen, aber was wusste sie denn schon – nichts! Nichts Genaues! Nichts von Bedeutung! Antoine hatte es nicht glauben wollen und die falschen Schlüsse gezogen.
»Nein, nein, nein«, schrie Tanja in die Leere des Raumes. »Das war alles Spaß! Ich weiß überhaupt nicht, um was es geht! Glaub mir! Bitte!«
Tanja warf sich verzweifelt auf der Unterlage hin und her, soweit es die Fesseln zuließen.
»Ich will hier raus!«, schrie sie, bis ihre Stimme versagte.
»Bitte«, flüsterte sie schließlich voller Verzweiflung. »Ich tue alles, was du von mir verlangst.«
Doch die Stille war gnadenlos und sie blieb es. Eine Stille, die alle Hoffnungen auslöschte und der Angst kampflos das Feld überließ. Tanja versuchte, sich zu sammeln und die Panik zu unterdrücken, aber stattdessen brachen alle Dämme und sie heulte und zerrte an ihren Fesseln, bis die Muskeln verkrampften und die wund gescheuerten Gelenke schmerzten.
Sie spürte, wie sie sich weiter einnässte und die schweren Windeln wie ein Klotz an ihrem Körper klebten. Irgendwann war die Panikattacke vorbei und Tanja zwang sich, einen klaren Gedanken zu fassen. Es musste einen Ausweg geben, irgendwie musste sie hier rauskommen. Aber je länger sie sich mit dem

Gedanken beschäftigte, umso klarer wurde ihr, dass es ohne fremde Hilfe nicht funktionieren würde, und wenn diese Hilfe nicht bald auftauchte, würde sie sterben.
Einsam!
Vielleicht würde ihre Leiche nie gefunden werden und der Mörder nie gefasst! Aber das Schlimmste an allem war, dass sie nie erfahren würde, warum! Ein grundloser Tod! Dieser Gedanke brachte Tanja Berger um den Verstand!

26

Ich bin guter Dinge, bestens gelaunt und genieße auf dem Balkon bei meinem zweiten Kaffee die frische Luft und die frühe Wärme, die einen schönen Sommertag ankündigen.
Marion ist bereits seit über einer Stunde aus dem Haus. Beim gemeinsamen Frühstück hat sie überraschenderweise die Meinung geäußert, dass ich auf einem guten Weg sei, mein Berufsleben nach und nach hinter mir zu lassen. Sie hege die Hoffnung, dass ich in absehbarer Zeit meine Zelte endgültig bei ihr in Spiesen aufschlagen werde.
»Es braucht alles seine Zeit«, hatte sie philosophiert. »Bei dir, mein Schatz, dauert's manchmal eben ein bisschen länger.«
Ich wollte das Thema nicht weiter vertiefen und ließ die Äußerung unkommentiert im Raume stehen. Mich beschäftigen zurzeit andere Gedanken. Zum einen frage ich mich, warum es den Kollegen einfach nicht gelingt, den Aufenthaltsort von Sascha Berger ausfindig zu machen; zum Zweiten stelle ich mir die Frage, ob ich nicht sicherheitshalber noch mal beim Metzger und beim Getränkelieferanten nachhören soll, ob der Liefertermin richtig notiert ist. Das Telefon klingelt kurz nach acht und ich weiß instinktiv, dass dieser Anruf nichts mit Marions Geburtstagsfeier zu tun hat.
Endlich haben sie Sascha Berger erwischt! Hoffentlich!
Es ist Frau Pulvermüller! Saschas Nachbarin von gegenüber!
»Herr Schaum!«, japst sie aufgeregt. »Der Sascha, der ist gerade mit seinem Wohnmobil weggefahren! Ich habe mir gedacht, ich rufe am besten Sie an.«
»Sascha Berger!«, rufe ich erstaunt. »Weggefahren? Das setzt voraus, dass er zurückgekommen ist! Erzählen Sie bitte

schnell!«

»Eben! Aber ich habe nicht mitbekommen, dass er zu Hause ist. Der muss aufgekreuzt sein, als es noch dunkel war. Keine Ahnung!«

»In einem Wohnmobil?«, frage ich nach. »Haben Sie das Kennzeichen?«

»Na klar!«

Ich notiere die Autonummer, ein Kennzeichen aus dem Saar-Pfalz-Kreis.

»War er alleine oder konnten Sie weitere Personen beobachten?«

»Aus dem Haus kam er alleine, und er ist auf der Fahrerseite eingestiegen; ich weiß allerdings nicht, ob noch jemand im Wagen saß.«

»Haben Sie das Wohnmobil schon mal gesehen?«

»Nein, Sascha gehört es bestimmt nicht. Weiß mit einem blauen Längsstreifen.«

»Und Sie sind sicher, dass es Sascha Berger war?«

»Absolut sicher! Er hat sich zwar einen Hut ins Gesicht gezogen, aber ich habe ihn am Gang erkannt. Kleine Trippelschritte und schaukelt wie eine Ente, so geht nur Sascha.«

»Vielen Dank, Frau Pulvermüller.«

»Es war doch richtig, dass ich Sie zuerst angerufen habe, oder?«

»Absolut! Bitte bleiben Sie zu Hause. Es wird bald jemand vorbei kommen und Ihre Aussage zu Protokoll nehmen.«

»Kein Problem, meine Einkäufe kann ich heute Mittag machen.«

Berger in einem Wohnmobil! Das würde erklären, wo er übernachtet hat. Aber was wollte er in seiner Wohnung? Wenn er dieses Risiko eingeht, muss er einen triftigen Grund haben!

Katja Reinert geht glücklicherweise sofort ran, als ich anrufe und Frau Pulvermüllers Beobachtungen durchgebe. Der Fahndungsschwerpunkt wird sofort umgestellt, die Halterermittlung

ist eine Sache von wenigen Sekunden. Ich höre am Telefon mit. Der Besitzer des Fahrzeugs ist ein gewisser Salvatore Natale, wohnhaft in Websweiler, das ist ein Ort nicht weit weg von Bexbach, mitten in der Pampa.
Websweiler! Da war was! Genau! Die haben dort einen Golfplatz! Wahrscheinlich gibt es in dem Kaff weder ein Lebensmittelgeschäft noch einen Friseur, aber eine Golfanlage!
Und damit einen Bezug zu Sascha Berger!
Sollen die anderen nach dem Wohnmobil suchen, ich für meinen Teil werde nach Websweiler fahren, das ist von hier aus ohnehin näher als von Saarbrücken aus.
Muss ich das bei den Kollegen anmelden? Quatsch! Das ist ein privater Ausflug. Ein Rentner auf der Suche nach einem neuen Hobby! Wer will mir das verbieten? Auf geht's!
Ich fahre über Bexbach und schaue daheim bei der Gelegenheit gerade nach der Post und dem Rechten, halte mich aber nicht lange auf. Über Frankenholz und Höchen geht es weiter, vor halb zehn bin ich vor Ort. Friedvoll ist die zutreffende Bezeichnung für den momentanen Zustand der Ansiedlung. Gehwege, Straßen und Häuser liegen in der prallen Sonne, kein Mensch ist zu sehen, eine Geisterstadt ohne Geister.
Ich suche nach der Wohnadresse von Salvatore Natale und werde in einer Seitenstraße fündig. Es ist ein Haus, das einst einmal eine schmucke Villa gewesen sein muss, dem die Zeit in den letzten dreißig oder vierzig Jahren allerdings kräftig zugesetzt hat, ohne dass sich jemand darum bemüht hat, den Verfall zumindest in Grenzen zu halten. Der Farbanstrich ist blättrig, aus dem einstigen Weiß sind schattig-schmutzige Grautöne geworden, an einigen Stellen tritt das Mauerwerk hervor, an anderen schlägt der Putz deutliche Blasen. Der Vorgarten ist umgegraben und mit Grobschotter verfüllt, aus dem üppig das Unkraut wächst.
Ich steige aus dem Wagen und gehe zur Haustür des verwahrlosten Anwesens. Weder an der Türklingel noch am Briefkasten gibt es ein Namensschild, aber die Hausnummer sagt mir,

dass ich an der richtigen Stelle bin.
Die Frau, die mir öffnet, ist nicht nur in die Jahre gekommen, sie scheint steinalt zu sein; ich schätze weit über achtzig. Kittelschürze über der Strickweste, Kopftuch. Allein vom Anschauen bekomme ich Schweißausbrüche. Die Frau schaut mich wortlos an.
»Guten Morgen! Ich möchte zu Herrn Salvatore di Natale«, versuche ich es.
Die Frau dreht sich, ohne ein Wort zu sagen, um und schreit etwas in den Flur, das ich nicht verstehe. Es klingt wie ein krächzender Rabe, der im Stimmbruch ist. Könnte italienisch sein, muss aber nicht, russisch wäre eine Option. Die Alte schreit erneut; lauter. Herrgott, woher nimmt das zierliche Persönchen diese Kraft?
Es dauert eine Weile, bis im Flur eine Frau erscheint, deren äußerlicher Zustand mit dem des Hauses durchaus konkurrieren kann. Die uncharmante Ansprache passt zu diesem Bild.
»Was wollen Sie?«, schnauzt sie.
»Ich möchte zu Herrn Salvatore di Natale, weil …«
»Natale! Ohne di!«, unterbricht mich die Frau, die vielleicht einmal eine Schönheit gewesen sein mag, der man jedoch ansieht, dass das Schicksal sie schnell und übermäßig hat altern lassen. »Der wohnt schon lange nicht mehr hier.«
»Ah, verstehe. Wo kann ich ihn denn aktuell erreichen?«
»Zweibrücken, Justizvollzugsanstalt, falls sie ihn nicht verlegt haben. Und das nicht erst seit gestern. Noch Fragen?«
»Oh, das hat mir keiner gesagt, merkwürdig. Herr Berger hat mir diese Adresse gegeben.«
»Wer soll das sein?«
»Ein Bekannter von Herrn Natale.«
»Kenne ich nicht und wenn, wäre es mir egal.«
»Und Sie sind?«
»Die Ex von dem Arsch, den Sie suchen!«
»Dann entschuldigen Sie bitte, ich wusste nicht, dass Ihre Situation derart … naja, kompliziert ist. Aber wenn ich schon mal

hier bin: Was ist mit dem Wohnmobil, das angeblich verkauft werden soll?«

»Hören Sie guter Mann: Sieht's hier aus, als ob wir ein Wohnmobil zu verkaufen hätten? Außer einer Menge Schulden und noch mehr Ärger hat uns der feine Herr nämlich nichts hinterlassen! Ja, der Arsch hatte früher so ein Teil! Und einen Ferrari und eine Harley und Weiber ohne Ende! Oben auf und vorne dabei! Bis die mitgekriegt haben, woher die Kohle kommt, und zack haben sie ihn hopsgenommen. Paff! Das hier ist übrig geblieben!«

»Und woher stammte das Geld schließlich?«

»Fahren Sie in den Knast und fragen Sie ihn! Er hat es denen nicht erzählt und mir schon gar nicht!«

»Das Wohnmobil ist aber auf seinen Namen zugelassen.«

»Das ist mir völlig wurschd, auf wen das Ding zugelassen ist, Hauptsache mich kostet es kein Geld! Ich hab nämlich keins!«

»Können Sie sich vorstellen, wo das Fahrzeug abgeblieben ist?«

»Wenn ich es wüsste, hätte ich es längst versilbert! Wahrscheinlich hat es sich einer seiner sauberen Freunde unter den Nagel gerissen.«

»Denken Sie an jemand Bestimmtes?«

»Kapieren Sie's nicht? Ich weiß es nicht! Hören Sie sich im Golfklub um, mich lassen sie da nicht mehr rein.«

Bevor ich weitere Fragen stellen kann, fällt die Haustür krachend ins Schloss, worauf rechts und links Stücke vom Putz abfallen.

Salvatore Natale ohne di hat eine kriminelle Vergangenheit! Warum wundert mich das nicht wirklich? Aber wieso kommt Sascha Berger an sein Wohnmobil? Langsam wird es kompliziert. Kurz bevor ich an meinen Wagen komme, klingelt mein Mobiltelefon: Marion!

»Ich habe mich umgehört wegen dieses Fotos«, erklärt sie. »Siggi ist ziemlich sicher, dass die Aufnahme in Ormesheim gemacht worden ist. In der Nähe gibt es angeblich einen Teich

mit Seerosen.«
»Aha! Und wo liegt dieses Paradies genau?«
»Keine Ahnung bin ich Botanikerin?«
»Du nicht, aber vielleicht dieser Siggi. Wer ist das überhaupt?«
»Mein heimlicher Lover.«
»Der Mann ist zu bedauern!«
»Blödmann! Siggi ist beim Stelzfuß.«
»Kriegsleiden oder angeboren?«
»Ein Wanderverein! Die laufen da immer durch die Gegend.«
»Der Name ist nicht gerade ein Mutmacher!«
»Noch was? Ich habe zu tun.«
»Mit der Info kann ich wenig anfangen. Kannst du bei der Liegenschaftsabteilung nachhören? Vielleicht wissen die, wem ...«
»Josch, das Gebiet gehört zur Gemeinde Mandelbachtal, wieso sollte unsere Liegenschaft da Informationen haben?«
»Stimmt! Sorry! Ormesheim oder Ommersheim?«
»Siggi sagte: Ormesheim.«
»Sag Siggi Stelzfuß unbekannterweise einen schönen Gruß und herzlichen Dank. Vielleicht weiß er mehr, dann soll er sich melden.«
»Wo steckst du eigentlich gerade?«
»In Websweiler.«
»Was machst du denn dort?«
»Golf spielen. Soll gut sein für die Figur!«
»Hat der Platz mehr als 50 Löcher? Drunter nützt es bei dir nämlich nix! Weiß der Geier, was du dort treibst, aber Golf spielen mit Sicherheit nicht! Mir egal, ich bin im Stress. Tschüss!«
Hoppla! Wieso fragt sie nicht, ob ich in weiblicher Begleitung bin? Ihre notorische Eifersucht scheint sich langsam zu legen, das wäre ein Fortschritt! Ormesheim! Ich schreibe es mir auf, damit ich es nicht wieder verwechsle. In der Nähe eines Teiches, das müsste zu finden sein, verdammt!
Bevor ich die Kollegen informiere, will ich kurz beim Golfklub

vorbeischauen. Wenn ich schon mal in der Nähe bin, kann das nicht verkehrt sein. Ich bin einige Minuten mit dem Wagen unterwegs, bis ich den ehemaligen Websweilerhof erreiche, der mittlerweile ein Zentrum des regionalen Golfsports darstellt. Auf dem Parkplatz steht ein gutes Dutzend Fahrzeuge der zumindest gehobenen Mittelklasse, einige könnten von dem Gelände des toten Autohändlers stammen. Ich kann mir gut vorstellen, dass gewisse Kreise einen Bammel vor unseren Ermittlungsergebnissen haben.

Im vorderen Bereich stehen einige Golf-Cars, augenscheinlich mit E-Antrieb; wenigstens hier muss man sich nicht um Fahrverbote sorgen. Worin der Gesundheitsaspekt beim Golfen liegt, wenn man mit so einem Ding von Loch zu Loch kutschiert, erschließt sich mir nicht, aber der Rasen hat eine Farbe, die kein Landwirt der Welt hinzaubern könnte. Ist das Grün echt oder ist das aufgespritzt? Naja, mir soll es egal sein!

Die Gastronomie ist mit dem Einräumen beschäftigt, anscheinend wurde gerade erst geöffnet. Ein Mann mit schwarzer Hose und blütenweißem Kurzarm-Hemd scheint der Oberkellner oder der Wirt zu sein.

»Entschuldigung kann ich eine Tasse Kaffee haben oder ist geschlossen?«

»Selbstverständlich, der Herr. Große Tasse? Café crème, normal oder was darf es sein?«

»Groß, schwarz, ohne Zucker, beugt Alzheimer vor«, mache ich mir Marions Diagnose zu eigen.

»Ach ja? Das wusste ich nicht. Gerne!«

Es dauert einige Minuten, während derer ich mich umschaue. Pokale, Urkunden, Wimpel, Fotos. Hier scheint es nur Meister und Sieger zu geben. Keines der Gesichter ist mir bekannt, was nicht verwundert; ich kenne Tiger Woods und Bernhard Langer, und selbst von denen weiß ich nur, dass der eine ein dunkelhäutiger Amerikaner ist und der andere ein blonder Deutscher. Oder ist Woods Südafrikaner? Ist egal! Auf der Straße würde ich

keinen von beiden erkennen, sie mich allerdings auch nicht.
Der Kaffee kommt, der Herr ist überaus, fast übertrieben freundlich.
»Sagen Sie«, frage ich leutselig und zeige auf die Bilder. »Sascha Berger hat wohl nie etwas gewonnen?«
»Entschuldigung müsste ich den Herrn kennen?«
Ich ziehe das Foto aus der Jackentasche.
»Den hier meine ich. Behauptet in unserem Bekanntenkreis immer, er sei ein guter Golf-Spieler.«
»Ach ja? Der Herr war ein paar Mal hier, soweit ich mich erinnere, als Gastspieler, aber der Name? Tut mir leid, man kann nicht jeden kennen.«
Der Mann lügt, das sehe ich ihm an der Nasenspitze an!
»Er will sein Wohnmobil verkaufen, deshalb suche ich ihn. Leider habe ich seine Telefonnummer versaubeutelt. Äh, verstruddelt. Sie wissen schon, das Alter. Ich dachte, dass ich ihn hier vielleicht finde.«
»Nein, tut mir leid, er war geraume Zeit nicht mehr hier.«
»Schade! Ein Weißes mit einem blauen Längsstreifen.«
»Was?«
»Wohnmobil!«
»Sehen die nicht alle gleich aus?«
»Sie haben recht«, seufze ich. »Man kann sie kaum unterscheiden. Das kann man von den Wagen auf Ihrem Parkplatz nicht gerade behaupten.«
»Wie darf ich das verstehen?«
Anscheinend bringe ich den Knaben langsam aus dem Konzept!
»Naja, bei den vielen Extras ist jede Karosse ein Unikat. Kann man bei dem Preis natürlich erwarten!«
»Ach so, ja! Da liegen Sie richtig.«
»Kennen Sie Antoine Petit«, überfalle ich mein Gegenüber.
»N..., nein!«, stottert der. »Da müsste ich jetzt passen.«
»APC! Nobelkarossen, Saarbrücken.«
»Ah, der! Ich weiß, wen Sie meinen. Seine Firma war einige

Male der Hauptsponsor unseres Herbstturniers.«
»Steht bald an?«
»Was?«
»Das Herbstturnier.«
»Nein, nur alle zwei Jahre.«
»Petit soll ein guter Kumpel von Sascha Berger sein und der wiederum hat mir erzählt, dass sein Wohnmobil bei einem gewissen Salvatore Natale untergestellt ist, der hier in Websweiler wohnt. Im Alter ist man gerne unabhängig mobil, im Urlaub zum Beispiel. Sie wissen, was ich meine; daher die Idee mit dem Wohnmobil.«
Ich bemühe mich, einen möglichst verwirrten Eindruck zu hinterlassen, um die wahren Hintergründe meines Besuches zu verbergen. Falls der Kerl etwas weiß und Lunte riecht, wird es ihm seine Diskretion verbieten, weiter auf meine Fragen einzugehen.
»Ja, so ein Gefährt ist eine feine Sache, wenn es gepflegt und in Schuss ist.«
»Ich hätte mir das Objekt gerne bei Natale angeschaut, aber offensichtlich ist dort niemand zu Hause.«
Pause. Schweigen. Keine Reaktion.
»Ja, und jetzt sitze ich hier.«
Wieder nix. Langsam wird mir der Typ unsympathisch.
»Sie kennen Sascha Berger nicht näher?«
»Nein!«
Erneut sagt mir seine Körpersprache, dass der Mann lügt. Ich brauche eine neue Taktik! Doch bevor ich mir eine neue Fragestrategie ausdenken kann, klingelt mein Telefon. Im Display erscheint die Nummer von Katja Reinerts Diensthandy.
»Hallo Josch, ich muss es kurz machen: Sascha Berger ist uns ins Netz gegangen.«
Wow! Mir verschlägt es für einen Augenblick die Sprache.
»Wo?«
»Das erzähle ich dir später, ich muss jetzt los. Ich wollte dich informieren. Wir sehen uns!«

27

Hauptkommissarin Katja Reinert wartete, bis Sascha Berger einen Schluck Wasser aus seinem Pappbecher getrunken hatte. Dann belehrte sie ihn über seine Rechte und informierte ihn, dass ihm als Beschuldigter ein Pflichtverteidiger zugewiesen werden könne, falls er weiterhin keinen eigenen Anwalt benennen wolle, aber Berger erklärte lapidar, dass er keinen Rechtsvertreter wolle.
Hauptkommissar Marius Sorg richtete das Mikrofon aus, startete die Aufnahme und sprach die in der Strafprozessordnung vorgeschriebenen Anfangsformulierungen über Datum, Uhrzeit, Teilnehmerkreis, Dienstgraden und Grund der Vernehmung.
»Herr Berger«, begann Katja Reinert in sachlich emotionslosem Tonfall, »Sie werden beschuldigt am Tötungsdelikt zum Nachteil von Antoine Petit am Mittwoch, dem 15. August dieses Jahres. Die Tat fand kurz nach 8 Uhr morgens im Autohaus des Getöteten in Saarbrücken statt und wurde von den Überwachungskameras minutiös dokumentiert. Möchten Sie sich zu dieser Anschuldigung äußern?«
»Ja!«
»Ich mache Sie noch einmal darauf aufmerksam, dass Sie mit Ihrer Aussage warten dürfen, bis ein Anwalt an Ihrer Seite ist. Sie können auch auf die Anwesenheit der Staatsanwaltschaft bestehen.«
»Nicht nötig, bringen wir's hinter uns!«
»Okay, betrachten wir unsere Unterhaltung als Vorgespräch. Dennoch ist es eine relevante Aussage, die protokolliert wird. Sie müssen nichts aussagen, wenn Sie sich selbst damit belas-

ten.«

Sascha Berger war erschöpft, das war nicht zu übersehen, aber er hatte bereits unmittelbar nach seiner Festnahme erklärt, dass er ein Geständnis ablegen wolle.

Katja Reinert hatte genug Erfahrung, um zu wissen, dass sie behutsam vorgehen musste. Aussagen eines Beschuldigten, der am Rande seiner körperlichen Belastbarkeit stand, konnten von einem pfiffigen Anwalt jederzeit für ungültig erklärt oder vom Beschuldigten selbst später zurückgenommen werden; das galt allerdings nicht, wenn er dahin gehend belehrt worden war und die Aussage aus eigenen Stücken trotzdem tätigen wollte.

»Fühlen Sie sich in der Lage mit uns dieses Gespräch zu führen? Oder möchten Sie sich zunächst ausruhen? Diese Möglichkeit steht Ihnen zu!«

»Nein, verdammt! Ich sagte bereits, dass ich es hinter mich bringen will.«

»Gut, wie Sie wollen! Was sagen Sie zu der dargestellten Anschuldigung?«

»Ja, ich habe Antoine erschossen, und ich bereue diese Tat nicht. Im Gegenteil, ich hätte es bereits viel früher tun sollen, vor Jahren schon, das hätte uns allen einiges erspart.«

»Woher kommt dieser Hass, auf Antoine Petit, Herr Berger? Was genau war Ihr Motiv?«

Berger rang sichtlich mit sich selbst und war bemüht, die Fassung nicht zu verlieren. Plötzlich platze es vehement aus ihm heraus.

»Das Motiv? Ein Motiv? Es gibt mehr als ein Motiv! Haben Sie eine Ahnung, was für ein Schwein Antoine war?«

»Klären Sie mich auf! Woher hatten Sie die Waffe?«

»Von Antoine! Er hat sie mir vor Jahren besorgt. Keine Ahnung, woher!«

»Weshalb?«

»Er war der Meinung, ich sollte eine Waffe tragen. Für den Notfall, zur Selbstverteidigung, dabei ging es ihm mehr um das Geld als um mich selbst. Ich war oft mit sehr viel Bargeld unterwegs.«

Berger machte eine Pause und nahm erneut einen Schluck Wasser. Marius Sorg schenkte ihm nach.

»Damals fing alles an.«

Berger stockte.

»Was fing damals an?«, fragte Sorg.

»Geldgeschäfte. Geldwäsche für Antoines Hintermänner. Zu kompliziert, um es mit wenigen Sätzen zu erklären. Es ging um sehr große Summen. Beinahe wäre alles aufgeflogen, eigentlich war es bereits aufgeflogen, aber Antoine und seine Schergen konnten mit ihren guten Kontakten das Schlimmste gerade noch verhindern. Das Bauernopfer war ich. Ich habe den Kopf für alles hingehalten, aber mir blieb nichts anderes übrig, denn ich brauchte das Geld dringend. Zugegebenermaßen hat man mir mein Schweigen gut entlohnt.«

»Wer steckte dahinter? Können Sie mir Namen nennen?«

»Die Namen der großen Köpfe kenne ich nicht, das ist ein undurchschaubares System. Und bei denen, mit denen ich Geschäfte gemachte habe, sind ein paar große Namen aus der Politik und Geschäftswelt dabei. Wenn ich Ihnen die nenne, bringen die mich um. Aber selbst wenn, hätten Sie keinerlei Beweise; außerdem ist es bereits einige Jahre her.«

»Gut, damit beschäftigen wir uns später. Kommen wir zurück zum Tötungsdelikt zum Nachteil von Antoine Petit!«

»Zum Nachteil!«, äffte Berger nach. »Wie sich das anhört! Wer spricht von meinem Nachteil?«

»Der worin besteht?«

»Der darin besteht, dass er mein Leben ruiniert hat. Als das mit der Geldwäsche aufgeflogen war, hatte er sich notgedrungen jemand anderes suchen müssen. Keine Ahnung, wer das war, aber ich war raus. Wenig später fing er an, meine Frau zu vögeln.«

»Antoine Petit hatte ein Verhältnis mit Ihrer Frau?«, hinterfragte Katja Reinert und versuchte, sich ihre Überraschung nicht anmerken zu lassen.

»Ein Verhältnis? Nein, er hat sie gevögelt. Ich hatte damals keinen Kopf für so etwas; ich hatte alle Hände voll zu tun, um aus dieser Scheiße halbwegs unbeschadet raus zu kommen. Da hat Tanja sich geholt, was eine Frau braucht und Antoine hat diese Situation schamlos ausgenutzt.«

»Wusste Ihre Frau, dass Sie es wussten?«

»Nein, Tanja wusste nicht, dass ich es spitzgekriegt hatte, aber Antoine wusste es. Als ich ihn zur Rede gestellt habe, hat er mich ausgelacht und mir gedroht, mich endgültig ans Messer zu liefern. Ein paar Trümpfe hatte er noch in der Hand, ich hatte keine Chance. Gegen ihn und seine Schläger kam ich nicht an und zur Polizei konnte ich schlecht gehen. Ich hätte ihn damals schon umbringen sollen.«

»Er hat Sie erpresst und bedroht?«, fragte Marius nach. »Welche Schläger meinen Sie? Geht es etwas konkreter?«

»Einige Tage lang tauchten einige dieser Typen in meiner Umgebung auf. Ich kannte sie nicht, aber es war klar, wo die hingehörten. In der Tiefgarage, vor meinem Büro, in der Stadt, am Tennisklub, überall lungerten die rum. Sie taten mir nichts, aber ihre Botschaften waren eindeutig. Ich habe den Wink verstanden.«

»Und tatenlos zugeschaut!«

»Was hätte ich machen sollen? Nach ein paar Monaten war Tanjas Lust anscheinend befriedigt; sie war ausgeglichen und wir … ich liebe meine Frau!«

»Das liegt Jahre zurück, Herr Berger«, intervenierte Marius. »Warum erst jetzt? Sie hatten sich mit Ihrer Frau arrangiert, versöhnt, wie auch immer. Ihre Geschäftskrise scheint überwunden, Ihre Frau ist eine erfolgreiche Unternehmerin, warum gerade jetzt? Was war der Auslöser?«

»Tanjas Verschwinden! Nach und nach ist mir gedämmert, was da los ist. Mir war klar, dass sie sich nach unserem Streit erneut in Antoines Arme geflüchtet hat. Ein zweites Mal kann ich das nicht ertragen.«

»Sind das Vermutungen oder haben Sie Beweise?«

»Beweise?«

»Kontakte? Anrufe? Beobachtungen? Woher wollen Sie wissen, dass Ihre Befürchtungen stimmen?«

Berger schwieg. Anscheinend stand er am Rande eines Zusammenbruchs. Er war jetzt aschfahl, und dicke Schweißperlen standen auf seiner Stirn.

»Sollen wir eine Pause machen?«, unterbrach Katja Reinert die Stille. »Ich mache Sie erneut darauf aufmerksam, dass Sie laut Gesetz nicht aussagen müssen, wenn sie sich dazu nicht in der Lage fühlen.«

»Nein, es geht schon, aber beeilen Sie sich, ich will die Sache hinter mich bringen!«

»Das wird so schnell nicht gehen, Herr Berger. Aber Sie können wesentlich dazu beitragen, dass wir zügig vorankommen.«

Berger nickte.

»Sollen wir trotzdem weitermachen?«, fragte die Hauptkommissarin erneut.

»Fragen Sie!«

»Vor der Tat hatten Sie mit Petit einen heftigen Wortwechsel. Um was ging es da?«

»Ich habe ihm ins Gesicht geschrien, dass ich weiß, was los ist. Er wollte mich verarschen, hat alles abgestritten. Die Drecksau!«

»Herr Berger, Sie hatten die Waffe bereits in der Hand, als Sie den Verkaufsraum betraten! Da kann man nicht von einer spontanen Tat sprechen!«

»Weil ich ahnte, dass er alles abstreiten würde. Dass er den Großkotz spielen würde, wie er das immer getan hatte.«

»Sie sind dort aufgetaucht, um Antoine Petit zu töten!«

»Ja, es musste einfach ein Ende haben!«

»Herr Berger, wissen Sie, wo Ihre Frau ist?«

»Nein, aber ich weiß jetzt, dass er sie nicht mehr vögeln wird!«

»Herr Berger, Sie werden wahrscheinlich für lange Zeit in den Strafvollzug gehen, ist Ihnen das klar?«

»Ja, aber das ist das kleinere Übel.«

»Wir müssen wissen, wo Ihre Frau ist, Herr Berger. Nach Lage der Dinge müssen wir davon ausgehen, dass Sie etwas mit ihrem Verschwinden zu tun haben. Haben Sie Ihre Frau getötet, Herr Berger?«

»Sind Sie verrückt? Ich könnte Tanja niemals etwas antun! Das ist absurd!«

»Eifersucht! Gekränkte Eitelkeit! Das sind starke Motive, Herr Berger!«

»Sie sind völlig verrückt! Ich habe Tanja kein Haar gekrümmt. Ich weiß nicht, wo sie ist!«

»Warum verschwindet sie spurlos von der Bildfläche? Bei Petit haben wir keine Anzeichen gefunden, dass sie sich dort aufgehalten hätte. Wo ist Ihre Frau?«

»Ich weiß es nicht!«, schrie Berger und schlug sich schluchzend die Hände vors Gesicht. »Glauben Sie mir, ich habe keine Ahnung! Wenn ich wüsste, wo sie ist, hätte ich sie zurückgeholt, dann wäre das alles nicht passiert.«

»Petit hat Ihnen nicht gesagt, wo Ihre Frau sich aufhält?«

»Ich sagte doch, dass er alles abgestritten hat. Mich einen Idioten genannt. Sie sei ein Flittchen, hat er gesagt; da bin ich ausgeflippt.«

»Demnach hatten Sie nicht von Anfang an vor, ihn zu erschießen! Wie jetzt? Herr Berger, wir sollten gemeinsam versuchen, der Wahrheit auf die Spur zu kommen. Der objektiven Wahrheit. Eben sagten Sie, dass Sie Herrn Petit aufgesucht haben, mit der Absicht, ihn zu töten. Jetzt behaupten Sie, dass es eine spontane Handlung im Affekt war. Was stimmt denn nun?«

»Ich wollte ihm Angst machen, aber irgendwie war es schon mein Plan. Es war ... ach, ich weiß nicht, es ist kompliziert.«

»Was denken Sie, wo Ihre Frau sich aufhalten könnte? Irgendeine Idee?«

Marius Sorg warf diese Frage absichtlich in den Raum, um Bergers Reaktion zu testen.

»Vielleicht hat er sie irgendwo versteckt«, antwortete der spontan. »In einem Hotel, in Frankreich, was weiß ich. Wahrscheinlich weiß sie nicht, dass er tot ist.«

»Schwer vorstellbar! Die Medien haben umfassend darüber berichtet. Nach Ihnen wird offiziell gefahndet, das wird sie mitbekommen haben. Andere Frage: Was wollten Sie am Abend vor der Tat in Petits Wohnung?«

»Das wissen Sie auch? Ich wollte ihn dort bereits zur Rede stellen und hatte gehofft, dass Tanja bei ihm ist, aber er war nicht da.«

»Wo haben Sie die Nacht danach verbracht?«

»Im Auto; ich bin rumgefahren und habe sie gesucht. Bis ich mitbekam, dass das keinen Zweck hat; da habe ich auf einem Parkplatz ein paar Stunden geschlafen.«

»Okay, am Morgen sind Sie nach Saarbrücken und haben Petit erschossen. Wie ging es danach weiter?«

Berger schien seine Schwächephase jetzt überwunden zu haben. Bereitwillig und ausführlich erzählte er, dass er ursprünglich vorhatte, mit einem von Petits Ausstellungsstücken zu flüchten, die Karre aber nicht geöffnet bekam.

Katja Reinert wusste, dass er in der Hektik den falschen Schlüssel erwischt hatte, der zugehörige Wagen parkte hinten in der Werkshalle, aber das behielt sie für sich.

Berger war offensichtlich ziemlich unvorbereitet in die Aktion hineingeschlittert, wenn man von der Waffe einmal absah. Dass er sich dilettantisch und hektisch relativ stümperhaft verhalten hatte, war im Augenblick unerheblich. Wie sein Vorgehen juristisch zu bewerten war, darüber mussten später andere befinden.

»Wie sind Sie an das Wohnmobil gekommen?«, wollte Marius wissen.

»Den Schlüssel habe ich seit Jahren. Sein Vorbesitzer sitzt im Knast, das hat mit Antoine zu tun, ist aber eine völlig andere Geschichte. Die Kiste stand in der Werkshalle eines Neunkircher Malerbetriebes, der vor einiger Zeit Pleite gegangen ist. Den Besitzer kenne ich, besser gesagt kannte, denn der ist vor ein paar Wochen gestorben. Tanja und ich haben das Wohnmobil des Öfteren für Kurzurlaube genutzt, die Steuern hat Tanja über ihr Büro beglichen.«

Berger setzt an, um ausschweifend über diese Ausflüge zu berichten, aber Katja Reinert erstickt die Ausführungen bereits im Keime.

»Verschwenden wir keine unnötige Zeit auf Details, das können wir später erörtern. Warum sind Sie in Ihre Wohnung zurückgekehrt? Sie mussten damit rechnen, entdeckt zu werden. War das wegen des Computers oder warum das Risiko?«

»Ich brauchte das Bargeld, auf die Bank konnte ich nicht gehen!«

»Wo war das Geld?«, fragte Marius überrascht, denn bei der Durchsuchung waren keine nennenswerten Beträge gefunden worden.

»In einem Versteck unter dem Küchenboden.«

»Wie viel?«

»Knapp eine Viertelmillion.«

»Woher hatten Sie so viel Geld?«

»Das stammt aus den Schwarzgeldgeschäften.«

»Das werden Sie später im Detail erklären müssen. Im Übrigen müssen Sie sich nicht zusätzlich selbst belasten mit Dingen, die wir Ihnen nicht vorwerfen. Das am Rande! Wo ist das Geld jetzt?«

»Im Alkoven des Wohnmobils in einem Seitenfach am Fußende.«

»Wusste Ihre Frau von dem Geld?«

»Klar! Wenn Sie mich hätte verlassen wollen, hätte sie die Kohle mitgenommen!«

»Eben!«, seufzte Katja Reinert.

»Dieser Umstand entlastet Sie nicht unbedingt«, setzt Marius Sorg eins drauf und fing sich dafür einen mahnenden Blick der Hauptkommissarin ein, denn sie mussten vermeiden, dass Berger sich in die Enge getrieben fühlte und seine kooperative Handlung aufgab.

»Mann, ich habe Ihnen das alles freiwillig erzählt!«, ereifert sich Berger.

»Schon gut«, beschwichtigte Marius. »Aber unsere Leute hätten das ohnehin rausgefunden. Sie geben lediglich zu, was Sie unbedingt müssen.«

Katja Reinert wurde unruhig. Zu solchen Floskeln sollte sich ein erfahrener Beamter eigentlich nicht hinreißen lassen.

»Das ist Quatsch! Warum habe ich diesen Schaum gebeten, mir bei der Suche nach Tanja zu helfen?«

»Ein Ablenkungsmanöver?«, erwiderte Marius.

»Gut«, lenkte Katja Reinert ein, bevor das Gespräch von beiden Seiten aus dem Ruder lief. »Gehen wir der Einfachheit halber davon aus, dass Sie mit dem Verschwinden Ihrer Frau nichts zu tun haben. Rein theoretisch. Sie glauben also, dass sie bei Antoine Petit untergetaucht ist. Vorübergehend, um Ihnen sozusagen einen Denkzettel zu verpassen. Oder um sich mit ihm zu vergnügen, sich auszutoben, was auch immer ihr Beweggrund war. Dass sie von Petits Tod nichts mitbekommen hat, halte ich für unwahrscheinlich. Demzufolge hätte sie auftauchen müssen, ist sie aber nicht. Auch als nach Ihnen gefahndet wurde, hat sie sich nicht gemeldet. Was meinen Sie, Herr Berger, ist das nicht ungewöhnlich?«

»Sie wusste nicht, wo ich bin.«

»Angenommen das stimmt. Trotzdem: Der Liebhaber tot, nach dem Ehemann sucht die Polizei – wie cool muss eine Frau sein, wenn sie darauf nicht reagiert? Ich habe dafür eine Erklärung, Herr Berger: Sie hängt in der Sache mit drin und wartet irgendwo auf Sie! Was halten Sie von dieser Idee?«

»Das glauben Sie selbst nicht! Das ergibt überhaupt keinen Sinn!«

Marius atmete tief durch und schaute Berger in die Augen.

»Ich sage Ihnen meine Theorie: Sie und Ihre Frau machen gemeinsame Sache. Sie lässt sich auf Petit ein, zieht ihm irgendwie Geld aus der Tasche und verschwindet wieder, derweil Sie ihn aus dem Weg räumen, das Schwarzgeld krallen und abhauen, um sich später mit Ihrer Frau zu treffen. Zusammen verschwinden Sie ins Ausland, von wo aus Ihre Frau später ihr Geschäftskonto plündert. Vielleicht hat sie eine schwarze Kasse, jedenfalls kommt da einiges zusammen, womit es sich eine gute Weile unbeschwert aushalten und ein gutes Leben führen lässt. Was halten Sie von dieser Theorie?«

Katja Reinert wusste genau, dass Marius selbst nicht an diesen Humbug glaubte, sondern Berger aus der Reserve locken wollte. Ihr war mittlerweile klar, dass Berger mit dem Verschwinden seiner Frau höchstwahrscheinlich wirklich nichts zu tun hatte. Sorgs Vernehmungsstil passte ihr ganz und gar nicht und das würde sie ihm im Nachgang unverblümt unter die Nase reiben.

»Nichts halte ich davon«, echauffierte sich Berger. »Sie lässt nicht ihren ganzen Kram zurück, außerdem hätte sie das Geld gleich mitnehmen können. Ihre Geschichte passt hinten und vorne nicht.«

»Ich akzeptiere Ihre Haltung, Herr Berger! Helfen Sie uns! Welche Geschichte stimmt denn?«, fragte Katja.

»Hören Sie: Ja, ich habe Antoine erschossen! Ja, ich werde dafür lange Zeit ins Gefängnis müssen. Warum sollte ich in meiner Situation nicht die Wahrheit sagen? Schauen Sie mich an! Mein Leben ist ruiniert, ich bin fertig. Das Einzige, was mich interessiert, ist, was mit meiner Frau geschehen ist, ob sie wohlauf ist. Vielleicht hat er sie geschlagen oder umgebracht, woher soll ich das wissen? Finden Sie sie um Gottes willen, anstatt mir einen weiteren Mord in die Schuhe zu schieben.«

»Hatte Petit außer seiner Wohnung in Saarlouis andere Unterkünfte?«
»Ich weiß es nicht. Vor Jahren erwähnte er eine Villa. Ob es die überhaupt gab, oder eine seiner üblichen Protzereien war, keine Ahnung. Irgendwo im Süden hatte er geprahlt. Durchsuchen Sie seine Wohnung, vielleicht finden Sie was.«
»Wir sind gerade dabei.«
»Ich bin müde und hungrig. Kann ich etwas zu essen haben?«
»In Ordnung, Herr Berger, wir machen an dieser Stelle eine Pause. In Ihrer Zelle bekommen Sie etwas zu essen.«
»Tun Sie mir einen Gefallen und finden Sie meine Frau!«
»Lieben Sie sie? Sie müssen diese Frage nicht beantworten.«
»Ich werde nie aufhören, sie zu lieben, egal, was passiert.«
»Tja, wollen wir hoffen, dass wir sie bald unbeschadet finden, Herr Berger!«

28

Dass Katja Reinert bei ihrem Anruf kurz angebunden war, hatte mich zunächst geärgert, aber nach kurzer Aufregung hatte ich mich in ihre Lage versetzt und ihr Verhalten akzeptiert.
Im Präsidium war jetzt der Teufel los. Eine Vielzahl von Ablaufmechanismen war vorzubereiten und zu koordinieren, da war im Augenblick kein Platz für einen Hobbyermittler, der erst vorinformiert werden musste, wenngleich er irgendwie noch Teil des Systems war, aber das sahen die Kollegen wahrscheinlich mit einem größeren Abstand als ich. Ich werde mich daran gewöhnen müssen, nicht mehr die erste Geige zu spielen. Dennoch wurmt es mich, dass ich tatenlos und uninformiert in diesem Golfklub abhänge, während anderswo die Post abgeht. Zumal dieser Kerl die Zähne nicht auseinander kriegt und mich für dumm verkaufen will. Aber was soll ich machen, ich kann es nicht aus ihm herausprügeln. Selbst wenn ich es wollte, würde ich den Kürzeren ziehen, denn der Mann ist zwanzig Jahre jünger als ich und steht offensichtlich gut im Saft. Egal, die Vorstellung ist ohnehin hirnrissig.
»Ich zahle meinen Kaffee!«, rufe ich in Richtung Schanktisch, wo der wortkarge Mensch mit dem Einräumen des Kühlschranks beschäftigt ist. »Ich muss nämlich dringend weg.«
»Schlechte Nachrichten?«, interessiert sich der Wirt plötzlich und reicht mir die Rechnung.
»Meinen Sie den Anruf oder den Rechnungsbetrag?«, frage ich, nachdem ich auf den Kassenzettel geschaut habe.
»Den Anruf! Der Preis ist Standard und wird üblicherweise nicht kritisiert. Eigentlich nie!«
»Man sagt mir nach, ich sei ein Pionier!«, entgegne ich. »Im-

mer schon gewesen. Ich wünsche Ihnen einen guten Tag!«
Es dauert mehr als eine Stunde, bis ich mich durch den Verkehr ins 40 Kilometer entfernte Polizeipräsidium gequält habe. Seit das Land die Gelder für die Sanierung von Autobahnbrücken abruft, geht auf den meisten Strecken nichts mehr. Jahrelang ist nix passiert, jetzt sanieren die plötzlich alle auf einmal. Wenn wie angekündigt die Landstraßen auf der zehn Kilometer längeren Abkürzung auch noch saniert werden, muss ich mich neu organisieren und einen anderen Weg zur Arbeit … mit was für einem Blödsinn beschäftige ich mich da gerade? Ich bin Rentner und muss keinen Terminen mehr nachhetzen, wann verinnerliche ich das endlich?
Im Präsidium durchforste ich alle Büroräume des K3, aber außer Inge ist niemand da.
»Katja und Marius sind oben im Vernehmungsraum, die haben den Berger in der Mangel. Ken ist im anderen Raum und hat irgendwelche Klubmitglieder am Wickel. Kann sein, dass die Staatsanwältin dabei ist, aber von der weiß man nie genau, wo sie sich rumtreibt.«
»Sind die schon lange bei der Befragung?«
»Berger wurde vor etwa einer Stunde angeliefert. Haha, angeliefert, wie sich das anhört!«, Inge lacht über ihren eigenen Witz. »Ken sitzt schon den ganzen Tag da oben.«
»Weißt du, wo sie Berger geschnappt haben?«
»Nein, mir erzählt ja keiner was.«
»Ich gehe hoch zu Ken, vielleicht weiß der was.«
»Willst du keinen Kaffee?«, fragt Inge enttäuscht.
»Nein, danke, ich hatte gerade einen im Golfklub.«
»Aha, im Golfklub! Hast du noch Sex oder spielst du schon Golf. Haha, alter Witz, sorry!«
»Kannst du dir vorstellen, dass ich Golf spiele, Inge?«
»Nicht wirklich, das andere aber auch nicht.«
Ich gehe! Männer über 60 werden anscheinend als geschlechtslose Wesen angesehen, da müsste unsere Familienministerium

dringend für Aufklärung sorgen, statt verzogenen Kindern Förderunterricht anzubieten. Demografie! Papperlapapp!
Solange Ken im Vernehmungsraum sitzt, will ich ihn dort nicht stören. Ich selbst bin früher an die Decke gegangen, wenn jemand unangemeldet reingeplatzt ist.
Einen Zeugen oder einen Tatverdächtigen zu befragen, ist keine einfache Sache, wie man uns das im Fernsehen vorgaukeln will. Es ist nicht etwa so, dass wir planlos Fragen stellen und einfach darauf hoffen, verwertbare Antworten zu bekommen; nach dem Prinzip Zufall arbeiten wir nicht!
Zeitpunkt, Inhalt und Tonfall der Frage sind ebenso wichtige Komponenten wie das Zusammenspiel der Vernehmungsbeamten, alles greift ineinander über. Während der Ausbildung lernt man allerhand, vor allem die neuen Kollegen und Kolleginnen werden theoretisch in psychologisch ausgeklügelten Taktiken geschult, von denen unsereins keine Ahnung hat, aber ein Gefühl für sein Gegenüber entwickelt man erst nach langjähriger Praxis und der Erfahrung einiger Dienstjahre. Hinzu kommt, dass die jungen Kollegen durch die Medien verunsichert werden, wenn es um die Beurteilung geht, wo die Grenzen rechtsstaatlicher Verhörmethoden zu sehen sind.
Vor allem bei Zeugenaussagen ist das mit der Wahrheit so eine Sache. Menschen verwechseln bisweilen Wahrheit und Vision, ohne sich dessen bewusst zu sein. Das geht uns allen so, ohne dass wir das beeinflussen können, weil uns das Gehirn etwas vorgaukelt. Durch geschickte Fragestellungen kann der geschulte Beamte Zeugenangaben abprüfen und rausfinden, ob sich eventuelle Ungereimtheiten aufklären lassen.
Ich weiß nicht warum, und wie, aber wenn mich mein Gesprächspartner bewusst angelogen hat, habe ich das intuitiv gemerkt. Vielleicht war es das unbewusste Zucken eines Auges oder die Änderung im Timbre seiner Stimme, ein nervöses Räuspern, keine Ahnung, aber ich wusste meistens sofort, woran ich bei meinem Kandidaten war. Merkwürdigerweise funk-

tioniert das bei mir nur mit Männern, vielleicht sind Frauen abgebrühter, wenn sie schwindeln.
Bei den Vernehmungen kommt es vor allem darauf an, dass die Aussagen gerichtsverwertbar sind, alleine das Gefühl verarscht zu werden oder tatsächlich einen Unbeteiligten vor sich zu haben, bringt die ermittelnden Beamten nicht weit, und genau darin liegt die Kunst: seinem gegenüber brauchbare und eindeutige Aussagen zu entlocken und diese zu dokumentieren; in Wort und Bild!
Ich kann mich an einen Fall erinnern, da …
Bevor ich in Erinnerungen versinken kann, geht die Tür des Vernehmungszimmers auf und Ken tritt in den Flur. Als er mich auf der Wartebank entdeckt, ist er überrascht.
»Was machst du denn hier?«
»Katja hat mich informiert, dass Berger geschnappt wurde.«
»Stimmt, aber die sitzen drüben im anderen Raum. Ich schlage mich hier mit den Damen und Herren vom Golf- und vom Tennisklub rum. Ich kann dir sagen!«
»Ich weiß, Inge hat es mir erzählt. Und kommst du weiter?«
»Boah, das ist ein zähes Volk. Wenn du mich fragst: Da werden die Kollegen vom Wirtschaftsdezernat einiges zu tun haben. Aber mit dem Tötungsdelikt an Antoine Petit haben die hier alle wahrscheinlich nichts zu tun, wenngleich manch einer froh sein wird, dass der den Mund nicht mehr aufmachen kann. Wie nennt man das? Ergebnisfremde Gespräche! Mir stinkt das langsam.«
»Das kann ich nachvollziehen, aber das ist unser … dein Job! Hinter jeder alten Tapete erwartet dich ein noch älterer Putz!«
»Bist du seit Neuestem unter die Heimwerker mit philosophischem Background gegangen, oder was?«
»Sag mal: Wo ist euch Sascha Berger ins Netz gegangen?«
»In Altheim, aber das war mehr oder weniger ein Zufall!«
»Inwiefern? Altheim? Wo ist das denn?«
»Entschuldigung, ich vergaß deine lückenhaften Ortskenntnis-

se! Sagt dir Hornbach etwas?«
»Der Baumarkt?«
»Nein, eine Gemeinde in der Nähe von Zweibrücken.«
»Das liegt in der Pfalz!«
»In der Tat! Auch dort existiert eine Welt! Ob du es glaubst oder nicht. Dort gibt es einen Stellplatz für Wohnmobile. Berger wollte in Richtung Frankreich abhauen, aber da die Hauptstraße wegen Bauarbeiten gesperrt war, musste er über Altheim ausweichen, das, wie dir wahrscheinlich nicht bekannt ist, im Saarland liegt. Wegen der Umleitung war auf der Landstraße ein ziemliches Chaos, jedenfalls ist ihm ein Traktor in die Quere gekommen, dem er die Vorfahrt genommen hat. Ein Bagatellschaden, aber der streitbare Landwirt rief die Polizei; den Rest kannst du dir denken.«
»Kaum zu glauben.«
»Tja, der berühmte Kommissar Zufall!«
»Hat er etwas über seine Frau rausgelassen?«
»Keine Ahnung, ich war anderweitig beschäftigt.«
»Hast du einen Augenblick Zeit?«
»Wofür?«
»Ich habe eine Information, von der ich nicht weiß, was ich davon halten soll.«
»Schieß los, aber mach es kurz!«
Die Sache mit dem Wohnmobil und Bergers Verbleib hat sich mittlerweile erledigt, aber Tanja Bergers Verschwinden beschäftigt mich umso mehr. Ich erzähle Ken von dem Foto mit Antoine Petit, dem Porsche und der Villa, von dem, was Marion herausgefunden hat und erkläre ihm meine vage Theorie.
»Allem Anschein nach liegt dieses Landhaus nicht allzu weit entfernt von hier. Was ist, wenn Tanja Berger sich dort versteckt hält?«
»Deine Theorie in Ehren, aber weshalb sollte sie dort warten? Sie wird wissen, dass Petit tot ist. Sie dürfte mit Sicherheit mitbekommen haben, dass wir nach ihrem Mann fahnden. Dass

wir ihn haben, hat die Presse noch nicht berichtet, es wird aber nicht mehr lange dauern. Warum also? Außerdem wissen wir nicht, wo dieses Anwesen liegt.«
»Das könnten wir eventuell rausfinden.«
»Und dann? Angenommen wir finden es und Frau Berger ist wirklich dort. Was willst du ihr vorwerfen?«
»Mitwisserschaft!«
»Dünnes Eis!«
»Möglicherweise ist sie nicht freiwillig dort.«
»Noch dünneres Eis.«
»Hast du eine bessere Idee?«
»Nein, muss ich auch nicht!«
»Wenn ich weiß, wo die Hütte ist, fahre ich hin und schaue nach. Ihr müsst euch nicht weiter drum kümmern, ihr habt genug am Hals.«
»Ich soll für dich rausfinden, wo dieses Haus steht? Wie soll ich in der Schnelle an diese Information kommen? Soll ich die Luftaufklärung alarmieren, den Bliesgau mit Helikopterüberflügen kartieren oder alle Katasterämter aufmischen? Mein Gott Josch, das braucht Zeit, die ich nicht habe! Falls es überhaupt funktioniert, da steht nämlich der Datenschutz auf der Matte, ganz nebenbei!«
»Ruf bitte bei 4.11 an! Sag Manfred einen schönen Gruß von mir – Nein – lass es besser, es muss nicht jeder wissen, dass ich mitmische.«
»Bei Logistik und Liegenschaften? Die befassen sich ausschließlich mit unseren eigenen Liegenschaften!«
»Das ist richtig, aber Manfred hat überall seine Kontakte und Möglichkeiten, an die wir nicht rankommen. Wenn's einer auf kurzem Weg rausfindet, dann Manfred.«
»Du hast nicht verlernt, wie du deinen Kopf durchsetzen kannst«, seufzt Ken.
»Es ist ja noch derselbe Kopf! Sag mir Bescheid, sobald du etwas erfahren hast.«

»In welcher Gegend war das noch mal? Irgendeinen Anhaltspunkt wird Manfred brauchen.«
»Der sucht über den Namen und Petit wird es häufig nicht geben. Egal, ich erklär es dir noch mal.«
Ich versuche, so genau wie möglich die infrage kommende Gegend einzugrenzen und zeige es ihm anhand einer Wandkarte, die am Ende des Flurs hängt. Ken macht sich Notizen und verschwindet schließlich in einem der Dienstzimmer, um zu telefonieren.
Hier zu warten, macht keinen Sinn. Ken wird sich melden, falls er etwas erreicht hat. Es geht auf halb vier zu. Zeit, etwas Süßes und einen Kaffee zu ergattern. Die Kantine schließt freitags um vier, ich muss mich sputen; wahrscheinlich bekomme ich ohnehin nur die Restbestände der Woche.
In der Kantine entdecke ich Staatsanwältin Daniela Sommer. Sie fühlt sich unbeobachtet und sitzt vor einem großen Stück Erdbeerkuchen, auf dem sich, der Spitze des Mount Everest nicht unähnlich, ein riesiger Berg Schlagsahne türmt. Ha, erwischt!
Unbeobachtet schleiche ich mich an ihr vorbei und bekomme am Buffet die letzte Nussecke, ansonsten ist die Kuchentheke komplett geräubert, bis auf ein unansehnliches Stück Käsekuchen, das zur Hälfte auseinandergefallen ist.
»Guten Appetit!«, wünsche ich lautstark und setze mich zu Frau Sommer.
»Ausgerechnet du Scheusal musst mich hier beim Schlemmen erwischen!«, gibt sie regungslos zurück, woraus ich schließe, dass sie mich längst entdeckt hatte, in der Hoffnung, dass dieser Kelch an ihr vorübergeht.
»Da ist am Verkauf ein Stück Käsekuchen übrig«, bemerke ich.
»Den gibt's als Last Minute bestimmt zum Sonderpreis.«
Mein Sarkasmus wird mich wahrscheinlich irgendwann ins Grab befördern, aber ich kann bei diesem Anblick einfach nicht anders.

»Hoffentlich ist die Nussecke vergiftet!«, keift Daniela zurück.

»Es wäre mir ein Fest wert! Ach ja, morgen ist Marions Geburtstags Fete. Ich hoffe, das Essen ist besser als der Gastgeber!«

»Das werde ich Marion ausrichten, verehrte Frau Staatsanwältin!«

»Die weiß genau, wer gemeint ist! Was treibst du dich eigentlich hier rum? Gibt's zu Hause nichts zu tun?«

»Sascha Berger ist euch ins Netz gegangen!«

»Ach! Das hat sich bis zu dir rumgesprochen?«

»Hat es! Mir geht's aber um dessen Frau!«

»Falsch! Zunächst geht es um den Mord an Antoine Petit, denn ich werte es als Mord! Für Ehestreitigkeiten, Prostitution, Steuerhinterziehung und was weiß ich noch, sind wir nämlich nicht zuständig!«

»Wenn man Tanja Bergers Leiche findet, sind wir … äh, bist du zuständig, ob du willst oder nicht! Falls man sie lebend findet, erspart euch das eine Menge Arbeit!«

»Wer behauptet, dass sie tot ist?«

»Niemand! Aber hör mir einfach kurz zu, ich habe mir Gedanken gemacht.«

Während Daniela Sommer unbeeindruckt ihren Erdbeerkuchen samt Sahneberg in sich hineinschaufelt, erzähle ich von meinem Besuch im Golfklub, der Begegnung mit Natales Ex-Frau und dem Foto, auf dem Antoine Petit nahe einer Villa zu sehen ist, und dass wir deren Lage ungefähr eingrenzen können. Ich versuche, der Staatsanwältin meine Theorie nahe zu bringen, wonach Tanja Berger womöglich nicht freiwillig verschwunden ist und Petit sie möglicherweise in ihrer Gewalt hatte.

»Ich halte das für ziemlich weit hergeholt«, erklärt Daniela Sommer mampfend. »Gut, manchmal frisst der Teufel Fliegen.«

»Oder Erdbeerkuchen«, unterbreche ich.

»Im Ernstfall auch pensionierte Hauptkommissare!«, knurrt Daniela.
»Was heißt, weit hergeholt? Wenn Berger nicht aussagt, wo seine Frau ist und nichts mit ihrem Verschwinden zu tun haben sollte, mache ich mir um sie echte Sorgen.«
»Du machst dir um eine Frau Sorgen? Das ist was Neues! Weiß deine Marion schon etwas von diesem plötzlichen Sinneswandel?«
»Im Ernst! Die haut nicht einfach ab, erst recht nicht jetzt, wo sie alles für sich alleine haben könnte. Das Zeug, das sie zurückgelassen hat, ist einiges Wert, warum sollte sie freiwillig darauf verzichten?«
»Du scheinst tatsächlich zum Frauenversteher zu mutieren.«
»Wie kann man bloß so teilnahmslos sein?«
»Ich bin keineswegs teilnahmslos, Josch! Aber alles schön der Reihe nach! Wir warten ab, was Berger uns zu sagen hat, danach sehen wir weiter. Ich kann nicht alleine auf deine Theorie hin das SEK, zwei Hundestaffeln, Heerscharen von Polizeibeamten und die Helikopter in Marsch setzen, um eine Villa im Bliesgau zu suchen? Selbst wenn wir sie finden, was ist, wenn wir dort nichts außer ein paar Regalen voller Gläser mit nachhaltigen Marmeladen finden und eine Kühltruhe mit Bio-Fleisch. Der Oberstaatsanwalt zerreißt mich in der Luft und der Innenminister wirft mich der Meute zum Fraß vor.«
»Du denkst nur ans Essen!«
»Wäre es dir lieber, wir finden eine Leiche?«
»Das nicht, aber eine lebendige Tanja Berger wäre nicht schlecht. Wie geht's jetzt weiter?«
»Ich gehe gleich ins Kommissariat und bespreche mit dem Team die Vernehmungsergebnisse von Berger und das, was bei den Befragungen seiner Sportheinis rausgekommen ist. Ergebnisoffen, danach sehen wir weiter! Die Aktenführung obliegt der Staatsanwaltschaft, wie du dich vielleicht erinnern kannst, demnach laufen alle Informationen bei mir auf. Ich werde

versuchen, mir so schnell wie möglich einen Überblick zu verschaffen.«

»Vielleicht zählt jede Minute«, interveniere ich.

»Das tut es immer!«, erklärt die Staatsanwältin mit stoischer Ruhe, gabelt den letzten Bissen auf, erhebt sich und trägt das Geschirr an die Theke. »Sei nicht hektisch!«, ruft sie mir beim Weggehen zu. »Ich melde mich, wenn es Neuigkeiten gibt.«

Auf wen und was soll ich denn warten? Andererseits hat sie recht. Vielleicht hat Berger ausgepackt und die Sache hat sich erledigt. Alles ist möglich, der Fall ist verzwickt! Trotzdem habe ich, was Tanja Berger betrifft, ein ungutes Gefühl. Irgendwie passt das alles nicht zusammen und an Zufälle glaube ich nicht.

Soll ich jetzt nach Hause fahren oder eine Weile bleiben und warten, ob sich etwas ergibt? Andererseits: Was soll ich zu Hause? Was will ich hier außer Warten? Es ist zum Mäusemelken!

»Dachte ich mir, dass du hier bist!«, ruft Ken Arndt schon Weitem und kommt zu mir an den Tisch.

»Was gibt's?«

»Ich habe die Informationen über das Grundstück und du hattest recht: Antoine Petit besaß ein Anwesen im Gau, genauer gesagt in Ormesheim.«

Ken stockt und schaut auf einen Zettel.

»Flur 12, Flurstück 17 aus 150, 2.480 Quadratmeter.«

»Super! Hast du die Koordinaten? Wie soll ich das finden?«

»Hat Manfred rausgefunden, aber frag mich nicht wie. Oberhalb der Allmendstraße.«

»Steht da eine Villa drauf?«

»Darüber gibt es keinen Eintrag, aber auf dem Luftbild ist ein Gebäude zu erkennen.«

»Bingo! Das muss nicht heißen, dass es das gesuchte Objekt ist, aber das lässt sich feststellen.«

»Du willst wirklich dorthin?«

»Ich will nicht nur, ich werde! Und zwar jetzt gleich! Wie lange brauche ich bis Ormesheim?«

»Du? Ohne Navi drei Tage! Mit vielleicht eine halbe Stunde schätze ich.«

»Flegel! Du sollst mich nicht verarschen. Schließlich war ich einst dein Chef.«

»Josch, ich bitte dich! Weißt du noch, wie du seinerzeit im Nordsaarland herumgeirrt bist. Ohne Katja würdest du jetzt noch dort rumlungern.«

Ken spricht eine Schwachstelle von mir an: meine Orientierungslosigkeit auf fremdem Gelände und meine Unfähigkeit, eine Landkarte zu lesen. Seit es Navigationshilfen gibt, hat sich meine Hilflosigkeit zwar gebessert, aber nur so lange nichts Unvorhergesehenes dazwischen kommt.

»Schon gut! Wärm nicht die ollen Kamellen auf! Beschreib mir grob die Route!«

»Über Fechingen und Bliesransbach würde ich vorschlagen. Oder du fährst am Flughafen vorbei. Übrigens: Da stehen Schilder! Schwarze Schrift auf gelbem Grund, die Pfeile geben die Richtung an und die Zahlen die Entfernung; in Kilometer, nicht in Stunden!«

»Schnösel! Gib mir den Zettel und mach, dass du an deine Arbeit kommst! Und tschüss!«

»Tschüss bis morgen.«

»Wieso bis morgen?«

»Die Geburtstagsparty deiner Herzallerliebsten!«

»Habe ich dich etwa eingeladen?«

»Hast du!«

»Ein unverzeihlicher Fehler, ich bin viel zu gutmütig.«

»Bin ich ausgeladen?«

»Schwachkopf! Und wehe, du kommst zu spät! Dann sorge ich dafür, dass du zur Sitte kommst!«

»Und wieso sollte das eine Strafe sein?«

»Weil du dort viele bekannte Gesichter triffst, aber den Mund

halten musst. Auf Dauer macht das wenig Spaß!«
»Sprichst du aus Erfahrung?«
»Habe ich alles bereits hinter mir. Vor deiner Zeitrechnung.«
Ken reicht mir den Zettel, worauf ich ihm auf die Schulter klopfe.
»Danke, mein Freund, du hast einen gut bei mir. Manchmal habe ich die Hoffnung, dass meine Schule etwas genutzt hat.«
»Kann sein Josch, aber erwarte nicht, dass das einer von uns zugibt. Pass auf dich auf und mach keinen Unsinn! Ich weiß zwar, dass meine Warnung nix nützt, aber ich will es wenigstens gesagt haben. Du machst sowieso, was du willst. Ruf an, wenn du Hilfe brauchst!«
»Ich danke dir. Und mach endlich, dass du an deine Arbeit kommst!«

29

Ich habe die Zieladresse in mein Navigationsgerät eingegeben und mache mich auf den Weg.
Mit dieser technischen Errungenschaft würde ich sogar den Weg zum Jupiter finden, wäre da nicht hinter dem Mars bereits eine Umleitung, im aktuellen Fall im Bereich der Heringsmühle. Dort wurde ein Verkehrskreisel gebaut, der laut Bauschild zur Verbesserung der Verkehrsinfrastruktur beitragen soll. Zunächst einmal sorgt er für ein ziemliches Chaos, weil die Restarbeiten für einen gewaltigen Rückstau führen. Kaum ist die Baustelle nach der dritten Ampelphase passiert, wartet eine Umleitung auf mich.
Mein Navi befiehlt mir, nach links in die Provinzialstraße abzubiegen, hat aber leider nicht mitbekommen, dass dort gerade Kanalrohre in den Boden versenkt werden; es geht nur geradeaus weiter.
Meine Güte! Diese Kanalrohre werden immer mächtiger! Das Teil, das da gerade am Bagger hängt, hat einen Durchmesser von mindestens zwei Metern! Dass die Leute zunehmend Mist machen, ist mir bekannt, aber dass das sprichwörtlich zu nehmen ist, hätte ich nicht gedacht.
Ich stehe an der nächsten Baustellenampel und sinniere. Was mögen Archäologen denken, wenn sie in 2000 Jahren die Hinterlassenschaften unserer Zivilisation ausbuddeln werden? Für die dicken Rohre werden sie womöglich eine plausible Erklärung finden, aber was ist mit den Bergehalden?
Menschen holen Steine und Geröll aus großer Tiefe aus der Erde, um die Massen über Tag zu großen Halden aufzutürmen. Das macht für die Nachwelt sicher keinen Sinn, weil sie die

zugehörige Kohle nicht mehr finden werden. Die Forscher der Zukunft werden wahrscheinlich einen kultischen Ritus vermuten und sich fragen, welchem Gott diese merkwürdige Kultur einst gehuldigt hat.
Plomben vom Lyoner und Kronkorken von Bierflaschen verrotten nicht und werden sie hoffentlich auf die richtige Spur führen: Die Saarländer haben bis ins 21. Jahrhundert daran geglaubt, dass die Höll auf dem Karlsberg liegt. Sie opferten Wurst und alkoholische Getränke an die Götter!
Endlich springt auch diese Ampel auf Grün und beendet damit meine schwachsinnigen Fantasien.
Die Umleitungsschilder führen mich zurück auf den rechten Weg, sodass ich der sonoren Stimme meines Navigators folgen kann. Ich habe die Ansage bewusst umprogrammiert, weil mich die Werkseinstellung der Ansagestimme zu sehr an Staatsanwältin Sommer erinnert hatte.
Nach einem Kilometer erreiche ich Ormesheim.
Adenauerstraße für die nächsten fünfhundert Meter folgen. Links abbiegen auf Allmendstraße.
Immerhin hat das Gerät kapiert, wohin ich will und den Weg trotz der Hindernisse tatsächlich gefunden. Was künstliche Intelligenz alles leisten kann! Wie wäre es mit dem Entrümpeln meines Kellers?
Beständig geht es bergauf. Links abbiegen auf Allmendstraße.
Danke Kamerad, aber das ist eine Einbahnstraße! Wieso weiß der Komiker das nicht? Und jetzt? Auch wenn der Typ im Armaturenbrett es dreimal wiederholt, ich kann nicht abbiegen! Idiot! Von wegen künstliche Intelligenz.
Ich nehme die nächste Abbiegung nach links, etwa fünfzig Meter weiter. Pfarrer-Kneipp-Straße. Mein Navi schmollt und schweigt.
Feuerwehr, Löschbezirk Ormesheim, auf der linken Seite. Ein freier Platz, den ich überquere. Ich sollte mich möglichst bald nach links orientieren. An der nächsten Ecke biege ich in die

Dekan-Stabel-Straße ab.

Früher konnte ein Papst sich geehrt fühlen, wenn ihm posthum eine Straße gewidmet worden ist, jetzt schafft das anscheinend schon ein Dekan. Wieder links geht es in die Pfarrer-Heck-Straße. Mein Gott bin ich hier im Vatikan? Nach hundert Metern stehe ich auf dem Parkplatz eines Frischmarktes. Na toll! Ende! Zurück! Erneut in die Pfarrer-Kneipp-Straße, wieder links bis zur nächsten Biegung.

Aha! Endlich! Allmendstraße! Altes aber feines Betonsteinpflaster. Verkehrsberuhigte Zone.

Irgendwo müsste bald ein Feldweg abzweigen. Nach 200 Metern kommt rechts ein Seitenweg, aber nein, das ist kein Feldweg. Ich fahre weiter. Eine ewig lange Gerade ohne Abzweig. Ich schaue mich bereits nach einer Wendemöglichkeit um, als sich rechts ein Weg auftut, der aus der bebauten Ortslage herausführt. Hier muss es sein!

Ich biege ab und folge dem Wegeverlauf. Nach ein paar Hundert Metern gabelt sich der Weg. Geradeaus ist keine Bebauung zu sehen, also halte ich mich rechts.

Nach etwa 50 Metern sehe ich es: ein Haus auf der linken Seite. Die weiße Fassade schimmert durch das Buschwerk am Wegesrand.

Ich fahre den Weg weiter, um eine Abstellmöglichkeit für meinen Wagen zu finden und komme an der Zufahrt zum Haus vorbei. Der Kiesweg führt zu einer Villa, eindeutig das Gebäude, das auf dem Foto zu sehen ist. Kein Zweifel, das ist das gesuchte Haus.

Gerade als ich mich anschicke, meinen Wagen auf den Kiesweg zu lenken, entdecke ich weiter vorne einen roten Kombi, der am Wegesrand in einer Ausbuchtung steht. Die Frontscheibe zeigt in meine Richtung, dahinter sind die Umrisse einer Person zu sehen. Da wartet anscheinend jemand. Auf wen? Auf mich? Das Kennzeichen kann ich nicht eindeutig zuordnen, auf jeden Fall kein deutsches. Weißer Untergrund, drei Buchstaben, zwei Ziffern, zwei Buchstaben, das Hoheitszeichen kann ich aus der Entfernung nicht erkennen.

Ich gebe meinen Plan auf, in der Einfahrt zu parken und rolle an dem Wagen vorbei. Hinter dem Lenkrad sitzt ein Mann und raucht. Er schaut mich an, verzieht aber keine Miene. Slawische Gesichtszüge. Roter Mercedes Kombi, älteres Baujahr. Im Rückspiegel erkenne ich, dass es sich um ein polnisches Kennzeichen handelt. Merkwürdig!

Was macht ein Mensch in einem polnischen Wagen an einem späten Freitagnachmittag in dieser Gegend oder besser ausgedrückt: am Arsch der Welt? Ausgerechnet vor der Villa, die im Fokus meiner Ermittlungen steht!

An Zufälle glaube ich bereits seit Jahrzehnten nicht mehr! Oder verfalle ich gerade in eine ähnliche Panik wie die Leute, die in den sozialen Medien permanent den Weltuntergang predigen, weil sie keine echten Probleme mehr haben? Josch reiß dich zusammen und behalte die Nerven!

Der Raucher steigt aus, wirft die Kippe auf den Weg, hebt sie auf und steckt sie ein, dabei schaut er mir hinterher. Während ich weiterfahre, dreht er sich um und geht auf die Einfahrt der Villa zu, währenddessen dreht er sich ständig nach mir um. Also doch! Da läuft was! Aber was?

Falls er vorhatte, in die Villa einzubrechen, hat er jetzt einen unliebsamen Zeugen, so blöd kann der Kerl nicht sein. Außerdem hätte er nicht gewartet, bis endlich jemand auftaucht. Nein, der will was anderes. Der wartet auf jemanden, möglicherweise auf Antoine Petit. Dass der auf dieser Welt keine Termine mehr wahrnimmt, hat er womöglich nicht mitbekommen; bis Polen hat sich das nicht rumgesprochen.

Ich sollte ihm sein Informationsdefizit erklären! Dabei könnte ich ihm ein paar Fragen stellen. Die Idee ist verlockend, weswegen ich nach einer Wendemöglichkeit suche, aber auf Anhieb keine finde. Der Weg macht eine leichte Biegung, weshalb mein polnischer Freund aus meinem Rückspiegel verschwindet.

Ich erreiche eine Kreuzung, aber für ein Wendemanöver ist es zu eng und ich habe keine Lust, in einem Ackergraben hängen zu bleiben. Deshalb nehme ich den leicht abschüssigen Weg nach rechts, an dessen Ende die ersten Häuser des Ortes zu sehen sind. Wenn ich mich nicht irre, müsste ich dort wieder auf die Allmendstraße treffen, aber ich habe mich, was die Orientierung angeht, in meinem Leben schon zu oft geirrt, um wirklich zuversichtlich zu sein. Ich starte den Versuch, zumal ich keine Alternative habe. Mein Navi kommuniziert bereits seit geraumer Zeit nicht mehr mit mir, anscheinend wurde es durch die frische Landluft schläfrig und träge.

Stolz wie Oskar stelle ich fest, dass die nächste Querstraße tatsächlich die Allmendstraße ist. Zweimal rechts abbiegen und ich bin zurück auf dem Feldweg; jetzt muss gleich die Villa hinter dem Buschwerk auftauchen.

Bevor ich die Stelle erreiche, kommt mir der Kombi mit den polnischen Kennzeichen entgegen! Als ich anhalte, ist zwischen den Stoßstangen der beiden Wagen gerade ein Meter Platz. Jetzt bin ich gespannt, was aus dieser Situation wird!

Wie zwei Boxer beim Wiegen schauen wir uns durch die Windschutzscheiben an. Mein gegenüber raucht schon wieder. Als sich nach einer Weile nichts tut, wird mir das zu blöd und ich steige aus. Zwischen den Wagen mit laufenden Motoren durchzugehen, ist mir zu heiß. Wenn der Kerl eine Macke hat, gibt er Gas und quetscht mich tot.

Ich schlendere lässig zur Beifahrerseite und klopfe ans Fenster. Im selben Augenblick bezweifele ich, dass mein Plan eine gute Idee ist. Der Typ sieht wenig vertrauenserweckend aus. Die tätowierten Unterarme sind kräftig, unter dem kurzärmligen Shirt wölbt sich ein beachtlicher Bizeps. Solche Muckis bekommt man im Fitnessstudio, unverständlich, dass so jemand raucht.

Der Beifahrersitz ist voller Müll. Kartons einer Fast-Food-Kette, Pappbecher, Zigarettenschachteln. Der Mann scheint in diesem Auto zu leben und sieht nicht aus, als hätte er in den letzten Tagen ein Bad gesehen. Stoppelbart, fettiges Haar, insgesamt eine ungepflegte Erscheinung.

Endlich lässt er die Seitenscheibe herunter und glotzt mich schweigend an. Sein unintelligenter Gesichtsausdruck gibt Darwins Theorie von der Abstammung des Homo sapiens nachhaltig recht. Muskelprotz mit Spatzenhirn, manchen Menschen sieht man das einfach an! Er schweigt beharrlich bei geöffnetem Fenster weiter.

»Kann ich Ihnen weiterhelfen?«, frage ich und bemühe mich, höflich zu erscheinen und mein Misstrauen zu verbergen. »Suchen Sie etwas?«

Keine Antwort, nur dieser blöde glotzende Blick.

»Verstehen Sie mich? Sprechen Sie deutsch?«

Wie der Kerl mich anstarrt, hält er mich anscheinend für einen senilen Rentner. Ich kann die Fragezeichen die in seinem Kopf übereinander purzeln, erahnen.

»Wie jetzt?«, frage ich mit Nachdruck lauter, weil mir das schweigende Gestarre auf den Wecker geht.

»Mann, wo?«, fragte er mit rauer Stimme und deutet auf die Villa.

»Ah! Sie warten auf Antoine Petit?«

»Antone!«, krächzt er zurück.

»Der kommt heute nicht. Dem ist was dazwischen gekommen! Verstehen Sie?«

»Nix? Mann, wo?«

»Der ist tot! Er lebt nicht mehr!«

Anscheinend sucht er nach einer Übersetzung in seinem Gehirn-Vakuum.

»Tot!«, wiederhole ich.

Der Mann macht die global bekannte Geste mit dem Zeigefinger quer über die Gurgel.

»Tott?«

»Ja, yes, si, oui! Tot! Kannten Sie Antoine Petit näher? Was

wollten Sie …«
Bevor ich die Frage zu Ende formulieren kann, legt der Kerl den Rückwärtsgang ein und gibt Gas. Der Motor heult auf, Steine und Erde fliegen, der Wagen prescht rückwärts bis zur Einfahrt, biegt ein, kommt vorwärts wieder raus und verschwindet in einer Staubfahne über den Feldweg.
Ich überlege kurz, ob ich ihm folgen oder rückwärts den Weg abschneiden soll, aber ich lasse es. Mit welchem Argument sollte ich hinter ihm herjagen, Kopf und Kragen riskieren und womöglich mein Auto ruinieren? Ich bin nicht autorisiert und habe nicht einmal ein Signallicht an Bord. Nein, ich lasse es lieber sein!
Besser, ich schaue mich wie ursprünglich geplant rund um die Villa ein bisschen um.
Ich stelle den Wagen in die Einfahrt des Anwesens und steige aus. Auf den ersten Blick entdecke ich die Alarmanlage. Keine Kameraüberwachung aber Bewegungsmelder. Möglicherweise sind die mit einer Zentrale oder Petits Handy gekoppelt. Er wird es nicht mehr hören, wenn der Alarm losgeht.
Am mannshohen Zaun mit Übersteigschutz hängt ein Schild, das darauf hinweist, dass die Anlage unter Strom steht. Das kann ein Bluff sein, aber ich habe nicht vor, es auszutesten. Irgendwo müssten tote Viecher rumliegen, die dem Teil zu nahe gekommen sind, mal sehen, ob ich welche finde. Soweit ich es einsehen kann, wirkt das Gelände innerhalb des Zaunes sehr gepflegt. Mit Sicherheit halten sich hier oft Menschen auf, aber zurzeit scheint das Anwesen nicht bewohnt zu sein.
Das Foto könnte von meinem aktuellen Standort aus gemacht worden sein, allerdings bereits vor einiger Zeit, denn mittlerweile verdeckt eine Buschgruppe den freien Blick aufs Haus.
Ich gehe am Zaun entlang und umrunde das Anwesen, um mir einen Überblick zu verschaffen. Das ist leichter gesagt als getan, weil dichtes Gestrüpp bis nahe an den Zaun reicht.
Mühsam arbeite ich mich vorwärts, ohne dass mir etwas Beson-

deres auffällt. An der hinteren Zaunecke bekomme ich einen Eindruck von der Größe der Villa. Wenn das alles legal und genehmigungsfähig ist, fresse ich einen Besen mitsamt einer Putzfrau. Gut möglich, dass Geld nachgeholfen hat, damit die Baugenehmigung erteilt wurde. Oder es war einfach weggeschaut worden.

Eine große Terrasse, davor ein Rasenteppich, von dem ich annehme, dass es Kunstrasen ist. Kein Unkraut, ein Halm steht wie der andere, aber es fehlt der Duft von Gras in der mittlerweile tief stehenden Sonne. Ein nierenförmiger Swimmingpool schließt sich an, groß genug, um ein paar Runden für die Fitness zu drehen. Die Rollläden an der Veranda sind geschlossen, ebenso an einem angrenzenden Fenster.

Ich gehe an der hinteren Querseite des Zaunes entlang bis zur nächsten Ecke, ohne dass ich etwas Außergewöhnliches entdecke. Das Anwesen liegt friedlich in der Nachmittagssonne. Gepflegte Idylle, hier weist nichts auf ein Verbrechen hin oder die Umtriebe ihres Besitzers und schon gar nicht auf seinen Tod.

Ich schlage mich weiter durch das Buschwerk, das an wenigen Stellen einen Blick auf das Gebäude zulässt. An einer halbwegs freien Stelle halte ich an.

Auf dieser Seite hat die Villa keine Fenster. Der weiße Putz strahlt großflächig und makellos, der Sockel ist ab etwa einem halben Meter über dem Boden braun abgesetzt, davor ein schmaler Kiesstreifen.

In der Mitte der Wand erkenne ich knapp über dem Boden eine Metallplatte, etwa 20 auf 20 Zentimeter groß. Die Platte hat quer laufende Lamellen oder Schlitze, das kann ich genau nicht erkennen. Das ist eine Öffnung für die Lüftung. So nahe über dem Boden? Das Gebäude hat einen Keller!

Hm! Das muss nicht unbedingt etwas bedeuten, wäre aber ein ausgezeichnetes Versteck; ich wage es kaum, den Gedanken zu Ende zu denken. Ein Versteck oder ein Gefängnis! Muss nicht, kann aber. Sicher ist man erst, wenn man drin war, aber

das kann ich nicht bringen! Nein, das geht nicht! Obwohl! Wer sollte mich auf Hausfriedensbruch verklagen? Antoine Petit bestimmt nicht. Allerdings habe ich kein Werkzeug dabei, um einzubrechen. Wer erbt das Ganze eigentlich? Diese Frage wird mir Frau Sommer beantworten müssen.
Ich kämpfe mich weiter durch das Dickicht und erreiche schließlich wieder die Einfahrt.
»Was machen hier?«, tönt hinter mir plötzlich eine bedrohlich klingende Bassstimme.
Der Schreck fährt mir in alle Glieder, beinahe trifft mich der Schlag! Ich fahre herum und schaue in das unrasierte Gesicht, der einen Kopf kleiner ist als ich. Wenn mich nicht alles täuscht, ist das der kettenrauchende Pole, der vorhin Hals über Kopf das Weite gesucht hat.
Scheiße! Der Kerl ist bestimmt nicht zurückgekommen, um sich mit mir über das Wetter zu unterhalten. Falls er mir ans Leder will, habe ich schlechte Karten. Mit seinen Muskelbergen macht er Hackfleisch aus mir und bei meiner miesen Kondition wird mir die Flucht wenig erfolgsversprechend zu sein; bis ich im Wagen bin, wird er mich längst gestellt haben, das hat also auch keinen Sinn.
»Ah, Sie sind es wieder«, versuche ich locker zu bleiben. »Sie hätten eben nicht abhauen müssen, ich will ja gar nichts von Ihnen.«
»Was machen?«, wiederholt der Typ.
Sein Blick deutet nach wie vor auf eine hohe Intelligenzlosigkeit hin, aber jetzt liegen darin Angriffslust und Brutalität.
»Ich suche den Stromzähler«, lüge ich und bin stolz, dass mir diese hanebüchene Ausrede so schnell eingefallen ist.
»Was Schdrommezeller?«, bellt mein Gegenüber zurück.
Das ist gut! Der Kerl kann kaum Deutsch und versteht auch ansonsten anscheinend nur Bahnhof.
»Herr Petit ist tot! Verstehen Sie? Aber er hat seine Stromrechnung nicht bezahlt. Nix baggare enrgy! Verstehen?«

»Petit tott!«
»Ja, si, yes, genau ...«
»Wie zahlen, wenn tott?«
Ganz blöd ist der Kerl also doch nicht!
»Nein, nicht er! Seine Verwandten müssen zahlen, weil das nicht mehr selbst ...«
»Wer Värwahnte?«
»Also Frau, Kinder, Bruder oder Schwester oder ... sind Sie vielleicht ein Verwandter?«
»Nix Bruder! Ich freund. Warten. Du sagen tot. Warum du hier?«
»Der Strom ...«
»Du lügen! Warum du hier?«
Der Muskelprotz kommt näher. Ich weiche zurück, aber er lässt nicht locker. Wenn mir jetzt nicht etwas Schlaues einfällt, hat er mich gleich am Schlafittchen.
»Ganz ruhig Kumpel! Hör zu! Anscheinend haben wir beide die gleiche Idee. Ich will in dieses Haus rein und du auch! Lass uns Halbe-halbe machen! Okay?«
»Was wollen?«
Oh Mann! Immer dieselbe Leier! Frag doch mal was anderes! Der kapiert gar nix; ich glaube, das liegt nicht nur an der Sprache.
»Da drin Geld! Verstehst du? Wir holen es. Du und ich! Zusammen!«
Ich mache mit Zeigefinger und Daumen das allgemein bekannte Zeichen für Penunzen, deute auf das aus und zeige auf ihn und mich. Der Muckibuden-Besucher stutzt, dann scheint der Groschen langsam zu fallen.
»Wommiwasch!«, grunzt er. Keine Ahnung, ob er mir damit etwas sagen will oder ob er einen Frosch im Hals hat.
»Nix! Wo Frau?«
»Welche Frau?«
Meine Antwort scheint in ihm etwas ausgelöst zu haben, so

als hätte ich auf einen Alarmknopf gedrückt. Mit einem Satz stürmt er auf mich zu, aber ich bin auf der Hut und springe zur Seite. Der Typ ist zwar ein Muskelpaket, aber das geht zulasten der Wendigkeit. Sein Bremsweg ist lang und deshalb gelingt es mir, hinter meinen Wagen zu flüchten. Nach kurzer Orientierungslosigkeit stürmt er hinter mir her und steht nun auf der anderen Seite des Autos; ich am Kofferraum, er vor der Motorhaube.

Er geht nach rechts, ich tue das Gleiche. Jetzt steht er an der Fahrertür, ich auf der Beifahrerseite. Über das Autodach hinweg beäugen wir uns.

Das Spiel geht weiter; wortlos umkreisen wir den Wagen. Wenn uns jemand zuschaut, muss er uns für völlig bekloppt halten.

Ich überlege, ob ich die Tür aufsperren und mich ins Innere des Wagens flüchten soll, aber ich verwerfe den Gedanken gleich wieder. Bevor ich die Zentralverriegelung auslösen könnte, würde er eine Tür öffnen können und dann wäre er mir ziemlich nahe – zu nahe, für meinen Geschmack! Lieber bleibe ich auf Distanz.

Im Augenblick arbeitet die Zeit für mich; irgendwann wird jemand vorbei kommen. Hoffe ich zumindest! Wenn der Typ allerdings eine Waffe bei sich hat, sieht die Sache ganz anders aus. Scheiße aber auch!

Als könne er meine Gedanken lesen, greift der Kerl nun nach hinten; als ich seine Hände wieder sehen kann, hält er in der einen eine Schusswaffe und in der anderen einen Schalldämpfer. Er will also vermeiden, dass man die Schussgeräusche bis ins Dorf hören kann; der Typ ist ein Profi! Grinsend versucht er nun den Dämpfer aufzuschrauben und lässt mich dabei nicht aus den Augen; dennoch ist er für einige Sekunden abgelenkt.

Ich nutze die Zeit und renne nach hinten weg in Richtung des Gebüsches, aus dem ich vor einigen Minuten gekommen bin, und rechne damit, dass der Pole hinter mir her feuert. Um ihm kein klares Ziel zu bieten, schlage ich Haken wie ein flüchtender Hase. Mit einem mutigen Satz springe ich durch die Heckenwand und arbeite mich in geduckter Haltung durch das Gebüsch.

Nicht dass ich es vermissen würde, aber bis jetzt ist zu meiner Verwunderung das Explosionsgeräusch oder das zischende Sirren eines schallgedämpften Schusses ausgeblieben. Hat er eine Ladehemmung oder scheut er sich, auf ein unsicheres Ziel zu feuern? Mir soll es egal sein!

Um meinen Standort nicht zu verraten, krieche ich vorsichtig und langsam weiter. Nach einer Weile verharre ich regungslos und lausche. Nichts! Ist er lautlos hinter mir her oder wartet er, bis ich aus der Deckung komme? An seiner Stelle würde ich warten, wäre ja möglich, dass auch ich eine Waffe habe.

Mein Telefon liegt im Wagen. Mist! Ich muss bleiben, wo ich bin, er kann nicht ewig warten. Es ist ein Nervenspiel. Ruhig bleiben! Wenn ich jetzt die Nerven verliere, ist es vorbei. In meiner aktiven Zeit habe ich gelernt, mit solchen Situationen umzugehen. Vertrau auf deine Fähigkeiten! Mittlerweile frage ich mich, welche das sind …

Erst jetzt merke ich, wie mein Puls rast. Ich spüre meinen Herzschlag bis in die Schläfen. Langsam atmen! Gleichmäßig! Tief durchatmen! Aber leise! Beruhige dich Josch! Er hat dich nicht erwischt! Oder doch?

Meine Hand ist voller Blut! Ein Streifschuss? Nee, oder? Ich wische es mit einem Grasbüschel weg; es ist lediglich ein tiefer langer Kratzer von der Dornenhecke. Nicht weiter tragisch; wenn das alles bleibt, habe ich Glück gehabt.

Ich wollte es wäre Nacht oder die Preußen kommen!

Wie komme ich in dieser Situation auf diesen Spruch? Von wem ist der überhaupt? Nee, Rommel war es nicht! Und Napoleon auch nicht; oder doch? Nein, Napoleon kann sich die Preußen nicht gewünscht haben. Ein Bayer war es sicherlich auch nicht. Ausschlussverfahren! Da gab es einen Blücher!

Das könnte sein; aber war der nicht selbst Preuße? Auch blöd! Waterloo! Ja, jetzt bin ich sicher: Waterloo! Wer hat da gegen wen? Napoleon gegen Preußen! So viel ist klar! War da noch jemand zugange?
Mein Gott, auf welche Gedanken man kommt, wenn man Zeit hat und nutzlos im Gebüsch hockt.
Ich lausche! Nichts! Langsam bekomme ich Kohldampf; und Durst. Ein Blick auf die Uhr. Seit einer Viertelstunde kauere ich hier. Irgendwas muss passieren, sonst werde ich wahnsinnig. Außerdem tun mir die Knie weh von der Hockerei. Je länger ich hier bleibe, umso steifer werde ich. Es wird Zeit, etwas zu tun – irgendwas!
Ich muss in Richtung Feldweg abhauen, also weg vom Haus! Leichter gesagt, als getan, denn in dieser Richtung stehen dichte Brombeerhecken, da komme ich nicht durch.
Nach einer Weile entdecke ich eine schmale Lücke im Buschwerk, durch die ich mich langsam vorwärts arbeite. Vorne wird es lichter, da scheint der Weg zu sein.
Wo ist der Kerl?
Wenn er schlau ist, wird er immer zwischen mir und meinem Wagen bleiben, wenn er noch schlauer ist, versteckt er sich und wartet, bis ich aus dem Gebüsch komme. Was würde ich an seiner Stelle tun?
Das Buschwerk anzünden und das Wild aus der Deckung jagen? Keine gute Idee! Zu auffällig; die Rauchsäule wäre bis ins Dorf zu sehen.
Mein Auto blockieren und ums Gebüsch patrouillieren! Das wäre eine Option.
Wo steht sein Wagen? Ich habe ihn nicht kommen hören, demnach parkt er in einiger Entfernung. Andererseits war ich einige Zeit auf der anderen Seite des Grundstücks und auf andere Dinge fixiert.
Vorsichtig schiebe ich mich weiter, bis ich das Ende des Buschwerks erreicht habe. Jetzt liege ich an der Böschungsoberkante,

der Weg liegt etwa zwei Meter tiefer, die Böschung ist steil, kopfüber würde ich mir wahrscheinlich das Genick brechen, aber eine andere Stelle gibt es nicht und die Lücke im Dornengebüsch ist zu eng, um mich umzudrehen. Schöne Scheiße!
Ich strecke den Hals und drehe den Kopf. Erst nach rechts, die Luft ist rein; dann nach links.
Da ist er!
Zehn Meter links von mir steht der Muskelprotz mitten auf dem Weg und starrt angespannt ins Gebüsch, die Waffe mit Schalldämpfer im Anschlag! Ein Wunder, das er mich noch nicht entdeckt hat. Wenn er jetzt den Kopf in meine Richtung dreht, ist es mit mir vorbei – dann war's das! Scheiße!
Blitzschnell ziehe ich den Kopf zurück und bleibe regungslos liegen!
In der Rückschau betrachtet, habe ich in diesem Moment auf mein Leben keinen Pfifferling mehr gegeben. Jede Bewegung hätte mich verraten, alles hing an einem seidenen Faden.
Die Sekunden verstrichen, ohne dass sich etwas tat, ich hörte sein unterdrücktes Husten und war froh Nichtraucher zu sein, aber ich hatte keine Idee, wie ich aus dieser Notlage unbeschadet herauskommen sollte. Es war nur eine Frage der Zeit, bis er mich entdecken würde.
Dann geschieht das Unerwartete!
Aus den Augenwinkeln sehe ich, wie sich mein Verfolger von links meinem Versteck nähert. Er ist hoch konzentriert und hält die Waffe schussbereit in Augenhöhe. Dann schnellt sein Kopf nach links, in meine Richtung, aber er schaut nicht auf mich, sondern dreht den Kopf weiter in Richtung der Ortschaft. In dieser Stellung verharrt er wenige Sekunden, und dann kommt Leben in die Gestalt. Als hätte ihn ein Stromschlag getroffen, macht der Bursche kehrt und rennt; rennt in die mir gegengesetzte Richtung hin zur Einfahrt; ich strecke den Kopf ein wenig nach vorne und sehe, wie er aus meinem Blickfeld verschwindet. Sekunden später fährt ein Wagen da-

von, ein Motor heult auf, Schottersteine fliegen! Was ist denn jetzt los, wundere ich mich und schnaufe erstmal tief durch.
Oh Mann, das war knapp!
Ich liege nach wie vor auf dem Boden und versuche, meinen Kreislauf und meine Nerven im Griff zu behalten, als sich Motorengeräusche nähern; wenig später fährt ein Polizeiwagen an mir vorbei. Wer hat die denn gerufen, frage ich mich und bin unglaublich erleichtert. Jetzt ist es endgültig überstanden, die Kollegen sind hinter meinem Widersacher her.
Zeit, aus der Deckung zu krabbeln. Ich schiebe mich nach vorne, verliere allerdings beim Überqueren der Böschungskante das Gleichgewicht, kann mich gerade noch im Fallen drehen und rutsche bäuchlings mit den Füßen die Böschung hinab. Unten angekommen rappele ich mich auf und klopfe meine Kleidung ab. Als ich mich völlig aufrichte, legt sich mir eine Hand auf die Schulter.
Vor mir steht ein uniformierter Polizist, daneben seine Kollegin, die vom Alter her seine Tochter sein könnte. Beide haben die Hände in die Hüften gestemmt und schauen mich an, als wollten sie mich gleich zum Galgen bringen.
»Boah, haben Sie mich erschreckt!«, keuche ich.
»Schlechtes Gewissen, oder was?«, fragt der Beamte, der Bud Spencer nicht unähnlich sieht und etwa in meinem Alter sein dürfte.
»Weshalb sollte ich ein schlechtes Gewissen haben? Mein Name ist Schaum, ehemals Hauptkommissar beim LKA. Warum sind Sie nicht hinter dem Kerl her? Der hat versucht, mich umzubringen!«
»Ja ich weiß! Ich bin Mahatma Gandhi und das ist Mutter Theresa. Was machen Sie hier?«
»Im Ernst, der wollte mich erschießen, haben Sie den denn nicht mehr gesehen?«
»Den Einzigen, den wir sehen, sind Sie! Wer sind Sie und was machen Sie hier?«

»Ich helfe meinen ehemaligen Kollegen bei ihren Ermittlungen. Das hier ist die Villa von Antoine Petit, oder?«
»Völlig egal, wem das Haus gehört. Zum letzten Mal: Was machen Sie hier?«
Ich versuche, mit wenigen Worten zu erklären, was sich hier in der letzten Stunde abgespielt hat, aber ich sehe den Gesichtern der beiden Beamten an, dass sie mir kein Wort glauben.
»Rufen Sie bitte beim LKA, Dezernat K3 an, die werden es Ihnen erklären, wenn Sie mir nicht glauben.«
»Ist das Ihr Wagen?«, fragt die junge Beamtin.
»Ja!«
»Führerschein und Fahrzeugpapiere, bitte!«
»Liegen im Wagen.«
»Ich will Ihre Hände sehen und das Handschuhfach öffnen Sie erst nach Aufforderung.«
Jetzt legt die Frau die rechte Hand an ihre Dienstwaffe.
»Kein Grund zur Aufregung, steckt alles hinter der Sonnenblende. Sie schauen zu viele amerikanische Krimis.«
Nach einigen Minuten intensiven Prüfens entspannt sich die Lage. Ich erkläre den Beamten nochmals den Anlass meines Besuches, berichte von dem Polen, der mich bedroht hat, und erwähne den roten Kombi mit den polnischen Kennzeichen, aber der Polizist reagiert mit zunehmendem Missmut auf meine Story.
»Was Sie uns hier auftischen, klingt nicht sehr plausibel, guter Mann. Kommen Sie mit, wir klären das auf der Wache.«
»Hören Sie, ich kann hier nicht weg! Ich werde gleich die Kollegen informieren, und wenn die kommen, klärt sich alles von selbst auf. Es besteht immerhin die Möglichkeit, dass sich in diesem Haus jemand aufhält, den wir dringend suchen.«
»Hier ist niemand und von einer Fahndung weiß ich nix. Und zweitens nehme ich Ihnen die Story vom pensionierten Hauptkommissar nicht ab. Selbst wenn, kommt niemand im LKA auf die Idee, Sie hier alleine auf Streifzug zu schicken, so bekloppt

sind selbst die in Saarbrücken nicht! Kommen Sie mit, wir klären das!«

Einerseits könnte ich durch die Decke gehen, andererseits hat der Kollege recht. Wieso sollte er mir glauben?

»Ist die Wache weit entfernt?«, frage ich.

»Zwei Minuten.«

»Ich biete Ihnen einen Deal an: Wir rufen von dort aus sofort bei Staatsanwältin Sommer an, und wenn die Ihnen alles bestätigt, setzen Sie mich hier sofort wieder ab. Die junge Kollegin bleibt derweil hier und beobachtet, ob sich etwas tut.«

»Wir sind hier nicht auf dem Fischmarkt, wo man Geschäfte macht! Die Kollegin kommt mit. Und wenn es jetzt nicht gleich vorwärtsgeht, wird es für Sie ungemütlich, Herr Schaum. Habe ich mich klar ausgedrückt? Sie steigen jetzt in unseren Wagen und kommen mit auf die Wache! Fragen?«

»Keine!«

»Dann ist es ja gut, also bitte!«

Wir fahren wenige Minuten, während derer mir Polizeihauptmeister Walle erzählt, dass ein Anwohner der Allmendstraße angerufen habe, weil ein Wagen mit atemberaubender Geschwindigkeit durch die Siedlung gerast sei; der Anrufer habe die Staubfahne gesehen und vermutet, dass jemand die Villa ausgeraubt hat. Gestern habe bereits jemand angerufen, weil ein Auto mit polnischem Kennzeichen mehrfach durch die Siedlung gefahren sei, anscheinend auf Erkundungstour.

»Sag ich doch!«, rege ich mich auf. »Ein roter Mercedes Kombi! Fahrer männlich, Bodybuilder und Kettenraucher!«

»Eben hatten Sie eine andere Story auf Lager!«, behauptet die Polizistin auf dem Beifahrersitz.

Ich versuche erneut, meine Geschichte plausibel an den Mann und die Frau zu bringen, aber bevor ich am Ende meiner Ausführungen bin, sind wir am Ziel unserer Reise angelangt.

Das Polizeirevier liegt in unmittelbarer Nähe der Feuerwehr, an der ich vor etwa einer Stunde vorbeigekommen bin. Die

Polizistin, deren Name auf Rahime Ünlü lautet, nimmt meine Personalien auf und gibt sie in den Polizeicomputer ein. Als dort keine Vorstrafen oder andere Eintragungen zu meiner Person feststellbar sind, scheint sich die Polizistin zu entspannen.

Hauptmeister Walle serviert Kaffee, auch für mich, wofür ich mich herzlich bedanke. Er nimmt an seinem Schreibtisch Platz und wählt eine Telefonnummer.

»Polizeirevier Ormesheim, Hauptmeister Walle. Verbinden Sie mich bitte mit Ihrer Personalabteilung.«

Warten.

»Niemand mehr da? Ich habe hier jemanden sitzen, der behauptet, früher beim LKA gewesen zu sein. Nennt sich Schaum! Wissen Sie, wo der hingehört? Oder können Sie mich weiterverbinden?«

Warten.

»Ach ja? Okay! Verbinden Sie mich bitte!«

Warten.

»Hallo? Ja? Mein Name ist Walle, Hauptmeister, Polizeirevier Ormesheim. Machen wir's kurz: Kennen Sie einen ehemaligen Kollegen namens Schaum?«

Ruhe. Walle hört.

»Ja? Der sitzt hier vor mir.«

Ruhe. Walle hört.

»Nein! Routinefahrt. Nein! Moment, ich gebe Sie weiter!«

Walle reicht mir den Hörer über den Tisch.

»Hier für Sie!«

Katja Reinert ist am Apparat und fragt ziemlich ungehalten, was der ganze Unfug soll. Ich erkläre es ihr ausführlich, während Frau Ünlü mir meine Papiere zurückgibt, und Meister Walle kopfschüttelnd seinen Kaffee trinkt. Katja ist nicht begeistert, versteht aber meine Argumente.

»Was hat Berger ausgesagt?«, will ich wissen.

»Er hat zugegeben, dass seine Frau nichts von dem versteckten Geld wusste, bestreitet aber nach wie vor, etwas mit ihrem Verschwinden zu tun zu haben. Ehrlich gesagt bin ich mittlerweile geneigt, ihm das zu glauben. Wir haben die Vernehmung unterbrochen, der Mann brauchte eine Pause.«

»Es hilft alles nichts, Katja, wir müssen in das Haus! Sei es nur, um endlich Klarheit zu haben. Wenn Tanja Berger dort nicht zu finden ist, bin ich mit meinem Latein am Ende.«

»Du bleibst draußen, mein Lieber! Du gehst da nicht rein! Das geht gar nicht!«

»Hätte ich das gewollt, wäre ich längst drin.«

»Überschätz dich nicht Josch! Die Kollegen haben dich bereits beim ersten Versuch erwischt.«

»Das stimmt überhaupt nicht, verdammt noch mal! Ich habe mich lediglich umgeschaut! Aber vielleicht können die Kollegen vor Ort behilflich sein, um reinzukommen«, schlage ich vor, worauf Hauptmeister Walle wie wild mit den Armen fuchtelt.

»Kommt nicht infrage«, ruft er aufgeregt. »Hier ist um 18 Uhr Dienstschluss! Wochenends ist die Dienststelle nicht besetzt. Wir machen jetzt Feierabend. Ihr müsst euch jemand anderes suchen. Rahime pack zusammen, wir machen dicht!«

»Hast du's gehört?«, frage ich ins Telefon. »Die Polizeireform lässt grüßen.«

»Ja, ich habe es gehört! Okay, wir kommen rüber! Aber das dauert. Frühestens in zwei Stunden, wir sind hier völlig überlastet. Ich muss erst ein Team zusammentrommeln, das braucht Zeit.«

»Ist mir egal, Hauptsache, ihr kommt. Allerdings solltet ihr hier sein, bevor es dunkel wird.«

»Wie spät ist es?«

»Kurz nach sechs!«

»Naja, das könnte gerade reichen. Bis neun Uhr ist es einigermaßen hell. Wir tun, was wir können. Was ist mit dir?«

»Ich bleibe hier und warte auf euch. Ruf mich auf meinem

Handy an, wenn ihr losfahrt!«
»Von mir aus. Ende!«
»Hier können Sie auf keinen Fall warten!«, ruft Meister Walle erzürnt. »Wir sperren jetzt zu!«
»Schon klar, fahren Sie mich bitte zurück zur Villa!«
»Wenn's der Wahrheitsfindung dient, gerne! Ich frage mich bloß, was Sie da oben alleine stundenlang machen wollen! Den Zaun bewachen? Kommen Sie nicht auf die Idee, dort einzusteigen, ich habe Sie gewarnt!«
»Gibt's hier irgendwo etwas zu essen?«, frage ich, weil sich in mir ein deutliches Hungergefühl breitmacht.
»Auf der anderen Seite gibt es einen Supermarkt, längs der Hauptstraße liegt ein Restaurant«, erklärt die Polizistin.
»Danke! Mein Wagen steht an der Villa; bringen Sie mich dorthin, wo Sie mich aufgesammelt haben!«
Wenige Minuten später setzt mich Hauptmeister Walle mit seinem Privatwagen an Petits Anwesen ab und verabschiedet sich ins Wochenende.
Ich überlege, ob ich Marion anrufen und Bescheid sagen soll, aber das Thema erledigt sich von selbst, weil ich hier oben kein Funknetz habe.
Fast halb sieben, ich muss jetzt dringend etwas essen! Ich fahre in den Ort und finde auf Anhieb das angegebene Restaurant. Viel ist hier nicht los, ein paar Stammtischler und zwei besetzte Tische, aber das Essen, das die Gäste auf den Tellern haben, sieht vielversprechend aus. Zumindest bei meinem Rumpsteak mit Zwiebeln bestätigt sich die Hoffnung, dass es auch gut schmeckt.
Um acht Uhr stehe ich gut gesättigt und entspannt in der Einfahrt vor der Villa und warte. Vom Dorf aus habe ich Marion angerufen, aber außer dem Anrufbeantworter ist niemand zu Hause. Ich habe eine Nachricht hinterlassen, dass es spät werden kann, weil im Präsidium ein ehemaliger Kollege seinen Abschied feiert. Diese Notlüge gestatte ich mir, weil ich dadurch

nicht viel erklären muss. Da Marion für Feste und Partys großes Verständnis hat, muss ich mich nicht lange entschuldigen.

Nach einer Stunde Wartezeit habe ich eine Vorstellung davon, warum Menschen anfangen zu rauchen. Aus Langeweile! Wenn es nichts zu tun gibt, vergeht die Zeit höchstens halb so schnell, ein Phänomen, dass nicht einmal Einstein erklären konnte. Wenn die Truppe nicht bald auftaucht, wird es dunkel, was die Durchsuchung zwar nicht infrage stellt, aber nicht einfacher macht.

Bei geöffneter Tür sitze ich auf dem Beifahrersitz und beobachte die Gegend. Auch die schönste Landschaft ist kein Garant dafür, dass man irgendwann einnickt. Der alte Trick bewährt sich: Man nehme den Autoschlüssel in die rechte Hand! Schläft man fest ein, öffnet sich die Faust und von dem Gepolter wird man wach. Das habe ich im Büro in der Mittagspause öfter so gehandhabt.

Heute funktioniert es auch, daher bin ich hellwach, als zwei Fahrzeuge den Feldweg entlang kommen und schließlich vor der Einfahrt anhalten.

30

Katja Reinert und Ken Arndt steigen aus dem ersten Wagen aus, die beiden Männer im anderen Auto kenne ich nicht.
»Na endlich!«, seufze ich. »Ihr könnt euch nicht vorstellen, wie zermürbend langweilig diese Warterei ist!«
»Und du kannst dir wahrscheinlich nicht vorstellen, dass ich dir ein für alle Mal die Freundschaft kündigen werde, wenn das hier eine Metzgerfahrt ist«, schnaubt Ken. »Freitagabend, als ob wir nicht schon die ganze Woche über genug Stress gehabt hätten.«
»Die jungen Kollegen sind anscheinend nicht mehr belastbar«, wundere ich mich. »Früher war das anders.«
»Früher war eher! Ich weiß!«, unterbricht Katja Reinert. »Wir wollen keine Zeit verlieren, ich habe keinen Bock, mir hier die halbe Nacht um die Ohren zu schlagen!«
»Ist gut! Mein Gott habt ihr eine Laune! Wer sind die beiden?«, frage ich und zeige auf die Männer, die dem zweiten Auto entsteigen.
»Neue Kollegen von der Drogenfahndung. Meiser und Dubois. Die beiden haben sich freiwillig gemeldet, du solltest ihnen dankbar sein, Josch! Wir haben Personalnotstand bis zum Anschlag. Immerhin sind die beiden mit den neusten Methoden zur Wohnungsöffnung und Durchsuchung vertraut.«
Ich stelle mich vor und gebe den beiden Kollegen die Hand zum Gruße.
»Dubois, da kannte ich eine Familie aus Primsweiler«, bemerke ich, aber der junge Beamte entgegnet, dass er aus Weilerbach stamme.
»Das müssen andere sein«, erkläre ich. »Ich weiß nicht einmal,

wo Weilerbach liegt.«
»Die Gegend um Ramstein und Kaiserslautern; das sagt Ihnen hoffentlich etwas.«
»Habt ihr eure Exkursion in Heimatkunde jetzt beendet? Ich würde gerne loslegen«, drängt Katja.
»Warum bist du heute so unentspannt?«, frage ich.
»Weil ich endlich wissen will, ob dieses Objekt da tatsächlich ein Geheimnis birgt, oder ob ich endlich ins Wochenende abdüsen kann.«
»Denk an die Party! Morgen!«
»Das sagst ausgerechnet du! Los jetzt, meine Herren, schreiten wir zur Tat!«
Meiser und Dubois brauchen keine Minute, um das Tor und die Haustür zu öffnen. Eine Alarmanlage geht nicht los und auch sonst gibt es keine Hindernisse. Die Kollegen streifen mit gezückten Waffen durch die Wohnung und sichern sich gegenseitig. Sie durchsuchen Raum für Raum und öffnen die Fensterläden.
»Sauber!«, erklärt Meiser. »Niemand zu Hause!«
Nach der Freigabe durchsuchen wir das Gebäude nach Hinweisen auf Tanja Berger. Die Einrichtung entspricht nicht der eines Wochenendhauses. Edle Materialien, teure Fliesen, feines Porzellan. Auf dem Boden liegen edle Teppiche, an den Wänden hängt moderne Kunst, dazu Bilder und Fotografien, die ausschließlich erotische Motive zeigen. Von den Geräten in der hypermodernen Küche könnte ich höchstens die Hälfte unfallfrei bedienen. Der Kühlschrank ist riesig und gut gefüllt. Ich schaue mir die Verfallsdaten der Vorräte an.
»Davon kannst du locker mindestens zwei Wochen überleben«, urteile ich. »Vielleicht auch länger! Es ist unwahrscheinlich, dass alles für eine einzige Person eingekauft worden ist.«
»Kommt rüber!«, ruft Ken aus einer anderen Ecke der Wohnung.
»Was haltet ihr davon?«, fragt er, als wir neugierig die Köpfe

ins Zimmer strecken.

»Nicht übel!«, meint Katja. »Jetzt wissen wir, was Antoine Petit für ein Hobby hatte.«

»Bumsen!«, meint Meiser trocken.

Das Boxspringbrett ist riesig. Tiefschwarz wie die Bettwäsche aus Seide. Die Bettwand am Kopfende besteht aus einem blank polierten Spiegel. Auch an der Zimmerdecke sind großflächige Spiegelfliesen angebracht. Das Ensemble wird durch einen verspiegelten Kleiderschrank ergänzt, der bis zur Zimmerdecke reicht.

Den Boden bedeckt ein hochfloriger weißer Teppichboden. An den Wänden sind in halber Höhe Schienen über die gesamte Länge angebracht, in denen bewegliche Strahler montiert sind.

»Lass den Laden runter und das Licht an!«, fordert Dubois. »Ich möchte sehen, wie das wirkt.«

»Darauf verzichten wir!«, bestimmt Katja. »Mich interessiert, ob irgendwo Kameras installiert sind.«

»Wie kommst du darauf?«, wundert sich Ken.

»Wenn jemand seine Spielwiese derart aufwendig drapiert, wird er sich anschauen wollen, wie gut er war. Oder er braucht die Aufnahmen für andere Zwecke.«

»Ein Sexstudio?«, frage ich erstaunt.

»Jedenfalls kann man hier locker einen Porno drehen!«

»Das ergibt in puncto Tanja einen völlig neuen Aspekt!«, stelle ich fest.

»Stimmt! Das hatten wir bis jetzt nicht auf dem Zettel.«

Die Kollegen schauen genauer hin, können jedoch auf Anhieb keine Hinweise auf eine Kameraüberwachung finden.

»Wir brauchen eine Leiter!«, fordert Meiser. »Die Dinger sind mittlerweile derart klein, da muss man näher ran.«

»Siehst du hier irgendwo eine Leiter?«, mault Dubois.

»Vielleicht im Keller!«, schlage ich vor. »In der Außenwand gibt es kurz über dem Sockel einen Lüftungsschlitz, demzufolge muss es einen Keller geben.«

»Woher weißt du das?«, fragt Katja misstrauisch.
»Habe ich durch den Zaun entdeckt.«
»Es würde mich sehr wundern, wenn es einen Keller gäbe. Hier gibt's nirgendwo eine Treppe nach unten«, wirft Ken ein.
Wir schwärmen aus und suchen die Kellertür, während sich Katja Reinert mit Petits Kleiderschrank und dem Schlafzimmer beschäftigt. Wir öffnen jede Tür und schauen in jeden Winkel, aber eine Kellertreppe finden wir nicht.
»Ich schaue mich draußen um, vielleicht gibt es dort einen Einstieg«, erklärt Ken und verschwindet.
»Asservatenbeutel zu mir«, schreit Katja aus dem Schlafzimmer. »Ich hab was!«
Die Hauptkommissarin kniet neben dem Bett und hält einen knallroten Stofffetzen hoch, dessen Zweck ich nicht sofort identifizieren kann.
»Was ist das?«
»Das ist ein Damenslip, Josch! Besser gesagt: ein Hauch davon!«
»Ich hätte es eher für eine rote Wäschekordel gehalten.«
»Naja, viel mehr ist es auch nicht.«
»Sieht unbequem aus.«
»Dazu kann ich dir nix sagen, meine sind größer. Der hier würde mir nicht passen. Die zugehörige Person ist mit Sicherheit zierlicher ist als ich.«
»Noch zierlicher als du?«
»Hör auf mit deinen schleimigen Komplimenten. Gib mir den Beutel!«
»Wo hast du das Teil gefunden?«, fragt Ken.
»Im Spalt zwischen Nachttisch und Bett.«
»Merkwürdiges Versteck.«
»Oder im Rausch der Lust runtergefallen«, vermute ich.
»Hast du da Erfahrung?«, fragt Katja.
»Du kannst dir nicht vorstellen, was bei mir alles in der Bettritze steckt!«

»Angeber!«

»Wir wissen jetzt, dass sich eine Frau hier aufgehalten hat!«, meint Dubois.

»Darauf wäre ich allerdings auch ohne dieses Dessous gekommen«, kommentiert Katja und Dubois wird verlegen.

»Was wir nicht wissen, ist, wie man in den Keller kommt«, seufzt Meiser. »Ich hab's überprüft, da draußen ist tatsächlich ein Lüftungsschlitz.«

»Merkwürdig ist das allemal«, kommentiere ich. »Wenn sich jemand einen Keller baut, warum macht er es kompliziert, reinzukommen? Mir fällt dazu auf Anhieb nur ein Grund ein!«

»Vielleicht ist es ein abgeschotteter Energieraum.«

»Das macht keinen Sinn! Wenn etwas defekt ist, muss man schnell ran.«

»Woher bekommt das Haus überhaupt Energie?«, fragt Katja. »Heizung, Wasser, Abwasser?«

»Von den Versorgern werden wir um diese Zeit keine Antworten bekommen«, stelle ich fest. »Wir müssen der Sache selbst auf den Grund gehen.«

»Das heißt: Suchen!«, stellt Meiser fest.

»Genau das heißt es!«

»Moment mal!«, interveniert Ken. »Was interessiert uns, wo der seinen Strom bezieht? Das dauert ewig.«

»Genau eine Viertelstunde!«, legt Katja fest. »Danach ist es sowieso dunkel! Zwei Mann draußen, der Rest in der Wohnung!«

»Moment!«, unterbreche ich. »Als wir reinkamen, habt ihr das Licht angemacht und die elektrischen Rollläden bedient. Hört ihr irgendwo das Brummen eines Generators? Nein! Folge dessen hat das Haus einen Netzanschluss! Erdverlegt, denn auf dem Flachdach gibt es keinen Ständer und draußen stehen nirgendwo Masten. Die Wasserleitung werden sie in den gleichen Graben gelegt haben und fürs Abwasser gibt's bestimmt irgendwo eine Klärgrube. Nahe am Zaun oder in der Einfahrt, damit sie geleert werden kann.«

»Du hättest Architekt werden sollen«, meint Katja. »Also los, wir suchen nochmals intensiv nach dem Kellerzugang. Wenn wir in 15 Minuten nichts gefunden haben, ist Abmarsch. Dann müssen sich nächste Woche andere drum kümmern.«
Wir suchen und suchen, sind aber schließlich mit unserem Latein am Ende. Dubois entdeckt am unteren Zaunende einen Betondeckel, der sich nach dem Öffnen als Abdeckung der Klärgrube erweist. Wir schauen auf eine schwarze Brühe, aber das bringt uns keinen Schritt weiter.
»Letzte Idee!«, ruft Katja aus dem Schlafzimmer. »Schiebt das Bett beiseite! Wenn da nichts drunter ist, machen wir Feierabend!«
Keiner von uns glaubt daran, dass wir fündig werden, aber die Aussicht, dass danach Schluss ist, beflügelt die jungen Kollegen besonders. Ken geht auf die Knie und findet schließlich einen Arretierungshebel für die unsichtbaren Rollen, worauf sich das Bett ohne großen Kraftaufwand zur Seite schieben lässt.
Unter dem Bett ist der Fußboden mit grauem Laminat belegt. Deutlich sichtbar sind die Fugen eines Rechtecks mit einer Abmessung von etwa einem auf eineinhalb Metern. In der Mitte der vorderen Seite ist eine Vertiefung mit einem eingelassenen Griff zu sehen. Zweifelsfrei ist das eine Einstiegsluke!
»Bingo!«, seufzt Katja. »Manchmal braucht man einen siebten Sinn!«
»Vorsicht Leute!«, mahnt Ken. »Wir wissen nicht, was uns da unten erwartet! Sichern! Jeder auf eine Seite! Josch, du bleibst an der Tür! Ich öffne vorsichtig den Deckel!«
Ken tritt seitlich an die Öffnung und hebt vorsichtig den Griff; die Klappe hebt sich lautlos. Als Meiser und Dubois näher an die Klappe treten, lassen sie die Waffen in den Holstern verschwinden. Ich nähere mich der Öffnung und sehe, dass eine weitere Klappe aus Metall zum Vorschein gekommen ist.
»Was soll das?«, seufzt Ken enttäuscht. »Ist das jetzt Verarsche oder was?«

»Ein Luftschutzraum!«, vermutet Dubois.
»Nein!«, urteilt Katja. »Da hat jemand etwas zu verbergen. Nach einem normalen Kellerraum sieht das jedenfalls nicht aus!«
»Wir sollten ein Spezialkommando anfordern«, schlägt Meiser vor. »MEK oder so!«
»Wo willst du die jetzt herkriegen? Und mit welcher Begründung?«
»Wir wissen nicht, was uns da unten erwartet«, gibt Ken zu bedenken.
»Das weiß ich, wenn ich heute Abend nach Hause komme, auch nicht«, entgegne ich. »Wenn wir Glück haben, finden wir ein paar Waffen, Rauschgift oder Konserven; im schlimmsten Fall eine Leiche. Lasst mich schauen!«
Die Metallplatte hat keine Scharniere und keine Fuge. Mein technisches Verständnis sagt mir, dass sie verschoben werden muss, wenn man sie öffnen will. Fragt sich nur in welche Richtung. Kein Griff, keine Vertiefung, absolut glatt.
»Entweder gibt es irgendwo einen Schalter oder eine Fernbedienung«, spekuliere ich. »Das Teil funktioniert höchstwahrscheinlich elektronisch.«
»Das auch noch!«, mault Ken. »Jetzt geht die Sucherei von vorne los!«
»Maul nicht rum, such!« motze ich zurück. »Wir sind fast am Ziel.«
Meiser findet in einer der Schubladen des Nachttisches tatsächlich ein Kästchen, das auf den ersten Blick einer Zigarettenschachtel gleicht. Auf einer Seite gibt es kleine Knöpfe in den unterschiedlichsten Farben auf der unteren Reihe. Die oberen Knöpfe sind alle rot.
»Rot ist AUS!«, meint Meiser. »Die Übrigen haben unterschiedliche Funktionen, versuchen wir's einfach!«
Bereits das Drücken des ersten Knopfes zeigt Wirkung, die Metallplatte schiebt sich wie von Geisterhand mit einem leisen

Motorengeräusch zur Seite. Gleichzeitig geht in der darunterliegenden Öffnung das Licht an und eine Holztreppe kommt zum Vorschein. Mehr können wir durch die offene Luke nicht erkennen.

»Aha! Sag ich doch! Dann wollen wir mal«, presche ich vor und schicke mich an, die Leiter zu betreten.

»Halt! Stopp, stopp!«, bremst Katja. »Du gehst auf keinen Fall als Erster da runter! Ich übernehme das! Ken sichert mich!«

Einerseits ist es rührend, wie Katja um mich besorgt ist, andererseits will ich mir diese Bevormundung nicht bieten lassen. Ich will gerade intervenieren, als Katja mich am Arm nimmt.

»Du bist eigentlich nicht hier Josch! Außerdem hast du keine Waffe. Sei vernünftig und halt einfach die Klappe!«

Das hat noch niemand zu mir gesagt, nicht einmal Marion! Frechheit!

»Hallo?«, ruft Katja in die Öffnung. »Ist da jemand? Wir kommen jetzt runter!«

Katja zieht ihre Waffe und die anderen greifen an die Holster.

Katja betritt die erste Stufe und macht zwei langsame Schritte nach unten.

»Boah, hier stinkt's«, sagt sie und geht eine Stufe weiter.

Nach der nächsten Stufe zieht sie den Kopf ein und schaut sich um. Ein kleiner Sprung und sie steht am Fuße der Leiter.

»Notarzt, Krankenwagen!«, schreit sie. »Hier unten liegt eine Person.«

Kollege Meiser hängt sich sofort ans Telefon, Ken eilt die Treppe hinunter und Dubois schafft es, vor mir die erste Stufe zu erreichen. Ich dränge nach, und als ich unten ankomme, raubt mir der Gestank den Atem. Es riecht nach Fäkalien, Schweiß und verbrauchter Luft. Das Licht ist weiß und hart wie in einem Labor, die Wände sind hell gefliest. In der Mitte beleuchten Strahler den Raum, der kalt und ohne Konturen ist, in alle Richtungen. Hier möchte ich nicht einmal beerdigt sein.

Im Zentrum des etwa vier auf sechs Meter großen Kellers

steht ein gewaltiger Steintisch auf vier mächtigen Sockeln. Das Gebilde gleicht einem Billardtisch aus dunklem Granit. Auf diesem Tisch liegt eine weibliche Person auf dem Rücken, ihre unteren Gliedmaßen sind einzeln fixiert, die Arme kann ich nicht erkennen, weil Katja und Ken sich über die Person beugen; aus meiner Perspektive kann ich die Frau nicht identifizieren. Erst als ich Katjas Rufe höre, habe ich Gewissheit.
»Frau Berger! Tanja! Hören Sie mich? Alles ist gut! Wir sind von der Polizei! Können Sie mich verstehen?«
»Der Puls ist schwach. Sie braucht dringend Wasser«, ruft mir Ken zu. »Schnell besorg Wasser!«
Ich will mich auf den Weg machen, aber Dubois hält mich zurück.
»Lass nur, ich mach das schon!«
Während Katja und Ken sich um Tanja kümmern, versuche ich, die Fußfesseln zu lösen, aber ohne Werkzeug funktioniert das nicht. Zu Hause habe ich einen ganzen Keller voll, aber hier gibt es nicht einmal einen Schraubenzieher.
»Ich brauche eine Zange, besser einen Inbusschlüssel«, rufe ich Dubois hinterher. »Metallsäge, Schleifhexe, irgendwas!«
Tanja Bergers Fußgelenke sehen fürchterlich aus. Sie sind dick aufgeschwollen und wund gescheuert; der gesamte Knöchel ist ein einziger Bluterguss, obwohl die Haltevorrichtung gepolstert ist. Tanja muss mit ungeheurer Kraftanstrengung versucht haben, sich zu befreien.
»Was ist mit der Handfessel?«, rufe ich nach vorne.
»Bolzenschneider oder Zange!«, antwortet Ken.
Ich gebe die Informationen durch die Luke weiter.
»Ist sie ansprechbar?«, frage ich Katja, worauf die den Kopf schüttelt.
»Nein! Wo bleibt das Wasser? Und ein Handtuch!«
Dubois erscheint in der Luke und reicht eine Flasche Wasser und Geschirrhandtücher herunter. Als ich beides weitergebe, habe ich für einen Moment freien Blick auf Tanja Bergers

Gesicht. Kreideweiß, mit rissigen Lippen und geschlossenen Augen liegt sie da, einer Toten ähnlicher als einem lebendigen Wesen. Ken benetzt ihren Mund und reibt ihr das Gesicht ab. Meiser erscheint in der Deckenöffnung.
»Kein Bolzenschneider zu finden, auch keine Säge!«
»Ruf die Feuerwehr an! Bergung einer hilflosen Person!«
Dubois kommt mit einem Werkzeug-Set angerannt; darin befindet sich zwar kein Inbus, aber mit dem Schraubenzieher und der Zange kann ich mit viel Mühe die Fußfesseln endlich lösen. Gemeinsam schaffen wir es, Tanja Berger in die stabile Seitenlage zu bewegen. Ken benetzt weiterhin das Gesicht der Bewusstlosen und achtet darauf, dass sie nicht ihre eigene Zunge verschluckt. An Tanjas Hose kann man erkennen, woher der Gestank rührt. Ich fordere mehr Wasser und weitere Tücher und mache mich daran, Tanjas Hose runterzuziehen.
»Lass mich das machen!«, fordert Katja Reinert. »Kümmere dich um die Handfessel. Sprich sie an, auch wenn sie nicht reagiert, rede mit ihr. Und mach weiter mit dem Wasser!«
Wir tauschen die Plätze. Es ist klar, dass die Frau zwischen Leben und Tod schwebt. Jede Minute zählt.
»Meiser, Dubois! Kommt runter und helft mir bei der Handfessel!«, rufe ich nach oben.
Zehn Minuten später haben wir es geschafft, den Arm von Tanja Berger zu befreien.
»Wo bleibt denn der Notarzt?«, frage ich, wissend, dass mir niemand eine verlässliche Antwort geben wird.
Tanja Berger stöhnt leise auf und öffnet die Lippen. Sofort benetze ich ihre Zunge und rede weiter auf sie ein; belangloses Zeug, dabei nenne ich sie beim Namen, in der Hoffnung, dass dadurch ihr Unterbewusstsein stimuliert wird. Dubois ist zwischenzeitlich nach oben gegangen und hält nach dem Notarzt Ausschau.
»Er kommt!«, ruft er. »Ich höre bereits die Sirene.«
»Wird auch Zeit!«, antwortet Katja Reinert, die mit verzerrtem

Gesicht eine Plastikwindel XXL von Tanjas Unterleib zieht und versucht, den Körper so gut es geht zu reinigen und nach Verletzungen zu untersuchen.

Für einen kurzen Augenblick schlägt Tanja die Augen auf, schließt sie aber sofort wieder. Die Augenlider flackern, Zunge und Lippen bewegen sich.

»Sie zeigt Reaktionen!«, rufe ich freudig, aber ich glaube nicht, dass sie über den Berg ist.

Außer an den Fußgelenken und einem Arm sowie ein paar Schrammen sind äußerlich keine schwerwiegenden Verletzungen feststellbar, aber sie ist vollkommen dehydriert und wer weiß, wann sie das letzte Mal Nahrung zu sich genommen hat. Wenn sie die nächsten Stunden und Tage überlebt, werden die Verletzungen heilen, aber ob sich ihre Psyche jemals von diesem Horror erholen wird, steht auf einem anderen Blatt.

Der Notarzt trifft ein, die Krankentrage passt nicht durch die Luke. Zwischenzeitlich kommt die Feuerwehr. Während Katja oben im Schlafzimmerschrank Kleidungsstücke zusammensucht, um Tanja Bergers Blöße wenigstens notdürftig zu bedecken, legt der Notarzt im Keller Infusionen an und überprüft die Vitalfunktionen.

Puls und Blutdruck sind auf stabilem aber niedrigem Niveau; die Infusion soll den Flüssigkeitsverlust ausgleichen.

»Wohin bringt ihr sie?«, frage ich die Sanitäter.

»Winterberg!«

Mit vereinten Kräften schaffen wir es, die Patientin durch die Luke zu hieven und auf der Trage zu fixieren. Der Arzt setzt eine Spritze. Kurze Zeit später setzt sich der Krankenwagen in Bewegung und rollt über den Feldweg davon; nach einigen Sekunden hören wir die Sirene und sehen das Blaulicht durchs Buschwerk Richtung Ortsmitte verschwinden. Vor der Einfahrt haben sich mittlerweile mehrere Menschen eingefunden, die anscheinend durch die anrückenden Rettungskräfte aufmerksam geworden sind.

Katja Reinert verscheucht die Meute mit harten und eindeutigen Worten. Als sich einer der Sensationstouristen aufplustert und sich als Ortsvorsteher wichtigmachen will, platzt Katja endgültig der Kragen.

»Ken, nimm bitte die Personalien von dem Mann auf und bestell ihn für morgen um zehn ins Präsidium. Wir leiten ein Ermittlungsverfahren wegen Behinderung der Einsatzkräfte ein! Ist es das, was Sie wollten, Herr Ortsvorsteher?«

Nach dieser eindeutigen Ansage tritt der Mann sofort wortlos den Rückzug an und ist eine Minute später nicht mehr zu sehen.

Meiser und Dubois rauchen, Ken telefoniert, Katja und ich stehen an mein Auto gelehnt in der Einfahrt des Anwesens und versuchen, mit unseren Nerven runter zu kommen.

»Harter Tobak!«, meint sie. »Du hattest den richtigen Riecher.«

»Das war in letzter Minute. Hoffentlich kommt sie durch!«

»Ich wage die Prognose, dass sie es schaffen wird.«

»Bin gespannt, wie ihr Gatte darauf reagiert.«

»Das hat Zeit bis morgen. Wir fahren jetzt ins Präsidium, aber nur, um Feierabend zu machen. Ich bin ziemlich am Ende. Und du machst dich vom Acker! Wir sehen uns morgen auf der Party!«

Oha! Die Geburtstagsparty! Die war mir aus dem Sinn gekommen.

»Willst du hier alles stehen und liegen lassen?«, frage ich.

»Die Feuerwehr wird alles absperren und eine Nachtwache einrichten. Alles Weitere machen wir morgen.«

»Hoffentlich schaffst du rechtzeitig den Absprung zur Party.«

»Das wird schon klappen. Mit Tanja Bergers Aussage können wir morgen sowieso noch nicht rechnen und die Spurenermittlung kann hier ohne mich arbeiten. Mach dich auf den Weg, wir klären ein paar Formalitäten mit der Feuerwehr, danach hauen wir ab. Danke nochmals, ich werde dich in meinem Be-

richt lobend erwähnen.«
Wenige Minuten später bin ich unterwegs und suche im Ort nach der passenden Richtung. Nachdem ich mich zweimal verfahren habe, bin ich irgendwann auf bekanntem Terrain und auf dem richtigen Weg. Mein Navi lasse ich im Ruhemodus, die Stimme könnte ich jetzt ebenso wenig ertragen wie das Autoradio. Kurz vor elf bin ich an Marions Wohnung in Spiesen, sperre die Tür auf und schleiche ins Wohnzimmer. Marion liegt auf der Couch; eingeschlafen! Mit einem zärtlichen Kuss wecke ich sie auf.
»Da bist du endlich, du Schuft!«, murmelt sie schlaftrunken.
»Gott sei Dank! Erspar dir die Erklärungen, ich weiß, wo du die halbe Nacht gesteckt hast. Von wegen Abschiedsfeier!«
»Woher?«
»Daniela Sommer hat angerufen, wegen der Geburtstagsparty.«
»Wir haben Tanja Berger gefunden. Lebend, aber es war knapp.«
»Super! Aber jetzt ab ins Bett, die Details erzählst du mir morgen!«
Kurz bevor ich einschlafe, gibt Marion mir einen Kuss.
»Noch böse?«, frage ich.
»Nein, mein Held. Schlaf jetzt, morgen wird ein anstrengender Tag!«

31

Samstag, 18. August 2018

Marion und ich stehen erst gegen 8 Uhr 30 auf und besprechen bei einem ausgiebigen Frühstück die Befreiung von Tanja Berger. Meine Notlüge kommt nicht mehr aufs Tablett, weil bereits um zehn der Getränkemann auftaucht.
»Wieso kommen Sie jetzt schon?«, frage ich erstaunt.
»Auf dem Auslieferschein steht 10 Uhr!«
»Ehrlich? Wie lange brauchen Sie denn zum Aufbau?«
»Gut zwei Stunden.«
»Was? So lange? Wollen Sie einen Biergarten einrichten?«
»So ungefähr! Schließlich haben Sie einen Biergarten bestellt!«
»Ehrlich? Habe ich?«
»Haben Sie! Zwei Zelte, eine Zapfanlage mit Kühlaggregat, zweimal fünf Tische, zwanzig Bänke, fünf Stehtische, drei …«
»Ja, schon gut, ich weiß, was ich bestellt habe!«
»Das bezweifele ich!«, murmelt Marion hinter mir.
»Die Getränke kommen um zwölf, bis dahin muss der Aufbau fertig sein.«
»Soll ich helfen?«, frage ich heldenmütig und weiß im gleichen Augenblick, dass meine eher rhetorisch gemeinte Frage ein fundamentaler Fehler war.
»Davon gehe ich aus, denn wir sind nur zu zweit. Jede zupackende Hand ist hilfreich.«
Mist! Wie komme ich jetzt aus der Nummer raus?
»Ich muss aber zuerst …«
»Mach Schatz!«, fällt mir Marion sprichwörtlich in den Rücken. »Ich schaffe den Rest schon alleine!«

Ich habe keine Wahl! Der Tag fängt ja gut an!
Als die Nachbarn mitbekommen, dass sich bei uns etwas tut, melden sich zahlreiche Helfer. Die Lieferung der Getränke löst einen weiteren Schub an Hilfsarbeitern aus. Mir kommt die Idee, dass der Mangel an Fachkräften und Auszubildenden im Handwerk vielleicht durch Freibieraktionen belebt werden könnte, aber dieser Gedanke ist wahrscheinlich mit der Arbeitssicherheit nicht in Einklang zu bringen.
Um 14 Uhr ist alles an Ort und Stelle, und der erste Gerstensaft verlässt den Zapfhahn. Er wird allerdings für zu warm empfunden, weshalb die Jungs vorerst auf Flaschenbier zurückgreifen. Im Prinzip ist die Party bereits im Gange, allerdings ist es bisher eine reine Männergesellschaft.
Das ändert sich eine Stunde später, als die Mädels anrücken, ihre Männer zum Duschen nach Hause schicken und selbst mit der Dekoration des Gartens, der Tische und der Installation der Musikanlage beginnen. Zwischendurch wird die Qualität des Crémants getestet. Das Urteil lautet einhellig: süffig!
Acht hilfreiche Frauen fragen mir Löcher in den Bauch.
»Josch, wo ist, kannst du mir sagen, wohin soll?«
Um 17 Uhr 30 bin ich einem Nervenzusammenbruch nahe. Ein alkoholfreies Bier heimlich im Keller gegen den Durst. Endlich alleine, aber nur kurz, weil um 18 Uhr das Essen angeliefert wird.
Eine Armada von Platten mit Würsten und Grillfleisch, zwei Riesentöpfe mit Gulaschsuppe, einschließlich Wärmeplatten, Suppentellern und Brot für ein Bataillon hungriger Soldaten.
»Wer soll das alles essen?«, frage ich.
»Weiß ich nicht«, antwortet der Metzger. »Sie bestellen, wir liefern.«
»Davon wird halb Spiesen satt. Oder sind Besatzungstruppen im Ort und ich hab's nicht mitbekommen?«
»Es wäre nicht das erste Mal, dass du etwas nicht mitbekommen hast, mein Schatz«, flüstert mir Marion ins Ohr.

»Was soll denn das heißen?«, wundere ich mich.

»Warten Sie ab«, meint der Metzger. »Der Appetit kommt beim Essen, Sie werden sehen. Notfalls frieren Sie den Rest ein.«

»Bei uns in der Truhe ist reichlich Platz!«, misch sich Dagmar ein.

»Wo ist die Rechnung?«, frage ich.

»Zahlen können Sie nächste Woche bei meiner Frau im Geschäft, ich bin fürs Liefern zuständig. Guten Appetit und viel Spaß!«

Ich stapele die Ware auf dem Kellertisch, die Suppe wird auf Tische in den Zelten platziert. Kaum ist alles verteilt, tauchen die ersten Gäste auf. Die Frauen schleppen Schüsseln mit Salaten und Nachspeisen an, Wolfgang kommt mit einer riesigen Schokoladentorte, die Anwohner vom Köppsche laufen zur Höchstform auf. Nur ich bin auf einem absoluten Tiefpunkt! Lieber Gott, schenk mir eine halbe Stunde Ruhe!

Keine Ahnung, ob der Herr mich nicht hört, Marion schneller ist oder der Allmächtige sie geschickt hat, jedenfalls taucht sie an meiner Seite auf und flüstert mir ins Ohr.

»Schatz mach dich frisch und leg dich eine halbe Stunde aufs Ohr! Du bist seit heute früh auf den Beinen und der Abend wird lang. Wir kommen schon klar. Relax ein bisschen, nicht dass du mir aus den Latschen kippst.«

»Meinst du wirklich? Ist das für dich okay?«

»Absolut; mach eine kleine Pause, das wird dir guttun!«

Ich tue, wie mir befohlen, nehme eine Wechseldusche und lege mich ins Bett. In meinen Träumen geht alles wild durcheinander. Verfolgungsfahrten, Folterkammern, Henkersknechte und Berge von gegrillten Würsten geben sich ein Stelldichein.

Als ich hinter einem Metzgerauto herjage und schließlich von einem Brückenpfeiler gestoppt werde, ist es allerdings nicht der Notarzt, der mich ins Leben zurückruft, sondern ein Kuss von Marion, die mich gleichzeitig am Arm rüttelt.

»Schatz, du solltest dich jetzt langsam blicken lassen. Die Gäste fragen nach dir. Steh auf, du Schlafmütze!«
»Wie spät?«, frage ich.
»Acht Uhr! Die Gäste sind schon alle da, auf geht's!«
Langsam komme ich in die Wirklichkeit zurück und quäle mich aus den Federn. Kaum Herr meiner Sinne erscheine ich kurz darauf im Garten und fasse es nicht: Wo kommen all diese Leute her? Mit Sicherheit standen die nicht alle auf meiner Gästeliste!
Von mir nimmt kaum jemand Notiz, weil die meisten mit dem Essen beschäftigt sind, das ist ein gutes Zeichen, anscheinend habe ich die richtige Auswahl getroffen. Andere Gäste stehen in Gruppen beieinander, diskutieren und scherzen. Marion ist von einem ganzen Pulk umlagert, ausschließlich Frauen, von denen ich wenige kenne. Sonja erbarmt sich und reicht mir einen Teller Gulaschsuppe, die ich mit Heißhunger verschlinge. Das bewährte Duo Wolfgang und Markus bedient den Grill und testet die Temperatur des Biers.
»Trink erstmal was und stärk dich!«, winkt Markus mich heran und reicht mir ein Bier. »Essen kannst du später!«
»Ein Bier hat den Nährwert von drei Eiern«, ergänzt Wolfgang. »Und da hast du noch nix gegessen!«
»Stimmt!«, bestätigt Markus und widmet sich seiner alternativen Eierspeise.
Ich esse einen Käsegriller, damit es mich nicht gleich aus den Socken haut. Aus den Augenwinkeln beobachte ich, dass Staatsanwältin Sommer mit dem benachbarten Banker Marc, diskutiert. Über Bankangelegenheiten werden die sich kaum unterhalten, ich kann mir vorstellen, um was es geht. Die ehemaligen Kollegen vom LKA stehen mit einigen Siedlern in der Runde, Sonja und Sybille haben Katja Reinert im Beschlag. Dagmar kommt vorbei, um Nachschub zu holen.
»Sag mal«, frage ich, »wer sind eigentlich die Frauen bei Marion?«

»Ehemalige Schulfreundinnen!«
»Wer hat die denn eingeladen?«
»Na wer wohl? Marion natürlich!«
»Und wer sind die Männer dort drüben?«
»Die Band! Die spielen aber erst später.«
»Was für 'ne Band?«
»Die vom Kumpel deiner rothaarigen Hauptkommissarin, denke ich.«
»Wo spielen die später? Hier ist überhaupt kein Platz!«
»Oben vom Balkon aus!«
»Ich fasse es nicht!«
»Da kannst du sehen, was alles geht!«
Oh Gott! Das wird nicht nur eine lange, sondern auch eine laute Nacht!
Ich schlendere durch den Garten und höre mir die Gespräche der Gäste an. Politik, Sport und steigende Preise, die Themen sind vielfältig. Gerd und Walter diskutieren über Uhren, von denen beide Dutzende ihr Eigen nennen. Walter behauptet, dass seine Kuckucksuhr das Steigerlied trällert, worauf Gerd kontert, sein Kuckuck kenne sogar den Text. Wenn ich mich jetzt einmische, bekomme ich es von beiden auf die Ohren, deshalb lasse ich es. Im Laufe des Abends werden beide behaupten, Big Ben erfunden zu haben.
»Ach, da ist unsere Schlafmütze!« Staatsanwältin Sommer hat mich entdeckt. »Das kann man haben! Haut sich aufs Ohr und wir machen die Arbeit.«
»Welche Arbeit? Das Einzige, was bei euch schafft, ist euer Magen!«
Wolfgang reicht mir von hinten ein neues Bier. Das kann nicht gut gehen! Auch egal!
»Was macht unsere Patientin? Wie hat Berger reagiert?«, frage ich.
»Sie ist stabil, Berger ist zusammengeklappt, als er vom Schicksal seiner Frau erfahren hat. Die liegen jetzt im gleichen Kran-

kenhaus.«

»Hoffentlich nicht im gleichen Zimmer!«

»So weit geht die Liebe nicht! Und mehr wird heute Abend über die Geschichte nicht gesprochen! Da sind wir uns alle einig, es hat keinen Zweck zu bohren! Heute ist Party! Ende der Durchsage!«

»Nächste Woche werde ich bei euch vorbeischauen, und will Einzelheiten wissen, das ist schließlich mein gutes Recht!«

»Nächste Woche wirst du erstmal eine Menge zu tun haben! Du wirst anderweitig beschäftigt sein!«

»Womit?«

»Mit dem Aufbau des Hühnerstalls!«

»Welcher Hühnerstall?«

»Den wir Marion zum Geburtstag geschenkt haben! Ein Sammelgeschenk von den Kollegen und deinen Nachbarn! Ein Bausatz nebst Bastelanleitung zum Selbermachen. Passt genau in die obere Wiese! Inklusive Gutschein für zwei Hühner, den Hahn müsst ihr euch selbst anschaffen!«

»Nee, oder?«

»Doch!«, grinst Marc. »Ich find's gut! Jeden Tag frische Eier!«

»Ihr habt sie nicht alle! Wer ist denn auf diese blöde Idee gekommen?«

»Dagmar! Um dich zu beschäftigen und ans Haus zu binden! Marion war sofort Feuer und Flamme!«

»Und wer soll die Viecher hüten?«

»Du natürlich! Wer sonst?«

»Ich habe euch alle unendlich lieb!«, murre ich resigniert und schlendere weiter zu den nächsten Gruppen.

Es gibt zwei Themenkreise, um die sich alle Gespräche drehen: der Hühnerstall und meine Umzugsaktivitäten. Ich fühle mich nicht bemüßigt, einen Satz darüber zu kommunizieren. Lieber geselle ich mich zu Wolfgang und Markus am Grill, erteile ihnen Sprechverbot zu einem der beiden Themen und helfe ihnen, die Biervorräte zu minimieren; die beiden nehmen ein

paar Schnäpschen zwischendurch.
Um zehn Uhr beginnt die Band zu spielen. Eine Stunde später halten es meine Nerven nicht mehr aus. Eine halbe Stunde lang quäle ich mich durch den Radau, während um mich herum das Volk zunehmend lustiger wird. Mittlerweile kann man sich auf einen gemeinsamen Songtext schon nicht mehr einigen. Ich kann mithalten, weil es sich jetzt rächt, dass ich die ganze Zeit über das alkoholfreie Bier bevorzugt habe.
Unter dem Vorwand, die Toilette besuchen zu wollen, mache ich mich aus dem Staub. Zehn Minuten später liege ich im Bett. Die Kopfhörer der Stereoanlage bieten einigermaßen Schutz.
In meinen Träumen verfolgt mich gackerndes Federvieh.

32

Die Tage danach ...

Die Hintergründe des Falles, Einzelheiten der Aussagen von Sascha und Tanja Berger, die Motive zu den Taten und welche Rolle Antoine Petit in diesem schrecklichen Drama gespielt hatte, das alles erfahre ich erst in den Tagen und Wochen nach Marions Geburtstagsfest, von dem ich nach Angaben diverser Beteiligter einige Höhepunkte nicht mitbekommen hatte.
Es gibt Erfahrungen, auf die ich gerne verzichten kann; dazu gehört der Anblick eines Musikers, der sich verzweifelt an einem Balkongeländer festkrallt, weil er sich im Rausche seines Solovortrages zu weit über die Brüstung gelehnt und bei der Entgegennahme der Ovationen die Balance verloren hat. Glücklicherweise waren letztendlich alle glimpflich davon gekommen, was einmal mehr die These bestätigt, dass Kinder und Besoffene häufig einen besonders wachsamen Schutzengel haben.
Der Aufbau des Hühnerstalls erweist sich als größere Herausforderung als angenommen, aber ich gebe nicht auf. Der Baufortschritt lässt allerdings zu wünschen übrig, weil ich morgens meist nach Saarbrücken ins Präsidium fahre und mit den Montagearbeiten erst nach der Mittagsruhe beginnen und meine handwerklichen Fähigkeiten unter Beweis stellen kann. Marion war anfangs beeindruckt, dass ich noch am Schrauben war, wenn sie von der Arbeit nach Hause kam. Sie weiß zwar nicht, dass ich erst ein oder zwei Stunden vor ihrem Eintreffen angefangen habe, aber langsam wird sie misstrauisch.
»Bei allem Respekt für deinen Elan Josch, aber wenn du in dem Tempo weitermachst, ist der Berliner Flughafen vor dir fertig!«

»Hightech-Projekte dauern eben«, lautet meine Begründung.
»Was ist an einem Holzverschlag mit zwei Stangen und einer Rampe Hightech?«
Ihre Frage ist nicht unberechtigt.
Nach drei Wochen ist der Hühnerstall fertig, und ich bin raus aus der Verantwortung. Mit der Auswahl des Federviehs habe ich nichts zu tun. Hoffentlich sind Hahn und Hühner nicht zu fett und schwer, denn eine der Querstangen sitzt etwas locker und hat einiges an Spiel in der Halterung, aber das habe ich nicht besser hinbekommen; außerdem scheint mir die Rampe ein wenig zu steil, aber die Tiere gehören schließlich zu der Gattung der Vögel, wenn's auch nur für eine kurze Flatterstrecke reicht.
Das K3 hat mehr Erfolge bei seinen Ermittlungen zu verzeichnen als ich bei meinem Großprojekt. Daniela hat die Ergebnisse zusammengefasst und mir gnädiger Weise inoffiziell einen Bericht zukommen lassen, der sich wie eine Mischung aus Tragödie und Liebesroman liest.
Das Unheil hatte für die Bergers seinen Anfang genommen, als Sascha Berger vor zehn Jahren erstmals in die Fänge von Antoine Petit geraten war. In einer Mischung von Selbstüberschätzung, Großmannssucht und Idiotie hatte der stets unter Geldsorgen leidende Architekt begonnen, Schwarzgelder für Antoine Petit zu waschen.
Eine der Antriebsfedern war nach eigener Aussage die aufkeimende Beziehung zu Tanja Berger. Er war unsterblich in sie verknallt, wollte sie auf Händen tragen, glaubte aber, dass eine Frau ihres Formates dauerhaft nur halten zu können, wenn er ihr das Leben einer Prinzessin ermöglichen würde.
Petit hatte das mitbekommen und Bergers Schwäche gnadenlos ausgenutzt. Es begann mit kleinen Beträgen von einigen Tausend Euro oder Dollar und ging zum Schluss in die Millionen, als Berger und Petit europaweit unterwegs waren und Transfers im Zuge von Charity-Veranstaltungen, Sportevents, Sponsorenverträgen und im politischen Umfeld tätigten; insofern

waren die Aktionen im Golfklub und im Tennisverein nur die Spitze des Eisbergs. Bergers Anteil lag bei fünfzehn Prozent für jede gewaschene Einheit.

Das Spiel wäre endlos weitergegangen, wenn Berger die Füße stillgehalten hätte, aber er wollte mehr. Als er versuchte, auf eigene Faust zu agieren und dabei auffiel, zogen Petits Hintermänner die Handbremse bei voller Fahrt.

Das zu waschende Geld stammte von einer Bande des organisierten Verbrechens, deren Köpfe von Osteuropa aus agierten, und die verstehen bekanntlich keinen Spaß. Ein gewisser Aleko »Alex« Bresco, genannt die Spinne, steht laut Interpol an der Spitze dieser Organisation, aber obwohl die Ermittler ihm beständig auf den Fersen sind, ist es bisher nicht gelungen, ihm seine Aktivitäten rechtssicher nachzuweisen. Es ist zwar bekannt, dass er in Bereichen wie der Förderung der Prostitution, Menschenhandel, Autoschiebereien und im Rauschgiftgeschäft seine Finger im Spiel hat, aber politische Verbindungen und geschickte Anwälte haben bisher verhindert, dass ihm der Prozess gemacht werden konnte. Ob es diesmal reicht, steht in den Sternen.

Dieser Bresco hatte angeordnet, Berger aus dem Verkehr zu ziehen oder aufs Abstellgleis zu stellen, Details hat Petit mit ins Grab genommen. Der hatte mittlerweile jedenfalls mehr Interesse an Tanja Berger als an ihrem bescheuerten Gatten. Gleichzeitig ahnte oder wusste Tanja Berger, dass das Geld ihres Mannes nicht aus den angeblich bombastischen Geschäften des wenig begabten Architekten stammte. Sie fing ein Techtelmechtel mit Antoine Petit an, das sich allerdings nur auf Petits omnipräsente Potenz und deren Spaßfaktor bezog. Tanja liebte ihren Mann Sascha nach wie vor und wäre nie auf die Idee gekommen, ihn zu verlassen, zumal sie wusste, dass Petit einige andere Pferdchen im Stall hatte, aber das war ihr egal, weil Antoine ihr körperlich das gab, was Sascha nicht auf die Reihe bekam.

Sascha Berger seinerseits hatte von der Affäre gewusst, wollte die Dame seines Herzens allerdings unter keinen Umständen verlieren und schaute deshalb dem Treiben zwei Jahre lang wort- und tatenlos zu.
Durch Zufall bekam Tanja Berger mit, dass ihr Geliebter für das organisierte Verbrechen arbeitete und die Sache wurde ihr zu heiß. Die Beendigung der Affäre verlief unspektakulär, weil Petit mittlerweile ohnehin das Interesse verloren hatte und von anderen Pferden geritten wurde. Sascha und Tanja sprachen sich aus und alles war gut; bis zu jenem Abend, als die beiden erneut stritten und Tanja verschwand. Zunächst war es eine Flucht aus Frust und Verärgerung, als sie unter Petit zu liegen kam, gingen Lust und Leidenschaft wieder mit ihr durch.
Tanja Berger hatte den Ermittlern gegenüber zugegeben, dass sie vom Geldversteck in der Wohnung seit Langem gewusst hatte; sie bestritt jedoch, dass ihr Mann wusste, dass sie davon Kenntnis hatte. Dieser Punkt ist zu klären. Sicher ist, dass Tanja im Laufe der Zeit einige Zehntausend Euro unbemerkt zur Seite geschafft hatte, als Notgroschen und für alle Fälle.
Dass ihr Mann den Liebhaber Antoine Petit erschossen hat, wurde Tanja Berger bisher nicht eröffnet. Bei ihrem aktuellen psychischen Zustand sei das zu riskant, meinen die Ärzte. In einigen Tagen wird sie aus dem Krankenhaus entlassen werden, danach wird man ihr die Wahrheit während eines Kuraufenthaltes in einem Sanatorium für psychisch angeschlagene Patienten schonend beibringen.
Wie fertig und aufgerüttelt Tanja Berger ist, schildert Daniela, als sie von ihrer letzten Befragung im Krankenhaus erzählt.
»Nach ihrem Peiniger befragt, hat sie zuerst behauptet, dass nur ihr Mann dafür infrage komme, im Laufe des Gesprächs aber Zweifel gehegt und schließlich auch Antoine Petit ins Kalkül gebracht. Dann wiederum brachte sie einen fremden Dritten ins Spiel. Wir haben ihr erklärt, dass nach Lage der Dinge ihr Mann nicht der Täter sein könne. Daraufhin ist sie

in Tränen ausgebrochen und ihm ihre ewige Liebe geschworen. Im nächsten Satz aber hat sie ihn für alles verantwortlich gemacht, was ihr widerfahren ist und ihn einen Versager genannt. Im nächsten Gespräch war Petit wieder das Schwein, und so weiter. Die Frau ist mit den Nerven am Ende, das ist völlig nachvollziehbar, nach allem, was sie durchgemacht hat.«
Daniela Sommer berichtet, dass auch Sascha Berger ein menschliches Wrack sei. Er sei suizidgefährdet und seine Zelle werde permanent überwacht.
»Da hat das Schicksal zwei Menschen zusammengebracht, die sich lieben und hassen zugleich und nicht wissen, wie sie das unter einen Hut bringen sollen. Zusammen geht nicht, ohne auch nicht, das ist irgendwie tragisch«, urteilt Daniela Sommer.
»Ja das ist es«, bestätige ich. »Wenn du und ich verheiratet wären, ich meine miteinander, würde einer von uns wahrscheinlich schon seit Jahren einsitzen.«
»Ich wäre schon wieder raus«, vermutet die Staatsanwältin. »Ich hätte es wie die Gottesanbeterin sofort nach dem ersten Geschlechtsakt getan und sowieso mildernde Umstände bekommen; bei dem Ehemann hätte mir das jeder Richter zugebilligt.«
Als ich mich nach meinem jüngsten Besuch im Präsidium vom Team verabschiede, drückt mir Katja Reinert einen Umschlag in die Hand.
»Soll ich dir vom Polizeipräsidenten geben!«
»Was ist das?«
»Schau rein, dann weißt du es!«
Es ist eine Einladung! Zum Polizeiball! Mit Begleitung! Anzug erwünscht! Ende Oktober.
»Da wird auch getanzt«, lächelt Katja. »Ich bitte um Reservierung für einen Tanz!«
»Hm!«, überlege ich und bin gerührt. »Ich habe keinen Anzug, der mir passt!«
»Wetten doch!«, grinst sie und haucht mir einen Kuss auf die Wange.

Wochen später ...

Ich fühle mich jetzt besser. Erleichtert und erschüttert zugleich, aber besser.
Mein Gott, was habe ich getan! Ich habe alles kaputt gemacht! Und alles nur, weil ich nicht genug kriegen konnte; weil ich das Gehirn zwei Stockwerke zu tief sitzen hatte, ach du liebe Scheiße, was für ein himmelschreiender Schwachsinn! Männer seien hormongesteuert; und ich?
Die Psychologin sagt, dass ich keine Verantwortung trage. Dass jeder für sich selbst verantwortlich ist und die Konsequenzen annehmen muss. Das sagt sie so dahin. Als ob ich in diesem Spiel keine Rolle spielen würde!
Ich werde hier in ein paar Wochen rauskommen, und dann? Man wird mich hassen! Zurecht! Ich hasse mich selbst für das, was ich getan habe!

Ende

Danksagung

Ein Buch ist nicht das Werk eines Einzelnen allein, an dessen Geburt sind viele Väter und Mütter beteiligt.
Wenngleich ich als Autor als Einziger den Schmerz der Wehen und des Pressens auszuhalten habe, gibt es viele Geburtshelfer, die mit mir leiden.
Da sind vor allem die Menschen in meinem engsten Umfeld zu nennen, die Rücksicht nehmen und meine und Joschs Launen auszuhalten haben, wenn es mal nicht so läuft.
Der Verleger, der letztendlich das finanzielle Risiko trägt. Die Veranstalter, die mich einladen, ohne zu wissen, was da eigentlich auf sie zukommt. Meine musikalischen Begleitungen, die sich immer wieder was Neues einfallen lassen, um die Präsentation des Buches attraktiv zu gestalten.
Und da sind natürlich meine Testleser, die mir ein erstes Urteil abgeben oder gar entscheidende Tipps geben, wenn es im Entwurf irgendwo nicht passt. Im vorliegenden Fall hat mein Sohn Nils mich auf einen Schwachpunkt hingewiesen, auf den weder ich noch andere gekommen waren. Danke, mein Sohn, es war mir ein Vergnügen, deine Idee aufzugreifen.
Dass Frauen in meinen Romanen immer wieder eine entscheidende Rolle spielen, habe ich vor allem den weiblichen Anwohnern der Siedlung Am Köppsche in Spiesen zu verdanken; aber auch nur, weil sie so tolle Männer haben!
Und dann sind selbstverständlich noch all die treuen Leser zu nennen, die ständig nach einem neuen Werk rufen, kaum dass sie den aktuellen Krimi gelesen haben. Das beflügelt natürlich und ist Verpflichtung zugleich.
Ich danke euch allen!

Der Autor

Klaus Brabänder wurde 1955 im saarländischen Neunkirchen geboren und wohnt heute in Bexbach und Spiesen-Elversberg. Im Hauptberuf war er als Bauingenieur tätig. Neben der Liebe zur Literatur und seiner Tätigkeit als Autor ist er häufig auf Reisen, wo ihm viele seiner Ideen für besondere Geschichten in den Sinn kommen.
Brabänder ist Autor in der »Schwarzen Reihe« der Edition Schaumberg.

Weitere Titel aus Schaumbergs Schwarzer Reihe:

Klaus Brabänder
Sumpf

Schaumbergs Schwarze Reihe I
3. Auflage, Taschenbuch 13 x 21 cm, 400 Seiten
ISBN 978-3-941095-23-6
14,80 Euro

Klaus Brabänder
Steinbruch

Schaumbergs Schwarze Reihe II
2. Auflage, Taschenbuch 13 x 21 cm, 400 Seiten
ISBN 978-3-941095-23-6
14,80 Euro

Klaus Brabänder
Für Eich

Schaumbergs Schwarze Reihe III
2. Auflage, Taschenbuch 13 x 21 cm, 232 Seiten
ISBN 978-3-941095-36-6
12,80 Euro

Klaus Brabänder
MitGift

Schaumbergs Schwarze Reihe IV
2. Auflage, Taschenbuch 13 x 21 cm, 320 Seiten
ISBN 978-3-941095-44-1
12,80 Euro

Werner Weckler
Das Quartett

Schaumbergs Schwarze Reihe V
1. Auflage, Taschenbuch 13 x 21 cm, 400 Seiten
ISBN 978-3-941095-23-6
14,80 Euro

Klaus Brabänder
Gegenwind

Schaumbergs Schwarze Reihe VI
2. Auflage, Taschenbuch 13 x 21 cm, 320 Seiten
ISBN 978-3-941095-49-6
12,80 Euro

André Link
Feuchte Morde

Schaumbergs Schwarze Reihe VII
1. Auflage, Taschenbuch 13 x 21 cm, 400 Seiten
ISBN 978-3-941095-23-6
9,80 Euro

Die Reihe wird fortgesetzt!